カッコよくなきゃ、ポエムじゃない！　萌える現代詩入門

広瀬大志
豊﨑由美

カッコよくなきゃ、ポエムじゃない！　萌える現代詩入門

CONTENTS

SIDE A

SIDE B

装画　小林マキ
装幀　中島浩

詩人は言葉を新しくする

――太宰治『パンドラの匣』より

SIDE A

01 現代詩のフォッサマグナはどこだ？

カッコいい詩

豊﨑　現代詩文庫『広瀬大志詩集』（思潮社、二〇一六年）が出たとき、ツイッター（現・X）で川口晴美さんが素晴らしいと書かれていて、読んでみたらものすごくカッコよかったんです。それで雑誌「GINZA」の書評コーナーで紹介したのが広瀬さんとの出会いです。

広瀬　豊﨑さんの書評の最初の一行「どうですか。カッコ良くないですか」、これはもう忘れられない感激でした。現代詩の世界ではなかなかお目にかかれない言葉だからです。「カッコいい」って詩にとって一番嬉しい評価ではないかと思っています。

それでやり取りが始まったのですが、直接お会いしてみると詩の話ですごく盛り上がって。こんなにカッコいい詩があるのに読まれていない、現代詩がどんどん縮小している感じがするとおっしゃっていましたね。ただ、「カッコいい」って言って広めようにも、詩に出会う接点がないのが現状です。

豊﨑　あと〝ポエム〟につきまとうイメージの悪さね。本来ポエムは「詩」を意味する単語ですよね。

だけどある時期から「頭がお花畑」みたいなイメージで使われているじゃないですか。それもすごく不満で。

広瀬 「カッコいい」と「ポエム」。とても大切で本質的な言葉なんじゃないかな。この二つのキーワードを手がかりに、これから二人で考えていきたいと思います。

豊﨑 今日は自分たちが「カッコいい」と思う詩を幾つか選んできました。男の人はモテたくてバンドを始めるたりするでしょ。中原中也の時代とかだと、詩人ってモテてたと思うんです。ぶっちゃけ、広瀬さんはモテたくて詩を書くようになったんですか？

広瀬 はい(笑)。当時、詩は武器だったんですよ。

　ぼくは中学くらいから詩を書いていましたけど、いわゆる成長期における情念のぶちまけってあるじゃないですか。性欲、恋愛、世の中への反抗……それを言葉にして撒き散らしたかった。それで詩に触れて、最初はやっぱり過激にランボーとかロートレアモン、次にシュルレアリスムにハマって。自分の年齢以上に大人びた言葉を求めていましたね。あのころは、詩を恋愛のツールとして使うことが容認されていたような気がします。

豊﨑 一九七〇年代の少女漫画には、詩を書いている少年が出てきましたよね。詩がカッコいいという認識が、ある時代まではあった。広瀬さんって何年生まれですか？

広瀬 一九六〇年です。

豊﨑 わたしは六一年なんですよ。この世代のサブカル系男子は、ラブレターに素敵な詩を引いて、自分の気持ちを託したりしてましたね。

広瀬 ぼくも十代の終わりのころカッコつけて、好きな女の子に告白しようと思って、電話口で詩を

豊﨑　読んだわけです（笑）。
広瀬　ありゃあ（笑）。
ジャック・プレヴェールが好きで、電話では「夜のパリ」を読みました。今回、自分で訳してきたので、恥ずかしいけど読んでみますね。

夜の中　三本のマッチを一本ずつ擦る
最初の一本はおまえの顔を一度に見るため
次の一本はおまえの目を見るため
最後の一本はおまえの唇を見るため
残りの暗闇はそのすべてを思い出すため
おまえを抱きしめながら

（全篇）

豊﨑　反応はどうでした？
広瀬　だめでした（笑）。
豊﨑　ほかにも、今回広瀬さんが挙げている詩は、どれも高校生ぐらいのときに出会ったんですよね。ちょっと紹介していただけますか。
広瀬　西脇順三郎の『*Ambarvalia*』（椎の木社、一九三三年）から「天気」と「太陽」の二篇。最初のころに出会った作品です。
まず「天気」。西脇はイメージが宇宙的でぶっ飛んでいて、それまでの日本の詩と全く違うのがわかると思います。

(覆された宝石)のやうな朝
何人か戸口にて誰かとさゝやく
それは神の生誕の日。
(全篇)

「(覆された宝石)のやうな」という言葉は、おそらく日本の詩の歴史における最高・最強の直喩ですね。西脇が「遠いものとの連結」と呼んでいるレトリック。言葉の意味によるつながり以上に、これしかないという絶対的な表現を優先する。当時ぼくが一番心打たれたのは「太陽」でした。

カルモヂインの田舎は大理石の産地で
其処で私は夏をすごしたことがあつた。
ヒバリもゐないし　蛇も出ない。
ただ青いスモヽの藪から太陽が出て
またスモヽの藪へ沈む。
少年は小川でドルフィンを捉へて笑つた。
(全篇)

最後の「ドルフィンを捉へて笑つた」というシーンは、まさに太陽そのものだと強い衝撃を受けました。もちろん西脇は教養人なので調べれば出典やドルフィンの謎解きをたどることもできるけれど、読んだ瞬間は、ただただカッコいい。

豊崎　次の萩原朔太郎の詩は、有名な詩ですね。

広瀬　「殺人事件」（『月に吠える』、感情詩社・白日社、一九一七年）という百年以上前の詩です。「とほい空でぴすとるが鳴る。／またぴすとるが鳴る。／ああ私の探偵は玻璃の衣裳をきて／こひびとの窓からしのびこむ／床は晶玉／ゆびとゆびとのあひだから／まつさをの血がながれてゐる／かなしい女の屍体のうへで／つめたいきりぎりすが鳴いてゐる。（…）」。

朔太郎のカッコいいところはイメージの広がりです。ピストルが二発鳴った瞬間にいろんな推理ができる。二発ということは、心中？　撃ち合い？　それともプロの殺し屋が殺った？

豊崎　これはぼくの推理ですが、侵入者じゃなくて、朔太郎自身が死体を見たいから自分で殺しているんじゃないかな。

ピストルは二発鳴りますけど、死体は一つですよね。もう一つは？　という謎もあるし、リアリズムの観点からすればツッコミどころもたくさんある。でも朔太郎は、死体が二つなければいけないと思って書いていませんよね。

広瀬　あとはもう勝手に解釈してくれよ、って詩ですね。

豊崎　やっぱり詩は散文に比べて自由度がすごく高くて、だからこそカッコいい。改めてそう思わせてくれます。

自分という檻の外へ

豊﨑　わたしが初めて詩ってカッコいいなって思ったのは、吉田一穂《いっすい》の作品でした。最初は名前を読めなくて（笑）。マザコンとしては、「母」（『海の聖母』、金星堂、一九二六年）という詩は本当にたまらない。

あゝ麗はしい距離《デスタンス》、
つねに遠のいてゆく風景……

悲しみの彼方、母への、
捜り打つ夜半の最弱音《ピアニツシモ》。

（全篇）

「非存」（『無の鐘』内の一篇）という詩にも痺れました。

〈私〉は自らに見えない暗点である。
棟に梟が降りて、折り鶴を放つ。
天河を渡る羽音に三千年の獣たちが吠える。
齢《よはひ》をこめた筥の中なる己れを抱いて龍宮の遠い花火。
影と語る〈彼〉私は消える。

（全篇）

たもん。」

「〈私〉は自らに見えない暗点である」って、いつか使おうと思って手帳にメモっちゃいまし

ロートレアモンが「手術台の上のミシンとこうもり傘の偶然の出会いのように美しい」と言っていますよね。この詩を読んで、散文にあるような決まり文句やクリシェを、詩は崩そうとしていると思ったんです。

大学に入ってからショックを受けたのは、鈴木志郎康さんの「私小説的プアプア」(『罐製同棲又は陥穽への逃走』、季節社、一九六七年)。詩で初めて笑いました。

十五歳の少女はプアプアである
純粋桃色の小陰唇
希望が飛んでいる大伽藍の中に入って行くような気持でいると
ポンプの熊平商店の前にすごい美人がいるぞ
あらまあ奥さんでしたの
プアプアと少女の父親と私との関係は
二役で道路を歩いていると小石が転っていた

(部分)

すごいですよね。現代詩文庫の裏にはデカパン一丁で歩いている志郎康さんの写真があって、ああ、どこまでも自由なんだなあって憧れました。

広瀬さんは吉岡実さんの詩も挙げていますが、やっぱり詩を書きはじめたころに影響を受け

たんですか？

広瀬　吉岡さんの詩とはもう少し後に出会ったんですが、最高にカッコいいと思っています。もうね、読んだら即死するレベル（笑）。「静物」（『静物』、私家、一九五五年）というぼくの好きな一篇です。

夜はいっそう遠巻きにする
魚のなかに
仮りに置かれた
骨たちが
星のある海をぬけだし
皿のうえで
ひそかに解体する
灯りは
他の皿へ移る
そこに生の飢餓は享けつがれる
その皿のくぼみに
最初はかげを
次に卵を呼び入れる
（全篇）

まるでクトゥルフ神話みたいな世界。意味や思考を超越して違う時間が流れている印象があります。

豊﨑　これを読んだ人は、自分の持っている夜や魚、海のイメージとかを総動員して、頭の中でイメージを練り上げていくわけですよね。散文には意味があるから、字面通りに思い浮かべるけど、詩の場合は、言葉の記憶や使い方をどれだけ持っているのかを試される気がします。

　一つか二つのイメージしかなければ、その「夜」は痩せたものになるけど、いろんな「夜」を知っている人が思い浮かべると、すごく深い夜になる。

　わたしはフランシス・ポンジュの『物の味方』を読んで、言葉に対して自分の持っているイメージがどんなに貧しいか思い知らされたんです。もっと本を読まなくちゃ、いろんなものを見なくちゃって鼓舞されました。

広瀬　意味の話で言うと、人間が言葉を覚えた瞬間から、この世界はすべてのものが喩えとして実存すると思うんです。あらゆる存在が喩えとして名づけられ、意味を与えられ、記号化されるところから言葉が始まっていく。そのようにして伝えられた意味を共有することは、言葉の重要な役割ですが、詩の肝は喩えがどのくらい深められているのかを楽しむことと思うんですよ。

　同人誌、ＳＮＳなどでも、ことあるごとに「詩はわかりやすいものでなければならない」というテーマでの議論が交わされていますが、「わかる」という極めて主観的な基準が定量化されることはあり得ないし、それは詩において、ましてや詩人において問題外の思考だと思っています。

豊﨑　そう言った人は自分が詩と認めたものを、全部わかって読んでいるんでしょうか？

　わたしは、人間はみんな自分という小さな檻に閉じ込められた存在だと思うんです。小説を

広瀬

読んだほうがいいよって勧めているのは、小説を読んでいるあいだは、その小さな檻から一瞬出ていけるからです。でも自分の外というのは、むしろわからないものの中にあるわけだから。次の詩は「わからなさ」の最たるものですよ。北園克衛の「黒い肖像」（『黒い火』、昭森社、一九五一年）。

絶望
の
火酒
の
紫
の
髭

あるひは
骨
の
籠
のなか
の

卵の影（部分）

豊﨑　カッコいいなあ、このイメージの連鎖。全く意味がわからない。でも黒い肖像なんですよ。タイポグラフィのように言葉を扱っているのもカッコいいですよね。もう存在全体がカッコいい。

広瀬　北園さんとはぜんぜん違う方向ですけど、田村隆一さんも挙げていますね。ぼくは大学時代に一度だけ田村さんとお会いしたんですが、田村さんは違うカッコよさがありますね。有名な詩はたくさんあるけれど、あえて「水」（『緑の思想』、思潮社、一九六七年）を選びました。田村さんは言葉の伝え方が上手です。書き言葉なのにセリフのように耳から入ってくる。

どんな死も中断にすぎない
詩は「完成」の放棄だ
神奈川県大山《おおやま》のふもとで
水を飲んだら

匂いがあって味があって
音まできこえる

詩は本質的に定型なのだ
どんな人生にも頭韻と脚韻がある　（全篇）

豊﨑　こういう詩は教条的になりがちだけど、田村さんのすごみは決して威張らないこと。上から偉そうに考えを押しつけるのではなく、例えば薄暗いバーのカウンターの横に田村さんがいて、「なあ、言葉なんか覚えるんじゃなかっただろう？」って耳元で言われているみたいな。二十代のころ、確か高橋源一郎さんだったと思うんですけど、松浦寿輝さんの『ウサギのダンス』（七月堂、一九八二年）を褒めていたんですよ。それで書店に行って読んだら、ものすごく可愛くてニコニコしちゃいました。でも、わたしが一番好きなのは「不寝番」という詩なんです。

読みとれない消印をのせて、きみの手紙は燕のようにひくくとんでいる。窓をあける手の指がこごえている。

素裸でいること。たとえば、降りだしたばかりの夕立を受けとめて震えているあたらしい水面のように。

遭難信号をききとどけてみたいとおもう。曇天の下、
鉄条網で囲われた空地には赤錆びた鉄骨が積んであ
ったよ。
（部分）

広瀬　最後のほうに「帰ってこい、手紙。ことばを湛えなおした唇へと」とあって、もう痺れまくりました。

松浦さんの詩には憧れていましたね。ぼくは大学時代に「洗濯船」という同人誌に参加していたんですが、一つ上の世代の松浦さんは朝吹亮二さんたちと一緒に「麒麟」という同人誌をやられていて、それがまたシャープでカッコいい。「洗濯船」の同人の城戸朱理くんや田野倉康一くんたちと「麒麟」の方々の詩集を求めて、古本屋をまわっていました。八〇年代の若い世代において「麒麟」はカッコよさの象徴でした。

海外詩と出会う

豊﨑　わたしは「読んでいいとも！ガイブンの輪」というイベントを長年開催しているくらい、小さいころから海外文学が好きなんです。だから広瀬さんと同じように、海外の詩に目が向くようになってくるわけですね。アンリ・ミショーとか、ジャック・プレヴェール、それからフランシス・ポンジュ、パウル・ツェラン、ジョン・アッシュベリー。そのあたりに二十代で出会

いました。
中でもポール・エリュアールがすごくカッコいいと思って。「ただ一つのイマージュとして」（『エリュアール詩集』、思潮社、一九六六年訳）という詩です。

ぼくは昏《くら》い宝ものを隠している
未知の巣
森の心、灼ける火矢《ひや》の
眠り
ぼくをつつむ
夜の地平、
ぼくは頭を真っ先にしてゆく、
あたらしい秘密で
映像《イマージュ》たちの誕生にあいさつする。（「1」部分）

広瀬　「ぼくは昏《くら》い宝ものを隠している」。この「昏い」をわたしは後年書評でどれだけ使うことになったか！（笑）。ハイティーンぐらいの子が、これからわくわくする世界に入っていくときの気持ちがすごく表現されていて、いま読んでもドキドキします。
詩を書きはじめたころ、エリュアールやプレヴェールが大好きでした。特にエリュアールの詩は必ず愛に結びつくんですよ。

豊崎　なるほど。ラブレターに引用するのにぴったりですね。

それから書店の棚で見つけて一目惚れしたのが、『ウンガレッティ全詩集』（現・岩波文庫）。そんなにお金がなかったにもかかわらず、思わず買ってしまいました。「アフリカの思い出」という短い詩です。

太陽が町をさらってゆく

もう何も見えない

墓石たちもあれほど逆らったのに　（全篇）

俳句における写生みたいだと思いました。モロッコに行ったときに全く同じ光景を見たんです。

「遠く」という詩は三行で、「遠く遠く／盲みたいに／手を引かれてきてしまった」。中年以降に読むと身にしみますよね。その後、ウンガレッティは須賀敦子さんも愛した詩人だと知りました。訳者にも恵まれた詩集です。

それからわたしの大好きな作家に、フリオ・コルタサルがいるんですけど、国書刊行会の「世界幻想文学大系」というシリーズから出ている『秘密の武器』（一九八一年）の別丁を開くと「クリフォード」という詩が載っています。コルタサルはジャズマニアで、クリフォード・

ブラウンの音楽についてうたっているんですね。
わたしが好きなのは、「彼は大きく羽ばたき、連続性を引き裂くと、／無秩序の中に絶対の島を作り出す。」というところ。十八歳からずっと競馬もやっているんですが、オグリキャップが奇跡の復活を果たした第三十五回有馬記念のときにこの言葉を思い出しました。オグリキャップがラストの直線で抜け出して優勝したとき、競馬場を神様がのぞきこんで、その瞬間、楕円のターフが絶対の島になったんだと思ったんです。

詩にビジネスモデルがあった？

豊﨑 わたしたちはこうして数々のカッコいい詩に出会ってきたわけですけど、でもこんなにいい詩がいっぱいあるのに、なぜ読まれなくなってしまっているのか。

昔、『百年の誤読』（現・ちくま文庫）という本でライターの岡野宏文さんと百年間のベストセラーを読んでいくうちに、一九六〇年ごろにフォッサマグナがあることがわかったんです。一九五四年にカッパ・ブックスが生まれてから、ベストセラーがバカに傾いていった。実は現代詩にも、どこかに読まれなくなった地点があるんじゃないか。明治時代から現在までに登場した詩人たちを追っていくとわかるかもしれません。

広瀬 ぼくは音楽業界で、マーケティング分析により販売戦略を考えたり流通チャネルを開拓する仕事を長くやっています。だから、そういう俗な分析を今回詩でもやってみようかなと思います。「世間での詩や詩人のステータス」と「ビジネスモデル」の二つを軸に追っていきましょう。

詩人は詩を書いて食っていけていたのかという一見表面的で通俗的な検証になるかもしれないけれど、実は詩が読まれなくなったことへ結びつく重要なポイントと感じています。豊崎さんのおっしゃったフォッサマグナが浮かび上がるかもしれない。

明治時代から見ていくと、詩人では島崎藤村、北村透谷、蒲原有明、薄田泣菫、与謝野晶子、北原白秋、石川啄木などそうそうたる顔ぶれですね。この時代は小説家と比べても詩人のステータスはひけをとらず、マーケットには詩のビジネスモデルが存在していました。いま挙げた人たちを見ているとわかると思うけど、詩人が唱歌や童謡、校歌などの歌詞を手がけるようなビジネスの展開を見せて、詩が読まれ人口に膾炙することとのシナジーを生む流れがあったと思います。もっとも一握りの詩人たちだけが成功を収めたわけですが、ビジネスのチャネルは開かれていました。

豊崎 いまで言うとカドカワ商法的な、メディア戦略があったわけですね。

広瀬 大正時代を代表する詩人に北原白秋がいますが、このビジネスモデルは彼の活躍するこの時期にピークを迎えます。音楽市場との関連で言えば、白秋の「城ヶ島の雨」（一九一三年）や「待ちぼうけ」（一九二四年）が大ヒット。島崎藤村「椰子の実」（一九〇〇年、一九三六年に楽曲化）、土井晩翠「荒城の月」（一九〇一年）も有名ですね。つまりプロフェッショナルとしての詩人の詩に大衆のニーズがあった。

そして文学的なステータスも非常に高いです。モダニズム運動が出てきて、萩原朔太郎や山村暮鳥、萩原恭次郎といった詩人たちが芸術を牽引する。詩が大衆に受け入れられることと並行して、あるいは大衆性からの逸脱をも包含して、詩の言語表現領域の可能性を推し進めようとする力が強化されていきます。大正から昭和初期にかけては、西脇順三郎、北園克衛、瀧口修造、中原中也、宮沢賢治、金子光晴、三好達治、中野重治、草野心平、高村光太郎など、多くの詩人が百花繚乱に活躍し、次々に独自のカッコいい詩を目論んでいった時期ですね。
　第二次世界大戦後、社会的・思想的象徴としての詩が、さらに新たな存在性を獲得し、その後の詩の在り方を牽引するようになります。詩誌「荒地」や「列島」の詩人たちに代表され戦後詩と呼ばれています。詩人で言うと、鮎川信夫、田村隆一、吉本隆明、黒田喜夫がいますね。

豊﨑　ここに第一のフォッサマグナがあるんじゃないかな。

広瀬　なるほどー。鮎川信夫や田村隆一たちの内省的で奥深く刻まれた状況への鋭い暗喩に、詩のベクトルが引き寄せられました。それはアンガージュマンとしての詩の時代へとつながっていった。この時代は社会的にも文学的にもステータスが高い。しかし、一九五〇年代以降は、詩から大衆性とロマン性が失われていった。主流からそれらのモチーフが外れたという感じ。カッコいい詩はたくさんあっても、いわゆる売れる詩とは乖離していく状況がここで発生しています。

豊﨑　売れる詩と現代詩が分かれたんですね。

広瀬　歌謡曲の売上シェアがピークになるこのころに登場したのが作詞家です。それまで作詞家というのは詩人がその多くを兼ねていた。うまく転向した詩人には西條八十《やそ》がいますね。昭和初期には日夏耿之介と並ぶ文学者だった西條が、この時代になると「ゲイシャ・ワルツ」（一九五二年）「王将」（一九六一年）を作詞している（笑）。決して否定しているわけではなく、そういう形で大衆性を広め立派なビジネスにしているわけです。

豊﨑　五〇年代から六〇年代になると、谷川俊太郎、大岡信、飯島耕一、入沢康夫、渋沢孝輔、石垣りん、茨木のり子などが活躍しています。「感受性の祝祭」と呼ばれる感受性を詩作の主軸とした世代の登場で、詩の世界は非常に華やかになりますが、同時に歌謡曲の世界にも阿久悠、山口洋子、星野哲郎たちが現れた。

この時代も詩人は頑張っているけれど、「詩を広げる・詩で食う」というビジネスモデルは、大衆性やロマン性を強調した歌謡曲のプロ作詞家たちにおおよそ吸収されてしまいました。キーワードの一つ「ビジネスモデル」の実質的な終焉です。詩人というキャリアで生活していこうというモチベーションにおいても、大きなフォッサマグナであったと思います。

ただし、詩人のステータスの高さはまだ保たれています。

六〇年代の後半になってくると、学生運動などのアンガージュマンのピークが訪れます。先ほどの鈴木志郎康さんもそうですし、石原吉郎、天沢退二郎、白石かずこ、富岡多恵子、辻征夫、高橋睦郎などが詩を牽引していきます。吉増剛造さんや、このあいだ『帷子耀習作集成』（思潮社、二〇一八年）を出した帷子耀（現・帷子耀。）さんも象徴的な存在ですね。詩人のステータスはとても高い。

一方音楽の世界では、六〇年代後半ごろからシンガーソングライターが登場して作詞家を凌駕しはじめたんです。

広瀬　七〇年代になると、中島みゆきも出てきますからね。

でも七〇年代になって現代詩が追いやられたかというと、まだそうじゃない。最初はシンガーソングライターたちも現代詩からインスパイアされていました。例を挙げると、吉田拓郎の「祭りのあと」(一九七二年、岡本おさみ作詞)には吉野弘からの引用があるし、赤い鳥の「紙風船」(一九七三年)は黒田三郎の詩を、松崎しげるが谷川さんの「俺たちの朝」(一九七六年)を歌うし。

豊崎　あと高田渡の「生活の柄」(一九七一年)も、山之口貘の詩に曲をつけていますよね。

広瀬　そうそう。だからまだ詩はステータスを保ったまま。でもビジネスモデルはシンガーソングライターのほうに移っていった。藤井貞和、佐々木幹郎、荒川洋治、稲川方人、平出隆など七〇年代も刺激的な詩人が出てきているけれども、詩で食べていくのは困難になりました。

第二のフォッサマグナ

広瀬　そして八〇年代から九〇年代にかけて、バブル景気とその崩壊が起こる。ここが二つ目のフォッサマグナ。ビジネスモデルの終焉に続いて、ステータスの下落です。八〇年代には先ほどの「麒麟」の詩人、そして伊藤比呂美さん、井坂洋子さんなどのいわゆる「女性詩」が非常に踏ん張って現代詩を支えています。

　この時期に新しい言葉のビジネスモデルとして出てきたのが、コピーライター。コピーライターと中島みゆきが出てきて、詩は非常に困った(笑)。みんなの言葉への興味や嗜好が詩へと向かなくなってきた。でもこの八〇年代で詩人たちが踏ん張ったから、まだ詩はカッコよい難解さを保てているとも思っています。

一方ここらへんで、〝ポエム〟という偏ったレッテルも生まれてしまったと思います。後ほど話す詩人のステータスの下落の予兆的な現象だと思いますが、追いやられた詩が難解な現代詩とメルヘンチックな〝ポエム〟という二つの呼称に寄せ集められるようにして、世間ではかろうじて詩が認知されているような状況になった。

豊﨑 「詩とメルヘン」的なものと、解釈が難しい現代詩にぱっきりと分かれたと。八〇年代以降だと、小説を書くという手もありましたよね。ねじめ正一さんは第百一回直木賞受賞作品『高円寺純情商店街』（新潮社、一九八九年）がすごく売れた影響で、詩も一時よく売れましたね。平出隆さんも平田俊子さんも小説を書いています。

広瀬 九〇年になるとバブル経済が頂点を迎え、そして九一年に崩壊します。その時代は、明るく消費を楽しむことがカッコいい、消費を促すコピーの言葉がカッコいい、トレンドにのることがカッコいい、根暗なものはカッコ悪いという風潮が顕著で、詩が暗くて後ろ向きで恥ずかしいものとして見られるようになってしまった。

豊﨑 それは、教養が軽んじられるようになってきたことと連動している気がします。八〇年代までは、少なくとも文学好きやサブカルくそ野郎（自嘲をこめての、トヨザキ的愛称）には現代詩は読まれていました。やっぱり九〇年代に入ってからだと思うんです、読まれなくなったのは。

広瀬 ステータスで言うと、九〇年代はどん底です。野村喜和夫さんや川口晴美さんや「洗濯船」のメンバーが詩集デビューしたあとの時期でもあります。さらにバブル崩壊の結果、ほとんどの書店には、売れ行きの見込めない詩集や詩の雑誌は置かれなくなってしまった。ステータスもビジネスモデルも何もない状況下で、詩が読まれる機会が失われていった。第二のフォッサマグナの恐ろしい結果です。

ここから二〇〇〇年代にかけての大きな転換は、サブカルの台頭ですね。特にアニメやゲームなどの強烈に成長したジャンルが、ほとんどのカルチャーのビジネスモデルを吸収してしまったという感じすらあります。

しかしカルチャーがこれほど多様化されても、詩はなくならなかった。詩は生きています。現代詩と〝ポエム〟として。

豊﨑 二〇〇〇年代に入ってからは、蜂飼耳、三角みづ紀、小笠原鳥類、中尾太一、岸田将幸、石田瑞穂、杉本真維子など、いわゆるゼロ年代の個性的な詩人たちが登場します。ただ詩の、詩人のステータスの回復にはまだ遠い。

わたしは、どんなに読まれなくなっても詩は存在し続けると思っています。これだけ長い歴史があるんですから。だから残っていることは不思議でもなんでもなくて、新しい詩人が生まれ続けているのも当たり前のことだと思うんです。でも、そうしたカッコいい詩と出会える場所がない。それが九〇年代以降の苦境なんじゃないかなあ。

広瀬 出会うすべが減り、さらに読まれなくなっていますね。ただ、二〇一〇年代までくると、マイナーなジャンルとして残っている詩にも活発な動きが起こってきています。詩が読まれる可能性が出てきた時代だと感じています。

豊﨑 最果タヒさんというスターが生まれたのは大きいですよね。一つには、かろうじて現代詩や教養に高い価値を置く世代が、他ジャンル、他メディアの中心にいるようになったことが大きいんじゃないでしょうか。九〇年代には、最果さんの詩集を映画にしようと動ける企画者は存在しなかったと思います。
　九〇年代とゼロ年代の不毛さを考えると、二〇一〇年代に入ってからは詩の復権というか、読む人が増えてきそうな希望が出てきましたよね。

広瀬　カッコいい詩を求めている人は確実にいますよ。

豊﨑　問題なのは、最果さんの詩を若い世代が読んでいるのは確かだけど、最果さんで止まってしまってても困るってことです。過去にもカッコいい詩があることを伝えていかないといけません。

広瀬　何で詩が読まれなかったのかを市場分析の立場から単刀直入に言えば、マーケットに版元が投資しないからです。ではなぜ投資しないかと言うと、利益を回収できないから。その状態では流通へのプロモートは不可能なため、かろうじて自費出版によるリスクヘッジで詩集を出していくことが可能なくらいです。そのためにいまほとんどの詩集が自費出版の形をとっています。利益回収には時代ごとにいろいろな手法があったと思いますが、新しい詩の動きを敏感に察知し目を向けていかなければならない。
　例えば、ポエトリー・リーディングやポエトリー・スラムという朗読の競い合い、ヒップホップとリンクした流れ。ＳＮＳや地方のイベントの拡大傾向。そういうところに版元が目を配ってジョイントしていかないと。いまは、詩を再び広く読まれる状況にできるチャンスだと思います。若い詩人たちはモチベーションも高く、考えも柔軟で個性も豊かです。カッコいいポエムも出てくるでしょう。この連載がそのトリガーになればいいなと思っています。

豊﨑　これから連載を二年ぐらいかけてやっていくことになりますけど、わたしはあくまでも門外漢として、詩の川を渡り切らないで、ボートの上に揺られながら、詩の中と外を行ったり来たりして考えていきたいと思っています。最後にはいままでの手垢にまみれた〝ポエム〟のイメージを洗い落とせたらいいですね。

02 情報の海をサバイブせよ

詩のサイバーパンク

広瀬　前回は明治時代からの、言わば近代詩と現代詩がはじまる時代の流れの中で、カッコいい詩を選んで読んでいったわけですが、今回は、時間を一気に百年すっ飛ばして、いま現在での一番新しい詩を見てみようという、豊﨑さんの斬新なアイディアで進めていきます。ここ百年のあいだで様々な物事が変わっていったのですが、その中でも特に飛躍的に進化したのは、情報テクノロジーではなかろうかと思うわけです。かつて萩原朔太郎は「ふらんすへ行きたしと思へども　ふらんすはあまりに遠し」と臍をかんで嘆いたけれど、いまやライブでノートルダム大聖堂が炎上する様子まで情報共有することができる。それほどの進化の時間を一足飛びに、いまの若い詩人たちの詩へたどり着いたとき、彼らは溢れる情報から何を選んで、何を築いてきているのか。今日は「情報」をキーに若手詩人の詩集を何冊か選んでみました。

豊﨑　世代的にはゼロ年代以降に活躍を始めた人たちですね。

広瀬　はい。しかし彼らを世代として一つの傾向で括ることはせずに、それぞれの特性を考えてみて

豊﨑　はどうでしょう。そこを読み解くと見えてくるんじゃないかな、新しいカッコよさが。情報という点から言えば、露骨にやっているのは、一九八二年生まれの山田亮太さんですね。「現代詩ウィキペディアパレード」（『オバマ・グーグル』、思潮社、二〇一六年）、これは笑いました。

既に日常言語が手垢にまみれ《現代詩》■奇抜な言語表現や隠喩に頼らざるを得《現代詩》ず■その隠喩がまた手垢にまみれ《現代詩》■さらに新奇な表現を求め《現代詩》■難解で先鋭的《現代詩》■ねじめ正一や谷川俊太郎らの「ナンセンス詩」にその傾向の頂点を見る《現代詩》■阿佐ヶ谷・パール商店街で民芸店「ねじめ民芸店」を営む《ねじめ正一》■熱狂的な長嶋茂雄、巨人ファン《ねじめ正一》■空振りするとヘルメットが飛ぶような仕掛け《長嶋茂雄》■奇怪で独善的な「詩的境地」《現代詩》■常人には理解不能な長嶋語・長嶋流和製英語《長嶋茂雄》■私秘性、難解性《現代詩》■どこまでそれを狙っているのか分からないようなファンサービス《長嶋茂雄》■孤立して先細る《現代詩》

（部分）

広瀬　最後の「長嶋」の件《くだり》は最高。彼は新しい表現に果敢に挑戦し続けている詩のパフォーマーです。

豊﨑　現代詩がはまっていった隘路を、ウィキペディアからの抜粋で上手に言い当てている。それから、ウィキペディアって、記述にところどころ間違っているところがあるでしょう。それをそのまま引用に使うこと自体、詩やフィクション、それからファクトというものに対する批評になっている。このアイディアを詩人に取られちゃって、小説家は大丈夫？　と思いました。

二〇一九年に第百六十回芥川賞候補になった鴻池留衣さんの「ジャップ・ン・ロール・ヒーロー」は、ダンチュラ・デオというバンドをめぐるウィキペディアの記載という手法で書かれている小説で、インターネット時代のポストトゥルース問題を描いたと評判になりました。この詩を鴻池さんに読んでもらって感想をお聞きしてみたいですね。

広瀬 山田さんは常にドライな感覚を崩さず、周到に言葉を置いています。ぼくはこの彼の詩の書き方はサイバーパンクだと思っているんですよ。組織的なネットワークに反抗し続けるという意志を持っているというところで。

豊﨑 自虐という要素もありますね。「ユリイカ」の目次を利用した「日本文化0／10」は、言葉や文章のオリジナリティの死を自虐的に演じているようです。

あと、こういう既存の言葉を再構成した詩の後に山田さんの普通の形式の詩を置いたとき、異形性や衝撃度は前者のほうが上でしょう。これもある意味では自虐的だなと思って。そこも含めて山田さんは自己批評性が高い。こういう自分と距離がとれている詩人は好きなので、面白かったですね。

広瀬 山田さんはTOLTAという、詩人の河野聡子さんを代表とする実験的な言語パフォーマンス集団の一人で、美術家と組んだり、演劇や音楽とコラボしたり、常に外を意識してジャンルを越境している。昔の前衛運動やアングラ運動のように表現が辛気くさくなくて、笑い飛ばせるところが最も新しい。

豊﨑 ウリポ（ジョルジュ・ペレックも参加した、言語遊戯的な技法の開発を通して新しい文学の可能性を追求する文学グループ）に似ていますね。

広瀬　偽物でもなんでもカッコいいものはいいという感覚を持っていらっしゃるんでしょう。ある詩のイベントで、山田さんがタマネギを剝いて涙しながら悲しい詩を読んだことがあって。それを見て、一生ついていこうと思いました（笑）。

意味を破壊した世界

豊﨑　一九七七年生まれの小笠原鳥類さん、この方は上の世代から「詩を変えた」と賞賛されているんですね。

広瀬　山田さんや鳥類さんは、新しい情報を発信する詩のトップランナーだと思います。鳥類さんは、現代音楽の作曲家やイラストレーターなど、他ジャンルの人からのオファーがとても多い。
　彼は、詩はわけのわからないものもいい、難解なものもいいという前提がしっかりしていて、それゆえに意味を問わない。これまでの詩人たちが追求してきた比喩の手法をも一蹴して、彼の脳の中にある宇宙をそのまま描いているようです。「ワニとゾウ」（『鳥類学フィールド・ノート』、七月堂、二〇一八年）という詩だったら、ワニがいてゾウがいて、というふうに、コンダクターが指揮棒を振ると、それに合わせてワニやゾウが詩の言葉になって紡がれていく。そこにすがすがしささえ感じてしまいます。ワニやゾウは比喩ではなく、そのまま存在するんですね。そうした中で「そして、それから、いつまでも誰もいなくなることがなかった」と優しい言葉が入ってくる。世界を慈しんでいる情感も伝わり、ぼくはとても好きな詩人です。

豊﨑　読んでいて、非常に自由度が高いと思いました。

ワニがいて、イルカがいて、とても安心で安全で、ここは、とてもよい場所だ、何の問題もない、とても、とても、とても、とてもよいことだ、よいことがたくさんあると言って歌っている。不吉な詩は書かれなくてよい。不吉な力を持つものは、いらない。とても快適なものが、よいだろう。そのようであったと思う。

(部分)

広瀬　この部分を文字通りに受けとっても、あるいは、皮肉や不吉な詩を求めない社会に対する批評であると受けとってもいい。押しつけられている感が全くない。

豊﨑　ゼロ年代の詩がそれまでの詩と変わったのは、まさにそこだと思いますよ。鳥類さんは、岡井隆さんが座談会で「岸田(将幸)さんたちの詩が、一般のひとでしかも教養もある程度あるような読者にはもう少しわかるようになればいいと思っているんです」と言ったことに対して、「そうではなくて、誰が読んでもさっぱりわけがわからなくてイライラしたり、あるいは変に笑うような詩を私は、あるいは私たちは、書かなければならない」(「現代詩手帖」二〇一〇年十二月号)と批判していました。やっぱり自分の脳内世界に自信があるんでしょう。そこだけは誰も侵せない。すごくカッコいい。

彼の詩には動物がたくさん出てきます。人間を介してでは世界や宇宙、この世の事象と接続できないから、動物を介しているんじゃないでしょうか。かといって、自分の詩に都合よくメタファーとして動物を扱っているわけでもない。小笠原鳥類ともわたしたち読者ともほぼ無関係に、ただゴロっと動物がいる、というのがとてもよいと思います。

広瀬 彼の頭の中には人間というものはいないような気がします。動物と楽器が人間のようにいるだけで。人間が動物のようにいるんでもなくて。むしろ動物が楽器のようにいる。

豊﨑 人間なんかいないし、おそらく自分もいないいんだろうと思う。

読んでいて気持ちのいい箇所もあれば、不安を誘うようなところもあって、不安であると同時に心地よくもある、麻薬的な、危険なリズム感がありますね。小笠原鳥類を読んだ後では、たいていのものが面白くなくなって困ります。

広瀬 過激な爆弾なんです(笑)。強引に若い詩人たちをカテゴライズすると、小笠原鳥類さんと榎本櫻湖さんや平川綾真智さん、それと佐藤勇介さんは意味を破壊または超越した世界という点で同じ系統ですね。暴力的な破壊ではなく自由な楽譜みたいな。先ほどの山田さんとはユーモアを持っているところが共通しています。

擬物語詩

広瀬 ユーモアといえば、マーサ・ナカムラさんの『狸の匣』(思潮社、二〇一七年)。これは入沢康夫風の擬物語が、ごく自然で当たり前なかたちで、ユーモアをまじえながら書かれています。ミステリーや謎解きのように軽いステップで読める詩で、擬似的な物語なんだけど、抒情性を巧みに含んでいて、最後にはほろっとしてしまう。どこか水木しげるの『河童の三平』のような話です。フィクションが軸になっている系列には、ほかに野崎有以さんや永方佑樹さんや田中さとみさんたちがいらっしゃいます。

豊﨑　もう少し小説寄りだけど、深沢レナさんもそうですね。この系列の人たちの作品を見ていると、詩と小説のあいだにある濃淡の差がそれぞれにあると感じますね。
　ただマーサさんは、例えば日和聡子さんと対峙できるのか。これを読んだかぎりでは日和さんのほうが上手《うわて》な気がしてしまうんです。物語を含んだ詩を書いたとき、やはり小説と比べられるところがある。その批評に耐えられるかが鍵。

広瀬　彼女にとっては物語自体が詩として選んだフォルムなんでしょうね。小説的、物語的なものをまとめて、しかも肩の力が抜けたような詩集っていうのはなかなか画期的だと思います。

豊﨑　いわゆる小説の言葉は、どうしても説明が求められる分、カッコ悪くなっていくのに対して、詩は説明がいらないからカッコいい。でも詩に物語があると説明的なものが入ってくるから、カッコよくなくなる分、読みやすくはなりますよね。
　マーサさんの対談（「現代詩手帖」二〇一八年五月号）を読んだんですが、最初は小説を書きたかったけれど、周囲に小説家志望の人が多くて、だんだん夢を失っていったというようなことを言っていて、だから小説に似た詩に逃げたんですかと、そこには引っかかってしまった。でも、こういうジャンルには日和聡子さんがいるし、ＳＦやファンタジーの方面には山尾悠子さんがいる。存在感を示すのが大変な場所だと思うんですが。

広瀬　本当はそっちに行きたかったんじゃないのっていう人はたくさんいますね。ほんとは米津玄師になりたくて、でもなれなくて詩を書いているんじゃないか、とか。マーサさんはそうではないと思います。彼女は小説としてではなく、あくまで詩的に小規模にまとめていて、とてもうまいと思います。

豊﨑　確かにマーサさんは言葉のセンスがいいです。

言葉を求められて、
柳田さんに手紙を出そうとして　膣に投函し、
そのことを告げにお家にうかがったとき、
「(手紙は) ポストにいれなさい」
と顔を赤くして私を叱り、泣く私の手を赤いポストまで引いてくださった日のことなど話した。

（「柳田國男の死」部分）

ユーモアというか、愛らしさがありますね。今後どういう方向に行くのか見ていきたいと思いました。

ポエムと現代詩を結ぶ

広瀬　暁方ミセイさんに行きましょうか。彼女の詩は抒情詩としての完成度が高く、近代的な抒情からの流れを汲んだとても正統な詩だと思います。特徴としては孤独でデラシネ的な要素があって、無理に共感を呼び寄せようとはせず、一人で世界に屹立しようとしながらも、片意地はらずに旅の日記のように感受した事象を綴っているところが魅力です。

豊﨑　「暁方ミセイ」というのは、当然ペンネームですよね。ペンネームは諸刃の剣です。変わったペンネームだと、読者はその人の作品に対するハードルを上げてくる。鳥類さんはそのハードルを軽々と越えていて、最果タヒさんはギリギリかな。暁方さんは、わるいけど「暁方ミセイ」じゃないほうがよかったんじゃないのかなあ。「風景の器官」（『魔法の丘』、思潮社、二〇一七年）という詩の最後、「こんなに空気には／植物の発する模様がいっぱい／風景は何でもよく覚えていて／わたしをたのしく見つめ返す」、この手放しの多幸感はどうなんだろうと思いました。

広瀬　いわゆる抒情詩の典型ですね。ゆえに暁方さんの詩は多くの人に読まれています。この対談には、〝ポエム〟という言葉から手垢を落とすという課題もありますけど、暁方さんはポエムと現代詩を素直に結び直すことができるような書き方だと思っています。そのスタンスに大きな可能性は感じます。
　そういう意味では、中尾太一さんにも同じものを感じる。

今日は鳥が見えないが、犬が川を流れている、へい、命を返してくれ
返してくれ
それはボブ・ディランのなんていう曲だったろう、僕は柱になって倒
れていた
それから何処までも転がっていった、柱の中には二人の子供が身体を
寄せ合っている

そいつらも激しい雨を感じて泣いている、やすらかに眠っていてくれ
生まれたところから遠くに来た、生まれたところは火事になった、僕は転がっていくから
それらは小さな炎に見えて、その小さな炎は僕の子供の怒れる二つの性器になった

（「a viaduct」部分、『数式に物語を代入しながら何も言わなくなったFに、掲げる詩集』、思潮社、二〇〇七年）

豊﨑　うーん、でも、中尾さんはちゃんと作品との距離がある気がします。よく固有名詞を出しているけど、言葉の使い方がポップで古い印象にならない。暁方さんは言葉が古風というか、昭和の詩にあってもおかしくないところがあります。

広瀬　確かに言葉の使い方は違いますが、シビアなところ、しかし根底に流れるウェットな抒情性は似ていると思います。

豊﨑　同じ抒情でも中尾さんからはシニカルな感じを受けるんですが、暁方さんにはストレートな多幸感を覚えるんです。過去の詩人たちにも多幸感はあったけど、その出し方はもっとひねくれていたんじゃないかな。

広瀬　そういうストレートな情緒の伝え方と共鳴力が、ポエムと現代詩をつなぐ要素に成り得るのではないでしょうか。

豊﨑　なるほど。「詩とファンタジー」の読者を現代詩に引っ張ってくる力が暁方さんにはあるん

じゃないかってことですね。確かに暁方さんを読んだ人に中尾さんの詩を手渡しても、好きになれるかはさておき、読めることは読めますもんね。

広瀬　難解とか生活とかメルヘンとか読む前にくだらない仕分けをされない、とてもニュートラルなポジションですね。

屈託のない抒情詩の先端

広瀬　中尾さんと暁方さんが出ましたけれど、ポエムと現代詩を結び直す最もＨＰの高い詩人が、岡本啓さん。岡本さんには誰でも安心して詩を読める絶妙な力があるんですよ。

未知を見つけようと
考えを止め
ノートは開けて

葉が騒ぐ
数えきることはできないけど
数えようとした短い時間に
木漏れ日は
いたむ肌になじんだ

こんなウナギをつかまえたんです
呼び止めるこの人は
狂っていないか
さぐろうと
交わしたたったふたことが
風景に細かな傷をつけていった
快速に乗り継いでみても
すり傷は
窓ガラスから消えない

（「息の風景」全篇、『絶景ノート』、思潮社、二〇一七年）

豊崎 岡本さんはすべてがカッコいい。詩集の装幀も自分でやっているんでしょう？　この人は人口に膾炙する詩人になれる可能性があると思いました。

広瀬 彼はテクニックもあるし、きちんと普遍的な抒情を押さえているのに、ちっとも古くないんですよね。優しい飾り気のない言葉が、ふいにカッコよさのほうへ飛躍する。

豊崎 第一詩集『グラフィティ』（思潮社、二〇一四年）で中原中也賞とH氏賞をダブル受賞、第二詩集『絶景ノート』で萩原朔太郎賞受賞というのもわかります。一九八三年生まれ、まだ若いですね。スター性を感じます。

旅する視点というか、ここではないどこかにいつも心を置いていて、世界に対して屈託がない。明朗で能動的なところが新鮮です。詩は一時期、世界に対して屈託があったけれど、それがぜんぜんありませんね。これはいまの世代の特徴なのかな。

広瀬 強要しないいんじゃないですか。暁方さんと同じように、デラシネ的なところがある。それでいて素直でとっつきやすい。

豊﨑 村上春樹が好きな人は絶対イケると思う。すごく優れた翻訳家がアメリカ人の詩を訳したみたいな〝声〟が聞こえてきて、日本人性をあまり感じさせません。

広瀬 屈託のない抒情性があって、詩に歴史的な部分も引っ張ってきているけれど、書き方が古めかしくなく新鮮。抒情詩の進化の先端に、岡本さんの仕事があるんじゃないでしょうか。

豊﨑 自分の視点で熊野古道やモロッコへの旅を書いているけれど、ちゃんと距離をとっている。主体として旅をしている自分がいて、その詩を書いている自分、自分が見ている光景があるわけだけど、決して近くないんですね。この岡本さんの旅の詩を読んでしまうと、小沢健二ですら古い気がしちゃって。オザケンは、さあ旅に出ようって呼びかけていたけど、岡本さんは旅に誘わない。

広瀬 これまで見てきた若手詩人は、みんな客観的でドライで、ユーモアがある。これを今回のテーマ「情報」に結びつけて考えると、情報ネットワークが普及する以前の情報伝達というのは常に直線的で教条的で押しつけがましく、目の前にそれは揺るぎなく確立しているように思えて、およそ情報を選択するという手段も意志も希薄な状態であったと思います。それらが自分にとって正しいか否かと判断することが一つの試練だったわけです。現在は自由に溢れんばかりの情報を選択できるインフラがまずはある。決して豊かな情報ばかりではないけれど、若い彼らは冷静に距離を置いて、力を抜いて上手に情報を選んでいる。詩情の中にユーモアを挟み込むことが、世間への諦念であるのか反抗であるのか優しさであるのかは断言できないけれど、そうしなければ自由な創作はできなかったんだなとも思います。詩の言葉が情報に操られないために。

シンクロさせる詩

広瀬 詩に限らず、ポップスの世界でも最近はパーソナルな距離をきちんととって、聴き手にダイレクトに熱く呼びかけたりはしないですね。さてそのように作り手と受け手が、フラットに冷めた関係性に思える中において、怪物的な存在感を放っているのは、最果タヒさんではないでしょうか。読者をシンクロさせるという、新しいスキルを持つ詩人です。『死んでしまう系のぼくらに』（リトル・モア、二〇一四年）は、いわゆるセカイ系に近い作品です。

豊﨑 最果さんがすごいのは、詩壇の偉い人のみならず、あいみょんとかが好きな若い子にも届く詩を書いているところ。

私は現代が好き。過去の人なんて会ったことがないからキョーミないし、未来の人なんて尚更。なんで過去の保存を私たちがしなきゃいけないのか、なんで未来のために私たちががんばらなきゃいけないのか、わからない。永遠に今でいいよ。もう誰も生まれなくていいし、だからもう誰も、死ななくていい。

（「2013年生まれ」部分）

こういうことを書くから若い人にも支持される。でも、あえて意地悪な言い方をすると、知識も教養もないけれど自我だけは肥大してて、それと同じぐらい大きなコンプレックスを抱え込んでいる人たちに対して、「そのままでいいよ」とお墨つきを与えてもいる。だから、最果タヒ現象にはいいことも悪いこともあるなと思っています。

広瀬 ほかの詩に「「死を弔うことが優しさの証明になるから、／みんな殺し合いをするのかなあ。」」（「夜、山茶花梅雨」）という一節がありますが、みんなこういう優しさを求めて飛びつくんですよ。直接的ではなくて共時的に揺さぶる。

豊﨑 最果さんは、もちろん狙ってやっていることだと思うんですけど、詩の中に描かれている「私」が常に世界よりも大きい。そして守られるべきは世界ではなく、「私」。世界はきみとぼくがいなかったら存在しないという、この不遜さが若者へアピールするんでしょうね。詩人界のインフルエンサー、現代詩の世界の「しまむー」こと島村遥と言ったら、最果さんは怒るだろうけれど。

広瀬 逆説的にリスクヘッジされた言葉の軽みのほうが命よりも重く体感されてしまうんですよね。恐ろしい仮想現実。しかし最果さんは詩の中の「私」にはすごく距離を置いていますね。

豊﨑 今日挙げてくださった詩人の中で、一番作品と自分との距離を置いています。にもかかわらず読む人は一番近いと思っている。いい意味でも悪い意味でも無視できない才能ですね。いまの若い世代の詩、二〇〇〇年代以降の詩を考えるときに、この名前を外すことはできない。わたし自身は、手放しにではなく幾分批判的な視線をもって見るようにしていますが。

広瀬 詩が広く読まれる機会、俗に言う販売接点を増やすためにも、最果さんの存在は最重要と思います。だけどなんでか詩壇は最果さんをあまり取り上げない。普通雑誌で売れっ子を大特集したら、売れるでしょう。

豊﨑 詩壇はお金が嫌いなのかな（笑）。最果タヒ特集とあわせて、いま活躍している若手詩人をプッシュすれば、最果さん目当てで買った若い人が、岡本さんと出会って面白いと思う可能性があるのに。

広瀬 その通りですよ。前回は詩のビジネスモデルについて話しましたけど、すでに大衆性はほかのジャンルに吸収されてしまっているのに、詩壇は詩の文学的ステータスだけは頑なに保持しようとしている。だから最果さんのように詩壇の外へ垣根なしにアプローチできる詩人を育てられない。これはもったいなくてしょうがない。

　現代詩における情報の問題はそういうところで、さっき豊﨑さんから出たキーワードで言えば、インフルエンサーを作らないし活用しない。例えば「現代詩は難解だ」と漠然と言われているけれども、そういうレッテルを自分たちで貼っているんじゃないか、しょぼい文学的ステータスのために。インフルエンサーにしてもそう。ぼくたちはこの対談では、ユーモアとかドライとか、わかりやすい言葉を使って話していますが、いわゆる書評や時評や対談には、書き手の思想的脈絡とか詩史的必然性とかを切り口にして、堅苦しく語るものが多すぎる。

豊﨑 最近「現代詩手帖」を毎号送っていただいてるので、パラパラ読んでますけど、何を書いているのかさっぱり論旨が伝わってこないものが多いですね。詩はわからなくてもいいけど、その詩を論じた評は詩を読まない人にも伝わるものじゃなきゃだめでしょう。

ところで最果さんが出ましたが、この流れではほかにどういう方がいるんですか。

広瀬 望月遊馬さん、この人も見事ですよ。彼の詩は一見ノスタルジックできれいな世界なんですけど、背景には焼け跡のような、地球が滅んだ後のようなSF的異世界のような風景があります。「ラプソディ」(『水辺に透きとおっていく』、思潮社、二〇一五年)という詩はまさにそうです。プロットは単純そうだけど、実はいびつな構造になっていて、水平に物語を追えない。タルコフスキーの映画みたいです。セカイ系ではないけど、もっと広く最果さん的な読まれ方をしてもいいんじゃないかな。

豊﨑 望月さんは二〇〇六年に現代詩手帖賞を最果さんと一緒に受賞しているんですね。わたしは水平的に読んでしまっているからだとは思うんですが、最果さんがJポップだとすると、「ラプソディ」はムード歌謡みたいな印象があります。

広瀬 そういう古さや湿っぽさはありますね。でも結構ぶっ飛んでますよ、これ。

豊﨑 「惑星姉妹」なんかは好きだな。「惑星姉妹の紙は、うすい方が姉、ぬれている方が妹で」。紙が「うすい」ときたら、散文的想像力では次は「厚い」だけど、「ぬれている」が来る。こういう飛躍が詩人の良さなんですね。

広瀬 カッコいいですね。望月さんは小笠原鳥類的な良さも持っていて、意味を追わないで読むと非常に小気味いい。

豊﨑 作風も幅広いですね。詩集冒頭に置かれている詩はすごく愛らしくて、読んでいると自分の子ども時代を思い出すし、一方で「ラプソディ」みたいな詩もある。

洗われた骨のなか
きみの内側で湾景はひろがる
つまり彼のゆくえは
いつもおもざしの底にあるのか
水を掬う手はいつも
白い

（「ラプソディ」部分）

広瀬 ホラーな要素もあって、「ラプソディ」は幽霊の会話のようにも読めます。
豊﨑 あと、アニメが好きっていうのは読んでいてわかりますね。
広瀬 それにホラーが好きで、キョンシー映画の共著まで出されています。
　望月さんは鳥類さんのようなほかのジャンルの前衛的なアーティストが飛びつくような作品とは違うけれど、若い人たちのあいだで読まれてシンクロしていける詩だと思います。

フレームの外の音楽

広瀬 ゼロ年代以降の詩人を見てきました。ほかにもカッコいい詩を書いている詩人はまだまだいますが、今回最後に取り上げるのは、一番新しい詩人である水下暢也さんです。『忘失について』（思潮社、二〇一八年）は、いままで挙げた詩人たちと比較すると、一見古風で硬質で、吉田一穂や吉岡実を思わせる言わば確固たる現代詩的な書き方です。しかし一方では、内容やモチーフには抒情的でノスタルジックな部分もあり、擬物語的な要素もある。今回挙げた詩人たちの要素をみんな持ち得ているところが彼の詩の特性であり、新しさであると思います。非常にテクニカルで、これだけ一つひとつの言葉を丁寧に選んで大切に配置する詩人は珍しいんじゃないでしょうか。

豊﨑 「詩」っていう五行二連詩は、大正期のモダニズム詩人が書いた作品だと言われたら、ふーんと思って読めちゃう。一方で「七郎の住処で」は一種の農民詩じゃないですか。どういう戦略を持っているのか、すごく不思議な人ですね。

広瀬 「七郎の住処で」は、老婆が畑を見ながら亡夫を思い出すという詩ですが、最後の二行で「夕映えを知らぬ東の方でうっすらと／稲光が毛先を広げる」。この稲光が彼の書き方を象徴しています。この表現はまぎれもなくメタファーでもあるのでしょうが、彼は映像がとても好きで、映画を観るときもファインダーの外の気配を感じたいと言っていました。この詩は、ファインダーをのぞくと老婆が悲しく畑の風景を見ているだけです。ところがファインダーの外では稲光が鳴っていて、その音が迫ってくると、詩の奥行きががらりと変わる。感情のすべてが光と音に乗り移り、フレームは情念の絵と化す。この強い動きは新しい刺激でした。

豊﨑 この人はときどき漢和辞典を引かないと読めないような漢字を使っているけれど、ルビをふっていないのは、音じゃなくて目で想像してくれということなのかな。耳で聞く言葉じゃなくて、漢字を表意文字として想像してみろ、と挑まれている感じがしました。

広瀬 鳥類さんのように、意味にとらわれない読み方なのかもしれないですね。ぼくは水下さんの詩集の栞文を「押絵と旅する詩人」という江戸川乱歩に引っかけたタイトルで書いたんですが、不吉な情感が意味よりも先に伝わりました。「その日の女」の「貳」なんて、

豊﨑

宙底《ゐど》あり
汝の絲
縊る鬼蜘蛛から
劒《つるぎ》を抜く
（全篇）

広瀬

意味が一つもわからない。「宙底《ゐど》」と「蜘蛛」は辛うじてつくけど、なぜ「劒《つるぎ》」を抜くのか。しかも「鬼蜘蛛」から抜くんですよ。すごい。こういうことを平気で文字化できるのが詩人。普通の散文の使い手だと、書いてもわからないからと、試すことさえやめてしまう。そういう意味で詩人は傲慢で、そこがいいんです。だから傲慢じゃない詩人を見ると、なんでわからせようとするのって思っちゃう。いいことですよね、傲慢。そんな水下さんが新しい詩人として登場したことは、これからの詩の面白い展開の一つになるかもしれないと、楽しみにしています。

情報と対峙する中で

豊崎　ゼロ年代以降の詩人を、「現代詩年鑑2019」（『現代詩手帖』二〇一八年十二月号）のアンソロジーでも読んでみたんです。

岸田将幸さんの「県道」（『風の領分』、書肆子午線、二〇二一年所収）は、スピッツだなって思いました。すごくポップですね。若い人にもっと受けていいと思う。「忘れるために県道を歩く／きみの胸のスピードは今どれほどだろう」。「県道」がカッコいいというか、何だか応援したくなる。

すごいなと思ったのが石田瑞穂さんの「Nomad」（『Asian Dream』、思潮社、二〇一九年所収）。HiGH&LOW的世界で、いよいよヤンキー詩が出てきたなって驚いた。

野崎有以さんの「塩屋敷」（『ソ連のおばさん』、思潮社、二〇二一年所収）には笑いました。「重なった生八つ橋のような往復書簡を一枚ずつはがしていくと／「農村生活の改善はカマドから！」というスローガンが発掘された」「女はアメリカから持ってきた液体を舐めつづけていた／「アメリカの子供はなんでもこれをかけるのよ」」。面白いなあ。散文的な想像力ですごくわかりやすい。ポピュラリティの高さを感じました。

永方佑樹さんの「中野3丁目」（『不在都市』、思潮社、二〇一八年）は、いまの時代の派遣とか、辛い労働をしている人の話じゃないですか。小説の世界ではバブル崩壊後に岡崎祥久さんが現れたけど、お仕事小説の書き手は大勢いても、新しい時代の労働小説を書く作家があまりいない。この労働詩はフィクションとして創作しているわけでしょう。作品をまとめて読んでみたいと思いました。
　榎本櫻湖さんの「Lontano」（『Lontano』、七月堂、二〇一八年）もすごくいいなと思いました。ぜんっぜん意味はわからないけど、イメージがパンパンと入ってくる感じ。わかってもらおうとはつゆほども思っていないところは鳥類さんと同じなんだけど、やっぱり榎本さんの個性だなと思うのが言葉ですね。鳥類さんの言葉は乾いていて、無機質なんですよ。榎本さんの言葉は滴っている。すごく水っぽい、濡れ濡れです。

広瀬　小笠原鳥類・榎本櫻湖系は音楽でいうとマキシマムザホルモン。脳内分泌物最大級です（笑）。石田さんや岸田さんはそれぞれのカッコよさを安定的に発信しながら若い詩を牽引しています。詩人も詩も色とりどりで、いい感じで楽しいです。

豊﨑　情報のスピード感が上がり、使えるアイテムも増えて、それを利用している層が広がった。そこからこういう感性が生まれてきた。言葉の組み合わせや使う単語のセンスによって好きな詩人とそうじゃない詩人はいるけど、俯瞰的に見れば、確かに広瀬さんがまとめてくださった系統があるんだと感じました。
　でも先入見なく詩だけを読んでいると、逆にJポップの詞のレベルが上がってきていると感じたんです。昔は松本隆さんみたいなレベルの人はめったにいなかったけど、いまやそれ級の才能がごろごろいる。ということは、意外に詩の言葉は広がっているんじゃないかな。逆に「現代詩手帖」に詩が載っている人で、米津玄師に負けてるんじゃないのって思ってしまう人もいるわけで。

広瀬　椎名林檎や向井秀徳、あるいはエレファントカシマシや浅井健一の歌詞のほうが現代詩っぽいと思うことがありますよ。よっぽど難解だし技巧的だし。さかのぼると井上陽水あたりから歌詞の言語は進化している。

豊﨑 星野源は言葉の選択の仕方がほんとにうまい。ドラマ『逃げるは恥だが役に立つ』の主題歌「恋」が大ヒットしてみんな恋ダンスを踊っていたけど、歌詞カードをちゃんと読んだらすごいんですよ。いまの若いシンガーソングライターの言語感覚ってむしろ現代詩に近いんじゃないかな。ということは、それに慣れ親しんでいる若い世代は、今日読んでいった詩人の作品だったら楽しめちゃうんじゃないですか。

広瀬 そこを結びつけるのが課題でもあるし、詩人たちにも、例えば椎名林檎に影響を受けた詩人は結構いる気がする。

豊﨑 最初に広瀬さんが、若い詩人たちは情報の取捨選択がうまい、とおっしゃったけれど、一方でいま、フェイクニュースに平気で騙される一般の若い人たちも多い。その中で詩人たちが言葉をどういうふうに扱っていくのか、興味深いです。

　前提中の前提として、表現者の手を離れた時点で作品はフィクションなわけで、それを自覚して、詩と自分との距離をどのくらいとるのか。操作の仕方によって、その人の作風が現れる。広瀬さんが挙げてくださった詩人は、距離をとる人が多かったですね。すごく遠い人もいるし、近く見せている人もいました。

広瀬 小笠原鳥類さんのような、新しい情報を一方的に発信する詩と、最果タヒさんのような、読者に自分の情報をシンクロさせる詩、その二つに分けると考えやすいと思います。わが人生や生活をうたう詩というのも昔からあるけど、それだって一種のフェイクとも思いますよ。本当に死ぬほど辛い人は、死ぬほど辛いことをレトリックを使って書くでしょうか。最果さんの詩はそれにモチーフは近いけど、距離のとり方が巧みで、バーチャルとして受容できる。いま物語詩が自然なかたちで受け入れられているのは、フェイクニュースをうまく昇華しているからでしょうね。

豊﨑　フェイクニュースを真に受ける人は多いけど、みんながフィクションを求めているかというと、違いますよね。だったらもっと小説が売れていいはずだもん（笑）。いまの若い人は、嘘なんかいらない、本当のことを知りたい、と思っていると思う。嘘は政治にいっぱいあるから。最果さんの読者だって、フェイクが欲しいんじゃなくて、信じているんじゃないですか。

情報と対峙するときに、情報と自分をどこまで近づけ、どこまで遠ざけるか。情報を取り入れた自分をどういう位置に捉えて行動していくか。その情報を信じてしまう自分自身を本当に信じられるか。そういう自己批評性が自分の中にあるのか。今日はそんなことを考えさせられました。詩にはそういう力がありますね。

03 シン・ポエム——サブカル詩の黎明

新しくて異質なカウンター

豊﨑　今回のテーマは「詩とサブカルチャー」ということで、現代詩界におけるサブカルの第一人者、川口晴美さんをゲストにお招きしました。川口さんはアニメ『TIGER & BUNNY』（二〇一一年）を元に、『Tiger is here.』（思潮社、二〇一五年）というユニークな詩集も出されています。
　そもそもサブカルとは何なのか。詩とサブカルが接近したのはいつなのか。そのあたりからうかがってみたいと思います。広瀬さんによれば、日本の現代詩にはフォッサマグナが二つあって、第一は第二次世界大戦後、そして第二はサブカルが台頭する一九八〇年代から九〇年代でした。どうしてそのころが現代詩のターニングポイントだとお考えになったんですか。

広瀬　以前に一九六八年ごろから文化が多様化して、詩人のステータスが低下していったという話をしましたが、その要因の一つにサブカルの隆盛があると思うんです。日本で「サブカルチャー」という言葉がメディアで使われるようになったのは、一九六八年の「美術手帖」二月号で映像作家の金坂健二さんが「サブカルチュア」という言葉を用いたのがはじまりとも言われています。その後八〇年代に入るとサブカルが成長し、若者文化としての現代詩の領域は縮小していく。その時期が一致していますね。

豊﨑 なるほど。六八年以前にもカウンターカルチャーという言葉はあったけど、それともサブカルは違いますからね。わたしは自分のことを元サブカルくそ野郎って称してるんですけど、八〇〜九〇年代のサブカルには、音楽、美術、演劇、小説と、何もかもが含まれていました。それだけでなくカウンターの対象であるハイカルチャーにもある程度詳しくないと、「サブカルが好き」なんてとても言えない雰囲気だった。誰とどんな話になっても参加できる幅広い知識を持ち、好きな分野に関してはオタクほどではないにしろ深く掘り下げていなければならない。サブカルって大変だったんです（笑）。でも、いまの若い人にとってサブカルはアニメや漫画という感じで、かつてのようなサブカルくそ野郎は絶滅危惧種ですね。

広瀬 確かに年代によってサブカルの捉え方は違うかもしれません。ぼくは、ハイカルチャーは音楽、美術、建築などの確固たる歴史ある芸術。それに対してサブカルは、新しくて異質で反抗的なもの。誰かに仕掛けられたものではなく、若い世代が自ら作り上げたもの、マイノリティたちの積み重ねで生まれた文化だと思っています。当時サブカルはコミック、アニメ、ゲーム、ファッション、ポップスと、多様なジャンルに広がっていました。いい意味で闇雲な勢いがあった。

豊﨑 ニューアカデミズムの隆盛とも重なっていますね。知のリーダーシップをとる人たちにサブカルとの親和性があったから、あそこまで若い世代に流行ったんじゃないでしょうか。
　詩とサブカルで言えば、八三年に「ポエムによるニュージャーナリズム」をキャッチコピーとする雑誌「鳩よ！」が創刊されました。創刊号のメイン特集は「ランボーって、だれ？」。同じ年にオンエアされていたサントリーのＣＭにもランボーが登場していた。そしてサブ特集に「コピーライターのコトバ」が組まれています。八〇年代にはコピーライターが人気職業になってスターが出てきましたが、これも詩とサブカルが接近した証左かもしれません。「鳩よ！」は当時詩人たちにどう受けとめられていたんですか。

広瀬　ぼくはアングラ嗜好だったので興味がありませんでした。あれはサブカルというより、マーケティング戦略の一つだという気がします。

川口　私は素直に、こんなふうにオシャレっぽいふりして詩が日常の中に入ってくるのは楽しくていいなと思っていました。

豊﨑　ファッションやサブカルに強いマガジンハウスが詩に乗り出したのは、あのとき若い人の気持ちが詩に向いていたという証拠じゃないかと思うんです。ただ、「鳩よ！」は詩の雑誌であることを早々に諦めてサブカル誌になっていきます。わたしも九〇年代に入ってからライターとして関わっていくことになるんですが。詩では広告を取れなかったのかな。

広瀬　サブカルの人たちは詩のほうを向いたけれど、現代詩はサブカルのほうを向かなかったんじゃないでしょうか。

豊﨑　銀色夏生が八五年に第一詩集『黄昏国』（河出書房新社）を刊行し、三代目魚武濱田成夫が八九年に自伝を出してデビューし、３２６が九八年にマガジンハウスから作品集を出して人気になりました。詩人たちはどう思っていました？　すごく売れてましたけど。

広瀬　ハードルが高い質問ですね（笑）。あれはサブカルとは違う流れじゃないでしょうか。魚武さんも銀色さんも、バブリーなポップさで売っていこうとするマーケティングで作られた存在という感じがします。

豊﨑 時代的にはサブカルに乗っかってますが。銀色さんは作詞家としても良い詩を書いているけれど、本来のサブカルとは異質な存在だと思います。そうかなあ。銀色夏生さんは少女漫画の影響をかなり受けていますよ。でも、「現代詩手帖」のような場所で論じられることはなかったでしょう？　中島みゆきは評論家が論じたりするのに、本人が詩人だと名乗っている銀色夏生論はない。現代詩界から圧倒的なハブられ方で、それが外部の人間からは閉鎖的に見えるんです。だからこそ、何にでもつながっていけるジャンルであるサブカルから詩を見出す詩人が現れはじめたのは面白い。川口さんは六二年生まれだから、われわれと同世代ですね。八〇年代に詩はもう書かれていたんですか。

川口 書いていました。実家には本がなくてハイカルチャーにほとんど縁がなく、かわりに子どものころから漫画が好きで、その延長線上で詩に入っていった感じです。

豊﨑 そこからの影響を自覚されたのはいつごろですか。

川口 大学生で詩作を始めたころから自覚はありましたね。私は少女漫画に育てられて、当時注目されはじめた高野文子さんとか実験的な作風の漫画にも影響を受けました。銀色夏生さんの存在は知っていましたが、読んではいませんでした。

豊﨑 八〇年代に川口さんが少女漫画の影響を受けていたころ、広瀬さんはゾンビの詩を書いていたんですね（笑）。

広瀬 はい（笑）。ゾンビもそうですし、ＳＦやミステリーの影響は大きかった。でも、そういう詩は詩壇にはほとんど相手にされませんでした。当時は現代詩には社会性を備えたハイカルチャーなイメージもあって、いまのように自由な素材が混在してはいなかったと思います。例えば、さっき326さんの話が出ましたが、彼はもともと19というフォークデュオのヴィジュアルプロデューサーでした。あの界隈の詩人たちはメディアミックスの手法を用いているのが特徴で、面白い戦略で頑張っていたけど、現代詩としては受け入れられなかった。現代詩には読者が少ないし、閉鎖的に見えるきらいもあるし、締め出されたかっこうになってしまった詩人もいるかもしれません。でも詩人たちがそういう状況を作ったのではなく、自分自身の思うように詩を書き続けて、いまにいたっている。その点は揺るがないとは思います。

サブカル的な詩

豊﨑 サブカルの洗礼を受けた人たちが詩を書くようになって、詩の世界も変化した部分があるんじゃないでしょうか。若いころにその洗礼を受けたお二人に、サブカルと親和性の高い詩についてうかがってみたいと思います。

広瀬 まず「新しい」「異質」「カウンター」といったサブカルの要素を持つ詩はいつごろから在るのだろうと、現代詩以前にまでさかのぼって探してみました。そしたらとんでもない詩を見つけました。北原白秋「金魚」（一九二一年／大正十年）です。

母さん、母さん、どこへ行た。
紅い金魚と遊びませう。

母さん、帰らぬ、さびしいな。
金魚を一匹突き殺す。

まだまだ、帰らぬ、くやしいな。
金魚を二匹締め殺す。

なぜなぜ、帰らぬ、ひもじいな。
金魚を三匹捻ぢ殺す。

涙がこぼれる、日は暮れる。
紅い金魚も死ぬ死ぬ。

母さん怖いよ、眼が光る。
ピカピカ、金魚の眼が光る。

（全篇）

大正時代の詩ですが、母親の愛情や子どもの寂しさを伝えながらもモダンホラーの要素がたっぷりあって愕然としました。モダンホラーと言うと、映画では『悪い種子』（一九五六年）や『悪を呼ぶ少年』（一九七二年）、『チルドレン・オブ・ザ・コーン』（一九八四年）などが有名

豊﨑　ですが、そのずっと前に書いている。わたしは『ハロウィン』（一九七八年）がとても好きなんです。最初は人間による殺人と見せかけて、最後に超常現象へと移行する。ホラーの醍醐味ですね。この詩も最後にどこか超常的になるでしょう。白秋はまさにモダンホラーの先鞭をつけているんですね。

広瀬　当時、世間からは残虐と批判されたらしいですが、白秋は「私は児童の残虐性を肯定するつもりではないが、児童の残虐性はあり得る」と毅然と反論しています。サブカルとしてフィーチャーされなくても、こういう視点が脈々とあったことに驚きました。

次は戦後に飛んで、谷川俊太郎さん作詞のアニメソング「ビッグX」（一九六四年）です。アニソンと言えば谷川俊太郎「鉄腕アトム」（一九六三年）と寺山修司「あしたのジョー」（一九七〇年）が双璧ですが、あえてこの詩を選びました。

軍艦なんか　ふんづけろ
戦車だって　手づかみだ
鉄のからだが　正義を守る
立ちあがれ　ビッグX
がんばれ　がんばれ　がんばれ　ビッグX（部分）

豊﨑　うーん、「鉄腕アトム」と比べるとあまり良くないかな。与えられた曲に言葉を当てはめたという感じがして。

広瀬　この詩は、第二のフォッサマグナ以前にあった「作詞」という詩のビジネスモデルから生まれた例として挙げました。先ほどの白秋の詩と比べるとそれがよくわかる。銀色さんや谷川さんは、このビジネスモデルでも成功されていると思います。

白い世界を持ち込む

広瀬　現在に飛んで、川口さんの詩です。この「Doughnut in「TWIN PEAKS」」（『ガールフレンド』、七月堂、一九九五年）がこれまでの詩と異なるのは、背景に生々しい生活圏を書いていること。それまでの詩に出てくる労働する場としての生活圏と違い、川口さんにとってのリアルはフランチャイズ化された街なんですね。ゲーセン、ドーナッツ屋、コンビニ……こういう冷めた世界を詩に初めて持ち込んでいて、その気配はサブカル的でもある。

豊﨑　エドワード・ホッパーの絵のようですね。

広瀬　ぼくは大友克洋を想起します。大友克洋の絵は白いとよく言われますが、この詩にも白さを感じる。乾燥した世界の内側で生々しい詩が書かれている。

ガラスの向こう側を誰かが通るたびに
自動ドアが開閉する
深夜のドーナッツショップに
冷えた空気が滑りこむ

そうではなく
温められた空気が逃げてゆく　というべきなのか
うすっぺらな蛍光灯の光は
自動ドアが開かなくても
絶えまなくここから流れ出し　逃げてゆく
くらい舗道へ　淫らな川のように
いくつもの靴底を明るませ
矩形の舌を通りすがりの脚に這わせる
誰だっていいんだ
自動ドアが開く
誰もやって来ない
深夜のドーナッツショップ
テーブルにはたくさんの細かい傷あとがついていて
指でなぞっていくと
こびりついていた古い砂糖粒が
爪のあいだに入り込む
夜　ひとりで　部屋で
ビデオを見ていた
「ツインピークス」を

（部分）

とても孤独な詩です。この後で『ツイン・ピークス』（一九九〇－九一年）の場面と交差していきますが、孤独を自動ドアの開閉で表しているところは本当に画期的。

豊﨑 怖いのがね、自動ドアが開くのに誰も来ないんですよ。まさに都市の孤独というか。川口さん、この詩はどんなふうに成立したんですか。

川口 これはデヴィッド・リンチのテレビドラマシリーズ『ツイン・ピークス』を延々と見ていたころに書いた詩です。雰囲気もキャラクターも大好きで、とにかく好きなもののことを書きたくて。これ話数が多くて長いから、見続けるうちに自分の中の一部がツイン・ピークスという町と混じりあうというか、普通に東京を歩いているのにちょっと物語の中にいるみたいな感覚になるんです。私、災害や戦争の映画だと自分はすぐ死ぬモブキャラだなと感じるんですが、ツイン・ピークスでは主人公以外の奇妙な登場人物たちが不穏なまま生きて暮らしていて、そこもよかった。物語の中の人物の痛みと、それを見ている「わたし」の情景が混じりあうように書けるといいなと思っていたと記憶しています。

広瀬 ぼくはこの不穏な空気や独特な世界観と同じ匂いを、その後登場された最果タヒさんや三角みづ紀さんにも感じるんですよ。不安定で現実的な白い世界に生きている。この詩の後ろのほうで、「ビニールシートに包まれたローラの死体は「青白い彼女の肌にはたくさんの細かい傷あとがついている」と描写されます。いまの若い詩人たちもこの傷を負っているような気がする。

川口 そうかもしれません。ドーナッツショップのテーブルの細かい傷あとと、たくさんの目に見えない傷を負いながら生きる感覚を重ねたのですが、久しぶりに自分の詩を読み返してみて、若い詩人がいままさに書いているものにもつながる部分があるように感じました。

二次創作の範囲

川口　この詩も、『Tiger is here.』も、自分の好きな作品をもとにして書いたのですが、二次創作と言えるかどうかは微妙ですね。原作を前提として書かれたものを二次創作だと考えるのなら、そうなのですけれど、これらは原作の外側で受けとめている「わたし」を中心に書いていて、原作の世界に入り込んでいるわけではないので。

迷いなく二次創作と言えるのは、映画『シン・ゴジラ』（二〇一六年）の世界で、大勢の人が死んでいく中で生き残ってしまった「わたし」として書いた「春とシ」（『やがて魔女の森になる』、思潮社、二〇二一年所収）です。原作の設定と物語を踏まえ、その世界に入り込んだ語りで詩を書きました。

豊﨑　広瀬さんの詩にもドラキュラやゾンビが出てきますが、ご自身ではどうお考えですか。

広瀬　キャラクターは引っ張ってきていますが、二次創作ではないです。

豊﨑　なるほど。詩の主体が原作の世界にいない「Doughnut in『TWIN PEAKS』」は二次創作ではないけれど、「春とシ」は主体が『シン・ゴジラ』の世界にいるから二次創作。確かにそう考えるとわかりやすい。広瀬さんの詩も二次創作ではない。その世界の外に出ていますからね。

広瀬　次に渡辺玄英さんの詩を紹介させてください。川口さんと双璧をなすサブカル色の強い詩で、セカイ系の詩人とも言われています。「ヨル（でんぱ」（『火曜日になったら戦争に行く』、思潮社、二〇〇五年）を読んでみます。

夜の公園で
どこにも　つながらないケータイを
耳にあてて　じっと立って
いる
どこにも　つながらないってことは
どこにでも　つながること
どこにでも　つながるってことは
ここに　たった一人だってこと
かもね　とか呟いて
きみは夜空の下にいて
いまでもヒトの形をしていますか？
ケータイのむこーでは
自動ドアが開いたり閉まったりする音がきこえたり
いろんな色がはじけたり（たりして
知らない味覚もひろがって
（ゲームオーバーまでまだ時間はあるんだろうか
、齧ると甘い・・・これは何？
（部分）

川口さんの白い世界に通じる不穏な寂しさがあります。「きみ」と「ぼく」は感情的なつながりではなく、どこにでもつながるツールである「ケータイ」でつながることで、逆に孤独を感じるというのがリアルですね。渡辺さんも、サブカルの定義である時代性あるいは新しさを見事に象徴しています。

川口　渡辺さんはアニメ『新世紀エヴァンゲリオン』（一九九五年－一九九六年）が好きで、キャラクター「綾波レイ」の名が詩によく出てくるんですよね。もちろんエヴァを知らなくても読めます。で、「綾波レイ」という子を好きな「ぼく」が語っているんだと考えて読んでいくと、詩そのものがどんどんエヴァ的世界に入り込んでいくんですよ。渡辺さんが二次創作と意識されているかどうかはわからないのですが、ぞくぞくするような絶妙さです。サブカル的なものを詩に取り入れるにしても、いろいろなやり方があると思わされます。

近代詩というサブカル

豊﨑　川口さんのお勧めの詩も聞かせてくださいますか。

川口　時代順に、まずは室生犀星の「兇賊TICRIS氏」（『抒情小曲集』再版、アルス、一九二三年）と萩原朔太郎の「殺人事件」。「兇賊TICRIS氏」は富岡多恵子さんの『室生犀星』（現・講談社文庫）で知りました。犀星と朔太郎は、北原白秋主宰の「朱欒」に二人の詩が掲載されたことがきっかけで知りあい、一時期とても親しくしていました。この本によると、二人で観たフランスの活劇映画がもとになってそれぞれの詩が生まれたようです。

兇賊TICRIS氏

TICRISはふくめんを為す。
TICRISは思ひなやみ、
盗むことを念ず。
盗むことを念ずるとき光を感じ
心神を感ず。
ぴすとるを磨き、
天をいだき、
妹には熱き接吻を与へ、
林檎を与へ、
TICRISは地下室のドアにもたれる。
べるりんの深夜。
（…）
露しげき深夜。
夜のぴらうどの上を
一台の自働車はすべりゆく。

べるりん午前二時。
まあぶるの建物をするすると攀づるもの、
黒曜石の昇天、
ぴあの鳴る。
あはれふくめんの黒。
まなこは三角。
手にはあまたの宝石《いし》をささげ
するすると窓より下る。

（部分）

殺人事件

とほい空でぴすとるが鳴る。
またぴすとるが鳴る。
ああ私の探偵は玻璃の衣裳をきて
こひびとの窓からしのびこむ
床は晶玉
ゆびとゆびとのあひだから
まつさをの血がながれてゐる
かなしい女の屍体のうへで

つめたいきりぎりすが鳴いてゐる。（部分）

サブカルとしての活劇にあった要素や雰囲気が、二人に流れ込んで詩に結実したと思うのですが、犀星はTICRISと名づけた主人公の内面と物語を描き、朔太郎は「ああ私の探偵は」と外側から見ている視点を入れて陶酔的。どちらも、ひらがな書きの「ぴすとる」が素敵な響きなんですよね。

広瀬 この二作、最初は江戸川乱歩の影響かなと思ったんだけど、乱歩がデビューしたのは大正十二年（一九二三年）。そして横溝正史や夢野久作らが巣立っていった、ミステリーや猟奇小説の商業誌「新青年」が創刊されたのが大正九年（一九二〇年）。詩のほうが先なんですね。驚きました。ひょっとしたら朔太郎や犀星のほうが、「新青年」を引っ張っていたのかもしれない。

さらに言えば、当時日本ではミステリー小説の翻訳がほとんどなくて、コナン・ドイルの「シャーロック・ホームズ」シリーズやモーリス・ルブラン「アルセーヌ・ルパン」シリーズが少しあったぐらい。そういう時代にこんな作品を書くとは、もはや変態ですね（笑）。

こうして見ていくと近代詩の成り立ちはサブカルとよく似ていますね。メインカルチャーに対するカウンター要素とか、若い人たちの感性といったサブカルの定義にぴったり当てはまる。

豊﨑 近代詩の流れは、既成の日本の定型詩を西洋から輸入した方法論で崩していって、マイノリティの立ち位置から方法論を積み上げて、心理描写を確立していったわけですから。

広瀬 ハイカルチャーである定型詩へのカウンターとして、自由詩が現れてきたというわけですね。前衛性イコールサブカルとは言わないまでも、非常にその要素があって、いい意味でサブカル

豊﨑　的に詩が進化していったんじゃないでしょうか。面白いですね。江戸川乱歩の研究者やミステリー評論家に、当時のミステリー作家が犀星や朔太郎をどう捉えていたのか、当時の現代詩からどういう影響を受けていたのか、ぜひ調べてほしいところです。

少女漫画、溢れ出す言葉

川口　次は高野文子さんの「たあたあたあと遠くで銃の鳴く声がする」（『絶対安全剃刀』、白泉社、一九八二年）から。漫画では、フキダシの中は登場人物が喋っている言葉というお約束があり、この作品では、女の子のひとり言と読めるのですけれど、もはや詩だなと思います。

目が覚めたのは真昼だった
お母さん
たあたあたあと遠くで銃の鳴く声がする
わたしたすけにいかなくちゃ
オムレツの焼ける前に帰ります
わたしたすけにまいります
貂よ貂！
わたし石ぶつけてくれます

わたし石ぶつけてくれます
おとうさんはきのうシャンハイへ行った
おかあさんは台所
貂はまた銃をいじめる
おかあさんオムレツのケチャップはたくさんかけてくださいね
きざみパセリもわすれないでくださいね
わたしもうすぐ帰ります
オムレツできたら帰ります
くすん
かわいそうなのけがしているの
てあてしてあげなくちゃ
わたしのベッドにしばらく寝かせてあげていいでしょ
(貂はどうしたの？　にげたの？)
しらない

(全文)

広瀬　すごく不思議な詩ですね。

川口　読んだとき、朔太郎の「とほい空でぴすとるが鳴る」音が、この漫画の中で「たあたあたあ」と響いている気がして。

豊﨑　銃声が鳴るんじゃなく、「たあたあたあ」と鳴く。日本語はオノマトペ天国で、宮沢賢治なども擬音語の使い方がうまいですね。高野さんがたくさん詩を読まれているのがわかる。

川口　高野さんの作風は先鋭的ですが、少女漫画はもともと詩と親和性があります。

竹宮惠子さんの初期のＳＦ短編「夜は沈黙のとき」（一九七八年）は、扉にボードレールの詩が引用されていて、私はこの作品で初めてボードレールを読みました。未来都市の夜の孤独を描く作品に、詩がよく似合っていた。

それから岡崎京子さんの『リバーズ・エッジ』（宝島社、一九九四年）。この漫画には、夜空のような真っ暗な見開きにウィリアム・ギブスンの詩が浮かぶ箇所があります。

豊﨑　ギブスンは『ニューロマンサー』（一九八四年）で一世を風靡したサイバーパンクの旗手ですね。

川口　私もサイバーパンクを読んで影響を受けた詩を書いたりしましたが、ギブスンが詩を書いていたのを知らなくて、岡崎京子さんに教えられました。

七〇年代から八〇年代の少女漫画には、それまでの漫画を大きく変革する豊かな表現の工夫がありました。言葉の扱いもその一つ。例えば萩尾望都さんの『ポーの一族』（小学館、一九七二年－）から。バンパネラとして少年の姿のまま永遠の命を得てしまったエドガーが人間の少年に語りかけるシーンでは、フキダシの中に書かれた会話が、続けて読むと詩のように響きます。

「ぼくはいくけど…」／「どこ…へ」／「遠くへ／きみはどうする?…くるかい?／おいでよ……／きみもおいでよ／ひとりではさみしすぎる……」。

次のページではフキダシの枠もなくなって、溢れ出た言葉は、エドガーの独白なのか、ナレーションなのか、改行詩のように絵の背景に浮かんでいるんですよ。

通りすぎる
ときどきの間《ま》に
ささやき　笑い
まなざしを送りかわし

夢を織る
人びとの
あいだを
走り走り

このときの
流れの果てに
なにかあるの
なら……

私にとって、少女漫画の言葉の表現と詩は地続きでした。現実の中では価値のないような何か、日常の言葉では掬い取れない何かを、表現したっていい。そう感じられて、それが私にとって希望だったのかも。いま〝ポエム〟と揶揄されるものに近いところもあるのかもしれませんが。

もう一つ、傾向の違う作品を。永井三郎さんの『スメルズライクグリーンスピリット』（全二巻、ふゅーじょんぷろだくと、二〇一二年－二〇一三年）というBL漫画です。山に囲まれた村にゲイだと自覚している中学生が二人いて、三島はオープンにしているけれど、桐野は隠している。これは二人が互いを知って、恋仲になるのではなく理解者として時間を共有した後のシーン。

フキダシの外の三島の独白で、「夜こっそりとしか開けられなかった／多分　桐野はずっと開けられなかった〃パンドラの箱を〃屋上で開けて中身を見せ合った〃…たったひと夏〃ほんの一瞬／宝物のような時間」。それからフキダシの会話として、「…楽しかったんだ／すごく」「うん／楽しかったねぇ…」。

二人がそれぞれの家に帰るシーンではこういう会話になります。「三島／がんばれ」「桐野も／がんばれ」。そして再び三島の独白で、「俺も／桐野も決断した〃自分の行く道を／それは幸せになるための決断〃諦めたような瞳はもうしていない／でも／涙があふれて仕方ないのは〃わかってたから〃ふたつの道はもう決して交わることがないのだと」。二人が決別を受け入れた瞬間です。

ここですごいのは、「楽しかった」とか「がんばれ」みたいなよくある日常の言葉が、フキダシ外の言葉に照らされて、重く切なく特別な響きを帯びること。こういうこともできるんだと感じてふるえました。

豊﨑　永井さんのこういう言葉をいいなって思える人は、まさに現代詩の潜在的読者だというわけですね。詩もそうだよ、と。

川口　そうです。ありふれたどこにでもある言葉が特別に響く瞬間を感受できる読者なら、詩も読んでくれるんじゃないかな。

読みの補助線を引く

川口　次は竹中郁の「ピアノの少女」（『象牙海岸』、第一書房、一九三二年）です。広瀬さんにならって、私もホラー風味の詩を（笑）。

少女はピアノを弾く。少女はピアノになる。少女はなくなる。

少女の友達が訪ねてきて。

「あら、この部屋は籬子《かきこ》さんの匂ひがぷんぷんしてゐるわ」と云ふ。

友達の少女はピアノの鍵《キイ》に触れてみる。

突然、ピアノのうへの花が生きてゐるやうに落ちてきて、友達の少女の裾のあたりを泣いたやうに濡らした。　（部分）

豊﨑　自分の体が全く別のものに変わってしまう恐怖はホラーの王道ですが、同時にこの作品にはその変容自体に官能的な雰囲気があって、恐怖と官能が近いということを実感します。
「ピアノの鍵《キイ》に触れてみる」とか、ちょっと百合の匂いもします。

川口　その通りです。男子どうしの恋愛関係を描く作品はボーイズラブ、女子どうしの場合は百合と呼びますが、この詩は百合ものとして読めるなと。そういう視点で見ると、ピアノになった少女は、自分で望んで姿を変えたのかもしれない。

豊﨑 わたしが思うに、このピアノになった少女は片思いをしていて、自分の体を弾いてもらうためにピアノになったのではないかと。……そう考えると、ものすごく百合な状況に見えてきた。

川口 そう、そうなんです！　すみません、解釈の一致が嬉しくて、思わず（笑）。

広瀬 ぜんぜんわからなかった（笑）。ぼくは、萩尾望都がレイ・ブラッドベリの連作を漫画にしたらこんな感じじゃないかなと思って読んでいたんだけど。

川口 百合として読むというのは、教科書的な読みからは外れているのでしょうけれど、こんなふうに読みの補助線を入れるのも面白いですよ、と提唱したい。

豊﨑 わたしは最初から百合として読んでいましたよ。このピアノの鍵はきっとクリトリスのことだな、川口さん、やばい詩を選んだなって（笑）。竹中さんは絶対にそんなつもりで書いていないし、聞いたら怒ると思うけど、わたしの中ではそういう詩になったんです。小説は散文だから説明が入って面白い誤読を許しにくいところがありますけど、詩にはその余地が残ってますね。

川口 あ、解釈違いの部分も（笑）。でも、詩はどう読んでもいいんですよね。読めない、わからないと思うのは、正解があると考えているせいじゃないかな。面白い読みの補助線を入れると、思いがけない姿で新鮮に見えてくる詩もあります。それを伝えたくて、近現代詩の中からBL読みできる詩を見つけてアンソロジー『詩の向こうで、僕らはそっと手をつなぐ。』（ふらんす堂、二〇一四年）を編纂しました。その中から、武者小路実篤の「しやうがない奴」という四行の詩。

「しやうがない奴だ」

「さうだ、しやうがない奴だ」

「君がだぜ」

「さうだ、ぼくがだ。」（全篇）

豊﨑　これはすごい。赤面してしまうぐらいのやばさ（笑）。

川口　BLという見方で読むとぜんぜん違ってくるでしょう。読む行為そのものに創造性があるんです。提示された世界をどう読むか、解釈が変われば作品の見え方が変わって、いくらでも多様な世界が現れる。そういうふうに詩を楽しむことができたら、面白いですよね。

SF的な世界

川口　次は時里二郎さんの『名井島』（思潮社、二〇一八年）から最初の一篇「朝狩《あさかり》」の冒頭部分。読み進むにつれ、ぞわっと引き込まれました。

植物図鑑の雨の中を　男は朝狩から帰還する
猟の身繕いのまま弓と胡籙《やなぐい》を床に投げ出して
仕留めた獲物を閲覧室の机に置く

それは耳の形状をした集積回路の基板《チップ》の破片
だった
（部分）

豊崎　映画『マトリックス』（一九九九年）みたいに、緑色の図像や文字が雨のように縦に流れて、男が現れるイメージが浮かびました。同時に、「弓と胡簶《やなぐい》」を持っているから、和風装束SFのアニメやゲームの立ち絵も頭をよぎる。この詩集は、サブカル摂取量が多いといろんなイメージが湧いて、読むのがより楽しくなるのではと思うのですが、どうでしょう。

広瀬　読み進めていくと、この男も実は「集積回路の基板《チップ》」の人だとわかるんですよね。さらに「自らの集積回路から剝ぎ取られた幼年の記憶の基板を探す」アンドロイドで傭兵ということで、『ターミネーター』（一九八四年）も思い出したりします。まさにSF詩。

川口　ぼくは「サイレントヒル」とか「バイオハザード」のようなゲームのイメージで読みました。いかめしい書き方が広大なSFオペラみたいで面白かったです。

尾久守侑さんの「ASAPさみしくないよ」（『ASAPさみしくないよ』、思潮社、二〇一八年）も、部分的ですが紹介します。

さみしくないよ、といって、カラーと白黒の狭間から、昭和五年の東
京に帰ってしまった恋人にあいたい

世界には、
世界には愛、以外のものもあるからさ、そんなに全速力で頑張るなよ
機内に響くぼくの声
羽田発の飛行機はユキの世界に迷い込んで、それでも寒くなかったよ、
なんて強がりを言えば物語になるとあのころ普通に思ってた
ユキ、が昭和五年の市ヶ谷に降った日、ぼくは一人だった。きみとい
るのに

さみしくない。それは嘘だから、声が聞こえるたびにぼくは新聞を裏
返しにして、君の帰りを待っていた
営業の仕事はたいへんで、なんだかぼくにはよく分からない資料作り
を毎日しては、ため息をついていたね、それに持ちこたえて、きみに
きみの出自を知らせないのがぼくの役割だと信じていた　（部分）

豊﨑　不思議な詩です。時空間がゆがんで恋人と会えなくなった設定のライトノベルかアニメの切ない気配を、作品を特定せずにイメージしながら、私は読みました。サブカルチャーと接触して生まれた詩なんじゃないかと思います。
これは、もともと昭和五年にいた恋人と、話者である「ぼく」は現在で出会っているんですよね。

広瀬　昭和五年という年代だけ、妙にはっきりしている。
川口　だけど現代で「ぼく」と過ごしていたときの「君」は、営業の仕事で資料を作ったり、日常的なリアリティがあるんです。
豊﨑　わたしは並行宇宙ものかなと思いました。いくつもの並行宇宙があって、このヴァージョンでは昭和五年にいる恋人が来ている。ＳＦ的にはいろいろな読み方の可能性がある詩ですね。

サブカルの中の詩

豊﨑　これまで詩の中にサブカルの要素を見てきましたが、広瀬さんは逆にサブカルから詩を見つけてくださいました。
広瀬　まず、ポップスからムーンライダーズの「水の中のナイフ」（アルバム『カメラ＝万年筆』、一九八〇年）です。

抱きしめたいなら
一度捨てた　水の中の砂色のナイフをひろえ
腕を切るんだ

Bloody Summer　陽なたの
シナリオ　血で書いた　エピローグ

（…）
クライ　午后　クライ　部屋
クライ　窓　終りから始めよう
（部分）

曲名はロマン・ポランスキーの映画から。さらに『カメラ＝万年筆』自体、ヌーヴェルヴァーグの映画監督アレクサンドル・アストリュックの映画理論からとられていて、全曲名がゴダールやロッセリーニなどの映画のタイトルです。歌詞を見ればわかる通り、限りなく現代詩に近い。音楽だとほかには、筋肉少女帯の大槻ケンヂさんも面白い。サブカルと現代詩を融合させようとしていた人だと思います。

コミックからは、これはもうぼくの好みですが、福本伸行さんの『アカギ～闇に降り立った天才～』（全三十六巻、竹書房、一九九二年－二〇一八年）。美術にしろ音楽にしろ、ハイカルチャーには言葉との乖離や身体性の融合という流れがあるんですが、面白いことにサブカルは言葉が中核に位置している。庵野秀明さんの『新世紀エヴァンゲリオン』もそうですね。中でも『アカギ』は言葉が強烈でインパクトがある。抜粋してみます。「まだだよ…まだ終っていない…まだまだ終わらせない！地獄の淵が見えるまで…」。「限度いっぱいまでいく！どちらかが完全に倒れるまで…」。「死ねば助かるのに」。「焼かれながらも……人は……そこに希望があればついてくる」。一行がぐいぐいと引っ張っていく。こういう言葉が持つ強度を大切にしたいと思いました。

ホラー映画からもいくつか。ぼくは悪役やモンスターの言葉のほうが印象に残ることが多いんですが、『ゾンビ』（一九七八年）の主人公ピーターが、なぜゾンビがこの世に出てくるのかを問われて、「地獄がいっぱいになると、死者が地上を歩きはじめる」。

豊崎　あまりにも悪人が多すぎる、と。

広瀬　ダンテの『神曲』地獄篇に「この門をくぐる者は一切の希望を捨てよ」とありますが、こういうやつらが溢れ出すわけですね（笑）。

　ほかに衝撃を受けたのは「昔、国勢調査員が来た時、そいつの肝臓を食ってやった」（『羊たちの沈黙』一九九一年から、ハンニバル・レクター）。「選択はお前次第だ」（『ソウ』二〇〇四年から、ジグソウ）。「夢はおれのものだ」（『エルム街の悪夢』一九八四年から、フレディ）。

　そして最後に、意表をついてキャッチコピーの言葉を選んできました。コピーライターはサブカルの流行の最たる存在です。しかし断言しますが、コピーは詩ではありません。あくまで商品訴求のための表現ですから。でも非常に強烈でキャッチする力が強いので挙げました。いずれも日本での配給の際に付けられたコピーです。

　有名どころでは映画『サスペリア』シリーズ「決して、ひとりでは見ないでください」（一九七七年）。さらに衝撃的なパート2（一九七五年、日本公開一九七八年）では、「約束です！　決してひとりでは見ないでください」。さらに『サスペリア・テルザ／最後の魔女』（二〇〇七年）では「三度目の約束です」となる。上手いですね（笑）。

　ぼくの映画のコピーオールタイム・ベスト5はこれです。「宇宙では、あなたの悲鳴は誰にも聞こえない」（『エイリアン』、一九七九年）。「先に死んだ者こそラッキーだ」（『サランドラ』、一九七七年）。「チェックインは簡単　チェックアウトは地獄」（『地獄のモーテル』、一九八〇年）。「生きてないものを、どう殺す」(『クリスティーン』、一九八三年)。「生き残るのは、死んでも無理」(『デッドコースター』、二〇〇三年)。

笑っちゃうけどカッコいいでしょ(笑)。ポエジーがあるわけではないけど、言葉を中核にした面白い表現だと思います。邦画では伊藤潤二原作の映画が頑張っていて、「愛してくれたら、殺してあげる。」(『富江 replay』、二〇〇〇年)とか、「ああ、きもちわるくて、きもちいい」(『うずまき』、同年)とか、センスいいね。

豊﨑 すごい。これって映画の宣伝部の人が考えているんですよね。でも、コピーの言葉がどう現代詩と結びつくのか、いまいちわからないんですが。

広瀬 詩には、心に残る一行の積み重ねがあります。例えば萩原朔太郎、宮沢賢治、中原中也には、誰もが覚えていて諳んじられる一行がある。谷川俊太郎さんや荒川洋治さんも上手いですね。でもそういう言葉の見栄の切り方、一行の決め方が、最近の現代詩では圧倒的に不足していると感じています。

相反して最近頑張っているのはラップで、彼らはリリックのパンチライン、つまり決め言葉を大事にしています。心と身体で詩を感じるために。それがないと詩を諳んじることができないし、いくらカッコいい詩があると言っても現代詩を広げることはなかなか難しいと思います。

豊﨑 かつての文学好きは詩の一篇や二篇諳んじることができましたが、それはパンチラインが効いていて覚えやすいからというのもありますね。確かにいまの詩は覚えにくい。

広瀬 田村隆一さんの「言葉なんかおぼえるんじゃなかった」(「帰途」、『言葉のない世界』、昭森社、一九六二年)なんて完全にパンチライン。こういう言葉の強さとカッコよさはいまの詩に必要です。

川口　強い言葉ということで私が思い浮かべたのは、梶本レイカさんの『コオリオニ』（全二巻、ふゅーじょんぷろだくと、二〇一六年）です。北海道警の実際のスキャンダル事件をもとにした刑事とヤクザのＢＬで、鬼戸が刑事で八敷がヤクザ。

鬼戸「ほっせえなァ…／何食ってんだ？　草以外」
八敷「この世の悪」（第二話）

鬼戸「……軽っりィなあ／ちゃんと食えよ…」
八敷「アンタが食いたい！　アンタが欲しい！」（第五話）

「何食ってんだ？」「この世の悪」は痺れるような強いやりとりですが、これ、「アンタが食いたい！」で味わいがまた変わるんですよね。八敷は、鬼戸を「この世の悪」だと認識したわけ。構成が秀逸。
また、『スメルズライクグリーンスピリット』の「楽しかった」や「がんばれ」は、それ自体には強い響きはない。でも、作品全体を読むと重さが変わってくる。そういう方向も考えたいですよね。

既成の詩を打ち破れ

川口　先ほどラップの話がちらっと出ましたが、私はいま、音楽原作キャラクターラッププロジェクト「ヒプノシスマイク」（EVIL LINE RECORDS、二〇一七年–）、通称ヒプマイにハマっています。物語世界とキャラクターの設定があり、声優さんがキャラクターとして歌うという企画。私の推しキャラは観音坂独歩（CV伊東健人）で、なぜかと言うと、このキャラの持ち歌「チグリジア」（リリック by 弥之助）が大好きだから。

今日も世界に音が多すぎる
虫の交尾のように人が通るビル
お気に入りの静寂が死に続けている
歌はきっとそれを弔う為のディテール
マイクを持つ意味は知らない
無くたって意に介さないけれど意思は誘い
意義の無い言葉だけ洗いざらい吐いたって
肺に息は満たない
小さな窓にうつり込んだ逆さの頭と
高さを競って絡まろうとする朝顔
その若葉の儚さを照らす光や
物言わぬ土塊は美しい気がした
芽は花や実になり朽ち果て

口は手に代わり目と鼻と耳を塞いだ
身を預けるような場所は捨てるよ
俺は独りでも歩けるよ

（部分）

豊﨑　観音坂独歩は、ブラックすれすれの会社勤めで疲れていてネガティブなサラリーマンという設定ですが、そういうキャラが「君は覚めない方が幸せか／俺は詩が書けない限り屍だ」って歌うと、心に刺さるんです。サブカルと詩の可能性として考えると、どんなキャラクターが言葉を発しているか想像できれば、受けとめ方を決められる。これも一種の補助線かな。文豪をキャラ化した漫画やゲームも流行っていて、そこから小説や詩を読みはじめる人もいますよね。

つまり、作品ごとにキャラクターを立てていったら、現代詩を読み慣れていない人も入りやすいんじゃないかと。まずは詩の世界に入ってきてもらわないといけないですからね。でもわたしは、現代詩は読みにくいからこそ好きなんです。何が書いてあるのかわからない詩が、自分の想像力を拡張してくれる装置になっていることがある。だからキャラクターを作るやり方も大事だけれど、諸刃の剣という気もします。

広瀬　いまはポエトリー・リーディングとかスラムとか、いろいろな詩の場があります。中でもサブカル的な戦略として注目しているのは、架空のキャラクターが詩を朗読して配信する詩のVTuber。例えば語葉《かたるは》シキさんというVTuberは可愛い女の子のキャラクターで、詩を読むんですよ。これは詩の入り口として萌えますね。

豊﨑　面白い。詩の出版社がプロジェクトとして立ち上げてもいいぐらいですよ。

広瀬　その流れで、ミソシタというVTuberがラップのような「ポエムコア」というジャンルで注目されて、メジャーレーベルからデビューしたんです。詩も用い方一つでどんどん広がっていく。ここに意味のわからないもの、深掘りしないといけないものをどんどんぶち込んで、接点を広げていったら新しいものができると思う。

豊﨑　それはキャラクター化にもつながりますね。例えば平手友梨奈が椅子に座って現代詩を読んでいるだけで引き込まれるでしょ。この人が読むから好きになるということだってあるじゃないですか。

広瀬　そうそう。そこから入って、あとはカッコいい詩を楽しんで探していけばいい。先ほど近代詩の成り立ちはサブカルと似ていると言いましたが、いまでもそういう流れは必要です。若い人たちがさらにぶっ壊していかないと進まないです。

川口　キャラクターというのは一種の設定ですが、実は、前に「現代詩手帖」の「川口晴美と、詩を遊ぶ」という企画（二〇一七年八月号－十月号）で、私が指定した設定をもとに、何人かに詩を書いてもらったことがあるんです。一回目が女子校、二回目がゾンビ、三回目は男だけになった世界という内容で。

広瀬　男だけになった世界の回にはぼくも書いています（笑）。

川口　設定はかなり細かく、例えば男だけになった世界の回は、「女性が死滅した後の社会（「女性」と接した記憶のある世代はもうほとんどいない。凍結卵子と人工子宮によって子供はまだ生まれ続けているが、XXは死産してしまい、XYしか育たない）で暮らしている」でした。
　つまり、「私」を起点に書くんじゃなくて、架空の世界に生きているキャラクターの視点を想像して書くわけです。原作がない二次創作のようなものかな。読者にも設定を共有しつつ入ってきてもらうことになる。これは連載終了後、『Solid Situation Poems』（稀人舎、二〇一八年）という冊子にもまとめました。

豊﨑　「設定詩」というジャンルになるんじゃないでしょうか。面白いので、ぜひ続けてやってほしいです。

今回は、お二人がどういう意図でこの詩を挙げたのか、このへんが萌えポイントなのかなとか、いろいろ想像しながら読むのが新鮮でした。詩に補助線を引きながら、自分の想像力で広げていくのはとても面白いですね。

04 「恋愛詩」が消えた!?

「恋愛詩」はどこだ

豊﨑　世の中の人の「ポエム」のイメージって、結局、恋愛じゃないですか。人は恋をしたときに詩を読んでみたくなる。今回、恋愛詩集をちょっと調べてみたら、ラムセス三世、ダライ・ラマ六世から、脚本家の北川悦吏子まで恋愛詩を書いていて驚きました。あと小池昌代編『恋愛詩集』（ＮＨＫ出版新書、二〇一六年）をはじめ、詩の専門出版社以外からもいろいろと刊行されていますね。古今東西一定数の需要があるから、恋愛詩は人口に膾炙している。にもかかわらず、いま現代詩ではどうかというと……。

広瀬　このテーマを設定したときは、不穏な世の中の癒やしに恋愛詩でも、と思ったんです。ところが、現代詩の中ではなかなか見つからない。調べていくと、詩のテーマとして恋愛は大きなシェアを占めると思っていたのに、どんどん恋愛詩が減っている傾向があるとわかったんです。

ぼくの詩を書くスタンスから言えば、恋愛詩が一番ストレートに読んだり書いたりできるし、原初的な詩の持ち味は恋愛観から派生するものだと思っています。それに恋愛詩の特性として、たとえ架空の存在であっても「私とあなた」を具体的な像として結ぶことができますよね。だから読み手が入り込みやすく、共鳴と感動をもって読まれることにつながっていきます。逆に、それは弱点でもありますよね。わたしは、自分が恋をしているときは「太宰はわたしだ！」ぐらいの勢いで自己投影して読めるけど、一転恋愛に興味がないときには、あの「キミとボク」のストレートな世界観が恥ずかしくて。実験的な作風であればまだその手法を面白がれるけど、恋愛詩は素朴なほうが売れるでしょ。すると現代詩読みにとっては鼻で笑うようなたぐいの〝ポエム〟になりがちなんですよね。

豊﨑 確かにそういう気恥ずかしさはありますね。青春のころに聴いた「『いちご白書』をもう一度」はいま聴けない（笑）。

広瀬 でも恋愛は実際にほとんど誰もが経験するのに、そして古今東西数多くの恋愛詩が綴られ続けているというのに、なぜいまの詩壇から恋愛詩が減っているのか。今日はマーケティングの要素を取り入れながら、一つの仮説をたててみました。これまでの対談でも話した詩の流れに、「恋愛」というモチーフを重ねたのがこの図です（九五頁）。

おさらいすると、近代詩の時代には詩の中に歌謡や童謡、唱歌の歌詞となったものも含まれ、詩人は生業としてのビジネスモデルを有していたのですが、戦後詩の時代になると第一のフォッサマグナによって市場としての詩作はポップスに流れていく。作詞家の台頭、そののちのシンガーソングライターの定着によって、作詞の仕事は引き継がれていきました。

八〇年代の第二のフォッサマグナでは、人々の嗜好がポップスとサブカルに移っていく。と同時に、さっきの気恥ずかしさの部分、いわゆる〝ポエム〟が分離していきました。ポエムと

詩の分裂の経緯に「恋愛詩の移行」をプロット

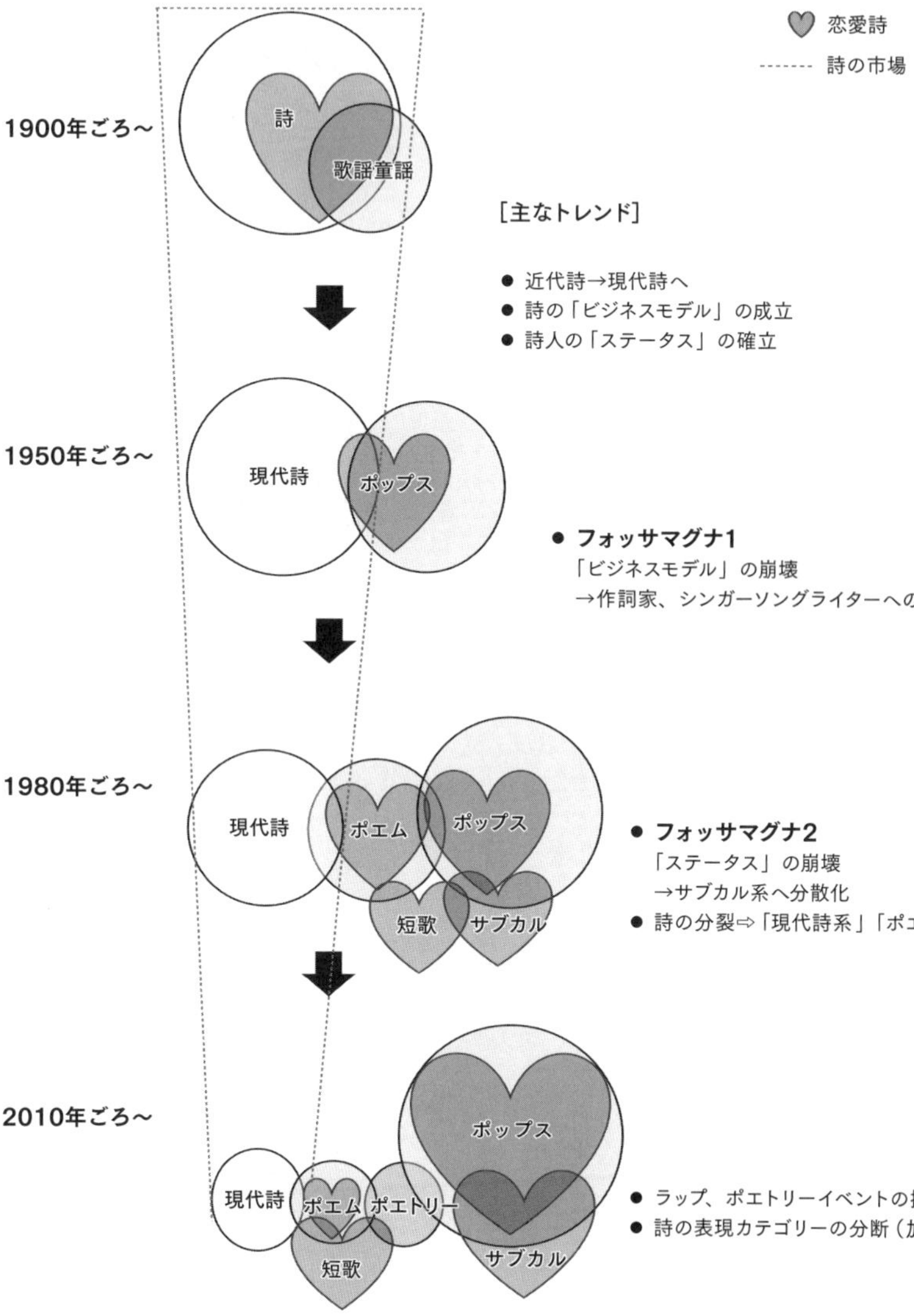

[主なトレンド]

- 近代詩→現代詩へ
- 詩の「ビジネスモデル」の成立
- 詩人の「ステータス」の確立

- **フォッサマグナ1**
  「ビジネスモデル」の崩壊
  →作詞家、シンガーソングライターへの移行

- **フォッサマグナ2**
  「ステータス」の崩壊
  →サブカル系へ分散化
- 詩の分裂⇨「現代詩系」「ポエム系」

- ラップ、ポエトリーイベントの拡大
- 詩の表現カテゴリーの分断（加速）

ポップスが恋愛詩を継承したわけです。さらにこのころ短歌の接近もあった。俵万智さんをはじめとした現代の恋愛を巧みに語る歌人たちの登場により、恋愛のテーマは現代詩よりはるかに多く短歌のほうへ紐付けられていきました。

ゼロ年代になるとさらにポップスが肥大化して、近年ではあいみょん、米津玄師、Official髭男dismなどが登場する。いまのポップスの大半の歌詞は恋愛がらみではないでしょうか。一方でポエトリー（ポエトリー・リーディングをメインにしたパフォーマンス）も拡大してきましたが、これは多くはラップに由来するプロテストなので、意外と恋愛をモチーフにしてはいないんです。

図の点線は詩壇ではなく詩のマーケット規模の推移をイメージとして表しています。このマーケットの流れに「恋愛詩のシェア」（ハートマーク）を重ねてみると、詩のマーケットの縮小に相関して恋愛詩がほかのドメインへと移行しているのがわかる。マーケットをニーズと捉え直すと現代詩へのニーズは少なくなっている一方です。――とこんなふうに、現代詩が読まれない理由の一つが、恋愛詩の減少によることであるかもしれないという仮説が浮上してきたのです。

豊崎　すごくわかりやすい。さらに言うと、言葉に対する関心が希薄になっているという問題もありますよね。いま現代詩でストレートな恋愛詩を書いたら、〝ポエム〟って馬鹿にされるところにいってしまう。だから実験性をプラスアルファしなきゃいけないけど、すると一般の人はわからないってことになって、髭男に流れていっちゃう。しかもポップスの言葉の力も強くなっていますからね、髭男の歌詞なんて現代詩と近いところにあるし、こうなると現代詩人は立つ

広瀬　瀬がないですね。

広瀬　こういう言語作用は、かつて詩人たちが学ぶ必要があったものだけど、彼らはサブカル側からそれを吸収してレベルアップしていますよね。
　あとこれは恋愛詩が減った最も本質的な原因なのかもしれないけど、現代詩の高齢化です。いまの詩人には若者が少ない。昔は例えば立原道造とか中原中也のように恋愛詩を書いて夭折した詩人がいたけど、いまや第一詩集を出すのも三十、四十が当たり前。おまけに読み手も年食ってるし。

豊崎　高齢詩人に恋愛詩を提示されても、おっさんとおばさんが何か言ってる、みたいになってしまうと。ポップスだと十代、二十代のミュージシャンが恋する自分を歌うわけで、そういうシンクロ具合がリアルなんですよね。文月悠光さんや最果タヒさんの世代ならギリでＯＫだけど。

広瀬　ぼく自身、還暦を過ぎて恋愛詩を語っていいものかと思いますけどね（笑）。
　いずれにしてもこんなんじゃあ恋愛詩はみんな書かないよな、というのが一つの結論です。

「青春」の輸入とポエムのひな型

広瀬　ここから一篇一篇の詩を時代にそって読んでいきたいと思います。
　近代の恋愛詩の先駆け、例えば島崎藤村の「初恋」（『若菜集』、春陽堂、一八九七年／明治三十年）のあたりで、フランスのヴェルレーヌやランボーやジッド、あるいはドイツのハイネといった西洋の詩が入ってくるわけですね。つまり「青春」という概念が日本に輸入されたのかなと思います。そうして生まれた詩の中から、まず大手拓次の「夜の脣」（一九二七年／昭和二年）を選んできました。

こひびとよ、
おまへの　夜のくちびるを化粧しないでください、
その　やはらかいぬれたくちびるに　なんにもつけないでください、
その　あまいくちびるで　なんにも言はないでください、
ものしづかに　とぢてゐてください、
こひびとよ、
はるかな　夜のこひびとよ、
（部分）

豊﨑　萩原朔太郎に「永遠の童貞」と言わしめた拓次のロマン。「夜のくちびる」とか生っぽいことを言いながら、ぜんぜん肉体的ではない、純愛です。この恋人は仮想ですね。いまで言うところの「俺の嫁」（笑）。現代でもそれ系の人には届くのかも。

広瀬　百年前のこの詩と同じ熱い思いがあって、いまもそういう年代が読むとホカホカするわけです（笑）。このように「青春」に裏打ちされた詩は、やさしい言葉だけど思いは直接的。恋愛は聖なるものだという揺るぎなさを前提にした当時の恋愛詩でした。
　次に四季派から立原道造と中原中也を選びました。四季派の人たちは、のちのポエムのひな型にもなっていると思うんです。特に道造は、デカダンだけどお洒落なところもあって、とてもカッコいいポエムのフィールドを作ってきた。

夢のあと

《おまへの　心は
わからなくなつた
《私の　こころは
わからなくなつた

かけた月が　空のなかばに
かかつてゐる　梢のあひだに――
いつか　風が　やんでゐる
蚊の鳴く声が　かすかにきこえる

それは　そのまま　過ぎるだらう！
私らのまはりの　この　しづかな夜
きつといつかは　（あれはむかしのことだつた）と

私らの　こころが　おもひかえすだけならば！……

《おまへの心は　わからなくなつた
《私のこころは　わからなくなつた

（全篇、『優しき歌Ⅱ』、角川書店、一九四七年）

豊崎　繊細で壊れやすく、ひねくれたところがない。道造のほかの詩もそうですが、「おまへ」という直接的な呼びかけが、月や風といった自然に届き、風景が詩人の佇まいに同化されていく。広い意味での擬人法が使われています。

広瀬　「蚊の鳴く声が　かすかにきこえる」に若さを感じる（笑）。年寄りには聞こえないモスキート音に本能的に注目しているのがお手柄。若さって素晴らしい！

豊崎　道造の詩が読者の心をくすぐるのは、モチーフがうまくいかない恋のところなんですよね。失恋の詩も恋愛詩の一つで、「《おまへの心は　わからなくなつた」、こういう心のすれ違いは定番かな。

広瀬　「《おまへの心は　わからなくなつた／《私のこころは　わからなくなつた」とリフレインさせるのはポップスのサビの原型ですね。恋愛の詞はサビにどんな言葉をもってくるかがキモですから。

豊崎　さっきの拓次もそうだけど、道造の作風はいまでも充分通用しますね。いまの現代詩以外には、ですが。というところ自体、やはり現代詩はいびつ。

広瀬　中也の詩は道造スタイルの真逆で、傲慢さや生意気さを露骨に出しています。どこかアルチュール・ランボーの「感覚」という詩にも似ているスタイル。

初恋

最も弱いものは
弱いもの——
最も強いものは
強いもの——

タバコの灰は
霧の不平——
燈心は
決闘——

最も弱いものが
最も強いものに——
タバコの灰が
燈心に——
霧の不平が

決闘に
嘗てみえたことはありませんでしたか?
――それは初恋です

（全篇）

（天才が一度恋をすると）

天才が一度恋をすると
思惟の対象がみんな恋人になります。
御覧なさい
天才は彼の自叙伝を急ぎさうなものに
恋愛伝の方を先に書きました

（全篇）

豊﨑　すごい独断。俺が初恋だと言ってるんだから、初恋なんだよ、と（笑）。「（天才が一度恋をすると）」の「天才」って自分のことを指してるわけですよね。「みんな恋人になります」って、ならんがな（笑）。でもいまだからそう思うけど、中学生のときに読んだら「素敵じゃん、中也」って、すぐ説得されちゃうかも。

広瀬　こんな強引さでも、思いが性欲にいたらないのは青春の詩であるが故ですかね。
　ところで恋愛が聖なるもので、プラトニックな真っ向勝負をしていたこの時代に、一つ異色な詩を見つけました。堀口大學の「拷問」（『砂の枕』、第一書房、一九二六年／大正十五年）。これは恋慕というよりももはやプレイというか、嗜好性がぶっ飛んでいます。

お前の足もとに跪《ひざま》づいて
何と拷問がやさしいことだ
愛する女よ　残酷であれ
お前の曲線は私を息づまらせる
ああ　幸福に私は死にさうだ　（全篇）

豊崎　うわ、十八禁だ。教科書にはぜったいに載せてはいけないやつですね。SMのお店に貼りだしてほしい。

広瀬　大正時代にこれはカッコいい。純愛路線の恋愛詩を完全に解体している。これも一種の偶像崇拝ではあるんですけどね。

戦後の恋愛詩

広瀬　以上の四人は近代詩と現代詩の橋渡しのような存在でしたが、戦後詩になるとまた恋愛詩の傾向は変わってきます。比較的晩年の詩ですが、豊﨑さんが挙げられた清岡卓行さんの「葉書の女」（『通り過ぎる女たち』、思潮社、一九九五年）はよかったですね。

彼は二十九歳になるまで
そんなすばらしい和紙を用いた
そんな奇妙奇天烈な葉書をもらったことがなかった。

表には　楚楚とした撫で肩の字で
宛名　そして　差出人の名前が
野花の散らばる感じに書かれているが
裏には　野花どころか
小石も　も　昆虫も
まったくなにひとつ書かれていない。
風さえ吹かない。

この思いがけない空虚を眼にした一瞬
彼の頭はくらくらっとした。
——こいつは一体なんだ
かすかに肌色をおびた　この白一色
眩ゆいような　この処女性の世界は？
それにしても　美しい皮膚のような
なんとみごとな和紙だろう！

（…）

やがて彼は　玄関からアトリエに戻り
それにしても　この返信は
またとなく滑稽で貴重な記念になると微笑みながら
和紙に漂う無垢の夢を
テーブルのうえにそっと置いた。
そのとき　彼は
空耳か
彼女の掠れた気品のある声を聞いた。
――わたしの体はね
　こんなふうに白いのよ。

（部分）

豊﨑　この男の人は「鈍感さん」で、最後にようやく気づく。男の人はこのぐらい鈍いほうがかわいい（笑）。

広瀬　手触りの色っぽさ。そのはがき大の矩形を想像するだけで、ちょっとそそるものがありますね。物語があるからですよ。でも「――わたしの体はね／こんなふうに白いのよ。」という声は妄想かもしれない。非モテの男が勝手に思い込んでストーカー化していくことってよくあるじゃないですか。

豊﨑

広瀬　ぼくは実はその二行はあまりピンとこなかった。あえて書かなくてもいいような気がして。それよりも「自分の油彩の下塗りにおいて／この和紙のような肌を作ってみたい」、自分の色に染めてみたいという独占欲が溢れる情熱的な詩だな、と思いましたね。

六〇–七〇年代

広瀬　谷川俊太郎さんの恋愛詩を探していて驚いたんです。谷川さんの詩には「私とあなた」がよく出てくるし、全体的なトーンが恋愛詩の世界に近いイメージがあった。ところが、「お前が好きだ」というストレートな主旨の恋愛詩はほぼないんです。次に挙げる「みなもと」（『うつむく青年』、山梨シルクセンター出版部、一九七一年）もそうですが、二人のことを書きながらも世界愛、俯瞰的な愛に結ばれていく。一つひとつの表現はきわめてドライで、青少年が顔を赤らめるようなことはない。

からだがからだにひかれて
こころはずっとおくれてついてくるのだ
はだとはだとがふれあって
ことばはもっとあとからかたられる
うつくしいもみにくいもない
ただそれだけのことを
太古から人間はくりかえしてきたのだ

たそがれのへやのうすくらがりに
あせがひかりいきがにおい
あたらしいいのちのはじまりのために
ちかうべきなにごともない
その無言にいま
しずかにまぎれこんでくるおんがく
群衆のような弦楽器たち
予言のような管楽器たち
ふたりをひきさくこころとことばの
あまりにもはやすぎるさきぶれとして　（全篇）

豊﨑　太古と「たそがれのへやのうすくらがり」の対比。遠近の使い方や視点の切り替えがすごく巧みです。改めて読むと、谷川さんはやっぱり詩がうまい。

広瀬　調和の力っていうのかな、最も身近な二人称を愛することによって世界を愛していく。そのことで、関係の危うさまでも描いている。とても上手な詩ですね。

豊﨑　しかも難解さのかけらもない。だからこそ愛され続けているんだと思うけど、これはすごいなあ。

広瀬　わかりやすくて愛されている詩だけど、一過性のポエムじゃない。もっと普遍的な深みがある。

豊﨑　谷川さんはキワッキワのところでやっているけれど、〝ポエム〟には絶対に流れていかない。

広瀬　現代詩の徳俵のところで踏みとどまる技術力が本当に稀有ですね。

次は辻征夫さんの「落日——対話篇」（『落日』、思潮社、一九七九年）。辻さんも谷川さんに近い巧みな詩人で、学生のとき、ぼくが唯一ファンレターを出したことのある詩人です。大人の落ち着いた恋愛をこの詩で知りましたね。いい歳をした男と女が、夕日を見ながらぽつりぽつりと呟いているだけですが、昔の夢を語ったり、何とも言えない豊かな空間ができていて、大人のゆとりに惚れました。

夕日
沈みそうね
…………
賭けようか
おれはあれが沈みきるまで
息をとめていられる
いいわよ息なんかとめなくても
むかしはもっとすてきなこと
いったわ
どんな？
あの夕日が沈むあたりは
どんな街だろう

かんがえてごらん
行ってふたりして
住むたのしさを…
忘れたな
どんな街だったの
行ってみたんでしょ
ひとりで
ふつうの街さ
運河があって
長い塀があって
古びた居酒屋があった
そこでお酒のんでたのね
のんでたら
二階からあの男が
降りてきたんだ
だれ？
黒い外套の
おれの夢さ
おれはおもわず匕首を抜いて

叫んじゃった
船長　おれだ　忘れたかい？
ほんと？
ほんとさ
…………
沈みそうね
夕日
（全篇）

豊﨑　昔の夢や若い無邪気さを卒業して、落ち着いた関係の中で認め合う二人の優しい駆け引きを、「沈みそうね／夕日」と、淡々と締める。うまいですね。

わたしにはそこでこの女の人の「やれやれ」っていう声が聞こえてくるんですよね（笑）。たぶん貧乏でアパート代も払えないような状況なのに、「船長　おれだ　忘れたかい？」なんてことを口走るような男にずっと付き合ってきた疲れを感じます。「ほんとさ」のあとちょっと間があって、「沈みそうね／夕日」と言った瞬間、そろそろかな、この人とも――って。

広瀬　ちょっと待ってください、豊﨑さん、ぼくの長年の憧れを砕いてる（笑）。

豊﨑　いろいろ解釈できるのが面白いんですよ。広瀬さんみたいにロマンチックに読む人もいれば、疲れた女の人の声を読みとってしまうわたしもいたりする。

そんな二人が共通して選んだのが岡田隆彦さんの「史乃命」（『史乃命』、新芸術社、一九六三年）。

喚びかける　よびいれる　入りこむ。
しの。
吃るおれ　人間がひとりの女に
こころの地平線を旋回して迫っていくとき、
ふくよかな、まとまらぬもいろの運動は
祖霊となって　とうに
おれの囲繞からとほくにはみでていた。
あの集中した、いのちがあふれるとき、
官能の歪みをこえて、
おまえの血はおれを視た。世界をみた。しびれて
すこしくふるえる右、左の掌は、
おれの天霧るうちでひらかれてある。
おれは今おそろしい　と思う。
飛びちらん　この集中した弾みのちから！
愛を痛めるものを峻別するだろう。
聴け　明澄音は、
いとも平常な表情をして、
吹きあげる史乃の言だまであり、
猛禽類を臭い海原へさらって、

おまえは路上軌線などの斜に佇んで、
しごとへつく男　なにかをひらってくるおれ
くしゃくしゃの通勤袋なんぞを振って出ていく男へ
朱い丸い光をフッフッと
投げおくっている。護符のように
おれにぶらさがっている形式はすべて
照りはえよ。きらめけよ　ときに
豚殺しの手斧のように。

（…）

女ひとはまたいつか死ぬるだろう。
その死は史乃の死か　おれの死か
一体たれが区分けしてみせる？
あふれるおまえの赤い夜の川のなかで唯今、
唇たちに吸われて唯今　おれが　唯今
たしかに放らつだからこそ、ここに
おまえが唯今いるからこそ、
オッパイなんかあてどなく、
彫りおこそう　クソッタレ
史乃命。しのいのち。

（部分）

広瀬　現代詩における恋愛詩の最高峰。読む者へのいかなる譲歩もないガチな現代詩的手法で、ここまで疾走感を出しまくる。すべての詩行が「史乃命」の一語につながるんです。見事な恋愛詩。しかも高度成長期のエネルギッシュな時代背景が浮かび上がるパワフルな巧みさです。

豊﨑　「吹きあげる史乃の言だま」なんて普通出てこないですよ。それに対し「なにかをひらってくるおれ」。史乃を謳い上げる一方で、語っている「おれ」は意外に卑屈というか、自分を下に置いている。その感じが好きですね。

広瀬　前のめりに語りの速度がどんどん上がっていって、ついに「オッパイなんかあてどなく、／彫りおこそう　クソッタレ」。「あふれるおまえの赤い夜の川のなかで唯今、／唇たちに吸われて唯今　おれが　唯今」という畳みかけもいい。これは時代を超えて残る名作です。前のめり、一直線に「史乃命」という叫びで頂点に駆け上がっていく。ポール・エリュアールに「自由」という詩があって、「ぼくはきみの名前を書く」というリフレインを延々と続けて、最後にそれは「自由」だと叫ぶんですけど、実は元ネタは惚れた女のことで、それに負けないほどの熱情的な詩ですね。

「女性詩」のカウンター

広瀬　八〇年代になると「女性詩」と呼称されるトレンドが登場し、近代詩から続いていた男性視点の熱愛の疾走や、あるいはポエム的聖なる恋愛詩観が一変します。道造的な恋愛ロマンを蹴散らすように多くの女性詩人が登場しました。「女性詩」を語るとき、よく女性性とか生理的といった言葉が使われますけど、当時ぼくは正直ピンとこなかったですし、そういう名称やカテゴライズ自体に意義を見出せませんでした。
ただその中でも伊藤比呂美さんの「歪ませないように」（『伊藤比呂美詩集』、思潮社、一九八〇年）は、見事にそれまでの恋愛詩へのカウンターになっていると思います。

白玉をつくってわたしの男に
持っていく
砂糖を煮て蜜をつくり
茹でた白玉を漬けて
ひやす
密閉して
持っていく
（…）
わたしはまるめて
白玉を茹でる蜜を煮つめるそしてひやす
とてもせつない
のぞみふくませて
とろとろの蜜

つるつるの白玉
わたしの男がそれをのみこむ
唾のようなとろとろ
尻のようなつるつる
そのあじわいはどうか?

歪ませたくないと
せつなく男もおもったのである
およんだな
わたしの分泌するわたしの食物
いとしい男に
ふかくふかく

（部分）

豊﨑 「およんだな」というパンチラインが効いてますね。白玉を口に運ぶだけなんだけど、一行一行が肉体的でなまめかしく、どんどん男を引き寄せていくんですね。どっちかというと、赤ちゃん扱いですよね、白玉を口にもっていって食べさせてあげるのって。この時代は伊藤さんも男を甘やかす詩を書いていたんだな。でも「わたしの分泌するわたしの食物／いとしい男に／ふかくふかく」って、ちょっと怖いですね。

広瀬　それまでのポエムにつながる恋愛表現のひな型をひっくり返した詩だと思います。「女性詩」が身体的な表現を全面に出してきて、とても流行ったわけですが、一方で恋に恋する詩たちはポエムという名の下に新たなカテゴリーを形成し拡大していきます。「女性詩」とポエム、この真逆な二つの流行期は、わりと重なっているんです。

この時期の詩で、今回ぼくが一番ヒットしたのは川田絢音さんの「グエル公園」（『ピサ通り』、青土社、一九七六年）。

わっと泣いていて
夢からさめた

夏の列車
知らない人に寄りかかって
眠っていた

汗をかいて
グエル公園に登ると
りゅうぜつらんのとがったところで
鉄の棒をもった少年たちが
コツコツ　洞窟のモザイクをはがしている

青空に　近い広場で
好きな人を
ひとりづつ　広場に立たせるように思い浮かべていて
酢みたいなものが
こみあげた
ここで　みんなに　犯されたい

（全篇）

グエル公園はバルセロナにあるアントニ・ガウディが設計した公園で、摩訶不思議なその場所はまるで時間の歪みのようなイメージを与えてくれます。その公園を装飾するモザイクのように男たちの記憶を貼りつけ、捻じれた時空の中で犯されたいという、凄まじい恋慕と未練と欲情の磁場ですね。

豊﨑　最後の「ここで　みんなに　犯されたい」というフレーズが凄まじいですね。川田さんは詩の深い読み手にも知られていて、かなり人気がある詩人です。八〇年代に詩を好きになった人たちで、川田さんから入った人はかなりいると思いますよ。

広瀬　なかなか過激な詩ですよね。決して生理的な詩ではないけど、恋愛詩として完成度が高く、カッコいいな、と思いました。

豊﨑　でも女だと決めなくても面白いと思うな。ゲイでもいい。好きな男が並んでいてお尻の穴を犯されたい、みたいな。いろんなパターンで読める詩だと思います。

八〇年代男性詩

広瀬　八〇年代というのは男性詩人の手による恋愛詩がほとんどないんですよ。ぼくはこの時期に第一詩集を出したこともあり当時の詩の風潮のことは生々しく覚えていますけど、全体的な流れの背景としてはニューアカデミズムがあり、難解な口調で詩は死んだというようなネガティブな文言がまことしやかに唱えられはじめ、その中で「女性詩」に加え「ライトヴァース」が突出して流行っていて、それまでの古今東西の王道の一つであった恋愛詩が、現代詩の世界に入り込む余地が全くなかったように思います。恋愛詩が「女性詩」に圧倒され「ポップス」に移行しだしたころですね。

次は城戸朱理さんの第一詩集『召喚』（書肆山田、一九八五年）の連作から「21」を。そういう時代にあって揺るぎない王道の恋愛詩です。

あなたを、と書きはじめられる手紙の一夜
その日々のままとどまることはできない　途惑い
深く、惑いの空に沈み　閉じられた楽譜をなぞっても
眼　昏　時と失われて（音階ではなく、）
具象画のように描写することもない
見ることもできない眸の

あまたある流星となって果てて　髪のひとすじを
色彩のない　少年期の葉むらを分けて秘めて
告白することもない　(打たれることのない鍵盤)だから
どこかで緻密に誤られる(私も徒労の使者、)

これといった原因もなしに三日前に死んだ、と
ひとつの報らせを知りながらも

(全篇)

豊崎　「召喚」というのは死者の魂を呼び込むという意味で、二十代半ばでよくこんな深みのある詩集を作るなと衝撃を受けました。帯の「死者よ、とどまれ」も非常にカッコいいフレーズだと思います。

広瀬　ライトヴァースの時代に、軽い言葉に背を向けていた一群の人たちもいたということですね。そうです。一過性の風潮に溺れない堂々とした詩です。全くの偶然ですが、この詩は豊﨑さんが先に挙げた清岡さんの「葉書の女」の真逆の物語なんですよね。少年時代から憧れていた人から手紙が届くけれど、実はその人は死んでいたという悲しみの歌で、清岡さんとモチーフは似ているが結末は正反対。恋愛的な表現は見せないけれど情景が感動を呼ぶ、とても純粋な詩です。

次に近年の詩集からですが、野村喜和夫さんの「オルガスムス屋、かく語りき」(『デジャヴュ街道』、思潮社、二〇一七年)を紹介します。野村さんは恋愛詩の変遷の中で、ひとり異色なエロ

ス的恋愛詩を創作し続けている、唯一無二のスペシャリストです。この詩は一見本能剝き出しのようだけど、実は非常にプロットは計算されていて、リズミカルに、男性的な想像力で書かれています。

（このあいだは桜、楽しかった、桜のように、こんな生も散る、わかってはいるのだ、世界を疑う歳でもないし、でも桜と桜、そのあいだに、いつもの、ホテルアイビス、俺、アンタ、まぎれこんで、どんどん不詳になってゆく、そんな感じだった、俺の精液を飲んで、アンタ、骨灰の味がすると言った、桜の木の下には、人のたくさんの遺骸が埋まっている、それは知っているが、それから俺、はじめてアンタを縛り、アンタ、縛られて悦ぶ、知らなかった、今度は鍼灸師みたいに、ブスブス、アンタの乳首のまわり、針だらけにしてみようか俺、アンタへと、肌、不詳、アンタ、俺へと、肌、不詳、それでいい、俺たち、たぶん、夢のあとに生きていて、俺、役者志望なれど、次第に裏方だし、アンタ、空飛ぶ石胎だし、タハッ、失礼、気がついたら四十路をいくつも越え、体調管理だの、アロマテラピーだの、だがむしろ、聞こえないか、肌の不詳において、俺たちに似た誰か、ざわざわと自律し、肌の不詳のうえを、勝手に、時ならぬ時のように、行ったり来たりする、オルガスムス屋だ、たぶん、オルガスムス屋だ）、

ひとつになるためのステップ、踏み、踏み、
絶頂へのスピン、えがく、ほら、ほら、
オルガ、織るよ、俺が、住む巣、
すがすがしい巣、結び、
産む巣、結び、
高らしめ、

お、尾、緒、
おる、おれの尾、
斧、おのおの、
オルガ、るが、うるる、
がる、ガルル、ルルッ、
うる、うるおう、
るる、るり、
在る、在るよ、ぐるり、
くるり、るるが、がるが、
ヘイ、ガール、売る、
売るる、熟るる蛾、

（部分）

豊崎　この詩は面白かった。タイトルからして『ツァラトゥストラかく語りき』ならぬ「オルガスムス屋、かく語りき」。おかしくって笑っちゃった。

広瀬　精緻な技術でロジカルに組み立てようとしながら、いつしか本能に引っ張られてしまっているのが野村さんの詩のいいところです。

豊崎　後ろのほうに「俺、同棲相手と別れるつもりはないし、アンタだってそうだろう、旦那とはいままで通り、それでいい」ってあるから、いわゆるダブル不倫ですよね。二連目の「ひとつになるためのステップ」から三連目の最後まではSEXの場面だと思うけど、そこで言葉の順列の組み合わせで遊んでいる。これってダジャレでしょ。いたしてるところでダジャレが出てくるのって、すごくオヤジだなと（笑）。

広瀬　そこが「女性詩」と違うところで、徹底的にしゃれで書かれていますね。最高のオヤジです。

豊崎　この言葉遊びの部分を口に出して読んでいくと唇が喜ぶというか、赤ちゃんの口唇期みたいな性に対する感覚が伝わってきます。声に出して読みたい詩ですね。

大人のエロス

豊崎　実はわたしが持ってきた中にも不倫の詩があるんですよ。松浦寿輝さんの「逢引」（『松浦寿輝詩集』、思潮社、一九八五年）という詩です。

いつまでも、その手前にとどまること。瞳がむずがゆい。血の疼きはひととき忘れていよう。ぼくのも、きみのも。舗道のうえを、塩辛蜻蛉が一匹、すいー、すいーと飛んでいる。きみは、いつでも遅れてやってくるんだね。ほのぐらい部屋に、さっきまで誰と一緒にいたのですか。うっとりとまなざしを曇らせながらさしだしてくるきみの柔らかな若い唇は、頸筋は、乳首は、まだ、誰かの接吻の花粉にまみれているみたいだ。はげしい陽光に灼かれて、あたりをゆきかうひとびとの表情はみなかぐろく翳っている。

（部分）

広瀬　男には幼い娘と妻がいるんですけど、途中で「夏の逢引はいつも、昼」とあって、これから若い愛人と会うんだとわかります。で、彼女に「ほのぐらい部屋に、さっきまで誰と一緒にいたのですか」なんてことを言う。相手は別に結婚していないから、同世代の若い恋人とセックスしてたって本当は文句を言えない。でも、つい言ってしまう。小説のようにも読める詩です。

豊﨑　松浦さんのこの流れるような文体は稀有ですね。その前の「同居」という詩も素晴らしい。「でも　それでも親密なにおいでわたしたちの間隙をみたしながらやさしく天井へあがってゆくのは　このすみかの下水のしたたり　下から上へ上から下へ泡のようにいきぐるしく回るあたたかな膜のなかで同居するのに　わたしたち熟した葡萄の艶と感触をもつ大小の水のつぶつぶが要るんだ　そんなになかよしわたしたち」。同居したばっかりでまだラブラブな二人って感じで読んでいくとエロいでしょ。

広瀬 表現が濡れてくるんですよね。「親密なにおい」「熟した葡萄の艶」とかね。タルコフスキーの『鏡』みたいに、どろどろに溶けて混じりあって同居するのかもしれない。

豊﨑 わたしは松浦さんを『ウサギのダンス』で知ったのですが、八〇年代後半にとても有名になりましたよね。

広瀬 当時松浦さんは朝吹亮二さんたちと「麒麟」という同人誌をやっていて、とても憧れていました。『ウサギのダンス』だと「物語」という詩も有名です。「終焉の物語のはじまりにすぎないのか　愛しています　あなたを愛しています　あなたを愛しています　あなたを愛しています　あなたを」。連呼の途中で「あなたを」で詩が終わる劇的なアクセントにドキリとする。松浦さんの手法はこれまでの現代詩のそれとは違い独特なパースペクティブですね。八〇年代は、ほかにも白石かずこさんや金井美恵子さんみたいなスター詩人がよく雑誌にも登場していました。詩人がオピニオンリーダー的な役割も果たしていた幸福な時代です。現代詩がサブカルとすごく接近していて、今よりは大勢の人に受け入れられていたんだと思うと隔世の感がありますね。

豊﨑 小池昌代さんも恋愛を大事にしている詩人で、小説でも桃がじゅくじゅくに熟れたような、疲れが見える男女の恋愛をモチーフに描いています。今回は『雨男、山男、豆をひく男』(新潮社、二〇〇一年)から「旅のおわり」を挙げました。旅から戻ってきた男の人が、急に「ぼくたちは別れなければならないとおもう」と切り出すわけ。

わたしもまた
長い長い終わりのなかにいたのだったが
しかしこの終わりを終えてしまえば
このひととの
新しい始まりもあるはずだと
そう考えていた
終わりのときであった
わたしたちの終わりに侵食されて
周囲のものまでが次々にほろびた
オーブンが　電話機が　冷蔵庫が　プリンターが
こっぷも割れたし、窓ガラスも割れ
あらゆることの終わりは続いた
みずみずしいばかりに
あらゆる終わりが
わたしの周囲に雪のように降り積もった

（部分）

男の人が思う別れのあり方と、女の人の思う別れのあり方の違いがよく伝わる。たぶん二十代の終わりから付き合ってきて、もう四十になろうかという女の人に別れを告げたんだよね。彼女は滅びていく時間をヒステリックに男に叫ぶんじゃなく、心の中で静かに静かに絶望して

広瀬　いく。小池さんって、やっぱり大人の女性の詩人だなあ。モチーフ的には結構ベタなのにもかかわらず、最後の三行のインパクトの強烈さはさすがです。これはカッコいい。

豊﨑　小池さんの場合、メロドラマがギリギリのところで詩として成立しているのが見事だと思うんです。

広瀬　語り口が突出してうまい。とてもテクニカルな詩人だと思います。

二〇〇〇年代

豊﨑　次は若い詩人たちの詩を見ていきましょう。

広瀬　二〇〇〇年代に入ると、そもそも「恋愛詩」というカテゴリーがなくなっているような。生活の一コマである恋愛という出来事が、何気なく日常に溶け込んだまま示されているのが特色と思います。

最初に取り上げる三角みづ紀さんの「しゃくやくの花」（『カナシャル』、思潮社、二〇〇六年）はそのような詩の代表作です。

安物のベッドが
壊れてしまいそうな
セックスの夜

むかしのこいびとのもんだい
を吐き出したおとこは
わたしに
プロポーズした

わたしは
とても拙いから
ことばは返せずに
おとこを
抱きしめて
きすをした

わたしは
とても拙いけど
これから
を強く感じたから
煙草を吸うこと
を
やめました

朝と云う概念がめばえたら
駅ビルの花屋
で
一本三百五十円の
しゃくやくを二本
買います
おとこが帰ってから
それは
固いつぼみを緩め
夜中には
咲きこぼれます
とても死ぬ　きれいね
とても死ぬ　きれいね

（部分）

かつての「女性詩」の生理も四季派の純情さもないし、胸焦がす情熱的な風景でもない。ただ「おとこ」と恋に落ちる生活とそこでの小さな幸せとの折り合いをつけようとしている、健気な恋愛詩です。劇的な気持ちよりも変哲もない暮らしのリズムに視点があっているからこそ、「とても死ぬ」という最上級のカッコいい痺れが力強く表される。でも三角さんは、最果さんの恋愛詩のように離れたところから俯瞰的に見ているわけではないですね。

豊﨑　わたしはね、古いと思いました。「わたしは／とても拙いけど／これから／を強く感じたから／煙草を吸うこと／を／やめました」とか、「次に桜が唄う頃／わたしは／よめになるのだ」とか、二〇〇六年ってまだこうだったのって。

広瀬　そういう表現は、あえて使ったんじゃないかと思いますけどね。

豊﨑　いまは#MeTooのような運動もあるし、先鋭的な女の人はこの詩を受け入れないと思います。ただ一方で、マイルドヤンキーと呼ばれている人たちには、この感じってすごく心地いいわけですよ。中学のときから付き合ってる男がいて一緒に不良やってたけど、「そろそろ一緒になるか、俺たち」とか言われて、じゃあ子どもも産むから煙草止めるわ、みたいな。

広瀬　マイルドヤンキー的なリアル。非常にそれはわかりやすいな。でもぼくはそういう意味での古い、新しいという感覚はなかったです。

豊﨑　いまの時代は女性もはっきり二つに分かれていて、昭和的な時間から外へ出ていけない女性と、#MeToo運動をやっているような女性のあいだには断絶がある。この詩はどちらかというと前者に寄り添っているけれど、でもマイルドヤンキーは人口的には主流層なので、そういう意味では三角さんの詩は共感性が高いですね。

パンクが炸裂

豊﨑　広瀬さんが挙げてくれた橘上さんの「花子かわいいよ」（『複雑骨折』、思潮社、二〇〇七年）。これはかなり好きです。「ガロ」の漫画みたいな怒濤の勢いで、もうバカなの？　って感じがして（笑）。

花子。かわいいよ花子。えっ何？　何でこんなにかわいいの？　かわいい。本っ当にかわいい。かわいいわ。何つーか、その、かわいい。ばりばりかわいい。花子をミキサーにかけて、どろどろした花子ジュースをつくったとしても、絶対かわいい。もうヤベェ。ヤベェよ花子。ヤベェヤベェ。電柱があって、その電柱を花子と思い込めばかわいいもん。もう何だろうな。死ねよ。死んじゃえよ。何でお前みたいなのが生きてるんだよ。もう死んじゃえよ。マジで。ホンットに死ね。頼むから。死んでくれよ花子。ホントに。かわいいよ。花子。かわいいよ。死んじゃえよ。かわいいよ。（部分）

広瀬　この詩集の全篇がこうだからね（笑）。岡田さんみたいなハードロックじゃなくて、こっちはパンクしてるなと。ノリが半端なくいい詩ですよ。

豊﨑　わたしはパンクでさえないと思うんですよね。もちろん計算づくでやっているのはわかるけど、このバカな感じ、これも一種のマイルドヤンキーなんですよ。ANZEN漫才のみやぞん的な足立区のテイストを感じる。足立区詩。新しいジャンルです。

広瀬　橘さんは「うるせぇよ。」っていうパンクバンドのボーカルもやっています。この詩はすごくストレートでわかりやすいけど、うまいですよね。二〇〇〇年代になってぼくが語り口で目を見張った詩人は、小笠原鳥類さんと橘さん。新しい時代の恋愛詩と言ったら、橘上さんが一番に浮かびました。

豊﨑　今回挙げていただいた詩で一番好きかもしれない。小説を書かせてみたいなあ。きっとすごく面白いのが書けると思う。

分断された女性観のリアル

広瀬　三角さんや橘さんとも毛色が違うのが、文月悠光さん。「大きく産んであげるね、地球」(『屋根よりも深々と』、思潮社、二〇一三年)は大人になりたい少女の気持ちを感じる詩です。

目を閉じれば、私は消える。
まばたきの隙に、
あの一瞬の暗闇のときに、
からだは別の何かへすり替わっていく。
私が地球をはらんだのは
誰のしわざでもない。
まぶたの裏に一幕の宇宙をひろげて
ここからずっと、覚えている。

私を子ども扱いするのなら
地球、お前を産んでみせよう。
子宮の内にふくらませ、
お前をひそやかにまわしてやる。
覚えたての自転はぎこちなく、
ときおり子宮の壁にすり寄ってくる。
未熟な重力のため、
宇宙へ絶え間なく砂がこぼれる。
さらさらと
文字をしたためるようなその音は
身重のときを告げている。

（部分）

豊﨑　わたしはこれを恋愛詩としては読めませんね。女性というものの性、それから女性性が世界にもたらす幸福や恩恵と危うさ、そういうものを描いているんじゃないかな。人間を一人産むことを、地球を産むぐらいのスケールの大きさで捉えている。

広瀬　マザーアースと子宮が同化するわけですね。確かに恋愛といえるような対象はないけど、それもひっくるめた大人に対する挑戦でもあり焦りでもあり、一つの方向性として提示しました。

豊﨑　三角さんの対極だと思うんですよ、文月さんの女性観って。三角さんの描く女性は男から愛さ

広瀬　れるけど、文月さんのは男を去勢するような強い女性性。文月さんの詩はメルヘン的な部分も持っていて、ポエムにもギリギリ寄るラインですよね。だから男性から見てリアルな恋愛観は感じない。しかし良くできた詩とは思います。どちらが女性の共感を得られるんでしょうか。

豊﨑　いま女性は分断されているから、好みは割れると思います。この「大きく産んであげるね、地球」には女性ならではの意地悪さや皮肉も入っていて、そういう女は嫌いっていう女性もいますから。

「恋愛詩」というカギ

広瀬　最後は最果タヒさんの「恋人たち」（『恋人たちはせーので光る』、リトル・モア、二〇一九年）です。なんと、豊﨑さんも同じ詩を挙げていました。

誰でもないよね。
抱き合って、語り合う二人の顔は、そのときふっと消え失せて、誰でもなくなる、そうやって、愛は成立していくのだと、遠くから見ている、私は知っている。彼らだけが彼らの顔をつよくつよく記憶して、まぶたをつよく、閉じる、その力で、光りだすこと。私だけが見ていた。ほんとうは、彼ら以外のすべてのひとが、見ていた。愛ということばが生まれてから、それらのまぶしさは信仰の対象となり、彼らは余計に孤独となった。本当はただ、顔が消えただけだ、愛し合うことで、誰でもない人間となる瞬間が生じたというだけ。誰を傷つけても今のきみなら、無実だぜ。

うつくしい心などどこにもないけれど、
ただ満ちていく浜辺がある、冬の、交差点。

（全篇）

豊崎　先ほど広瀬さんも「俯瞰的」とおっしゃっていたけど、最果さんの恋愛詩では作者は外にいますよね。語り合う二人がいて、それを作者が遠くから見ているような、非常に人工的な恋愛詩。岡田さんの「史乃命」が、史乃という女性に対する思いや性欲を全部ぶつけるエモさがあるのに対し、最果さんはかなり冷静です。

広瀬　交叉点の男女を見ながらこっち側でじーっとカメラを回しているようですね。ただ最果さんがうまいのは、必ず登場人物にエールを送るところ。そのあとで、「ただ満ちていく浜辺がある、冬の、交差点。」とパンチラインを決める。技術的には抜群だと思いました。

豊崎　この詩集だと「鉛筆の詩」も好きです。「なつかしいな、きみの頬にぼくのむかしの柔らかさが宿っている気がして、触れたくなる」。この冒頭、いいですよね。

広瀬　男が自分のことを「ぼく」と呼んでこうさらりとは書けません。ジョン・レノンの「イマジン」みたいに大袈裟になっちゃう（笑）。きっとこの「ぼく」ってアニメやコミックのイケメン王子様みたいな、ああいう男子ですよね。

豊崎 新海誠監督の映画に出てくるような男子。物語としては、昔付き合っていた女の子がいて、抱き合って頬を寄せたこともある。でも「ぼく」は世の中の嫌なことも知ったし、もう変わってしまった。で、五、六年後にふっと再会して、きみの頬に、かつての自分の柔らかさを思い出すという。ここが最果さんのうまさ。好きなのに別れてしまった彼女との思い出のある男の子が読むと、もうたまらないでしょう。

広瀬 でも最果さんほど、現代詩の流れに逆行している人はいないんですよ。

豊崎 そう、不思議ですよね。普通なら銀色夏生みたいに〝ポエム〟って言われちゃうところを、最果さんは逃れている。

読み比べればわかりますけど、銀色夏生は少女漫画の気配が強すぎて、文学脳が強すぎる人たちからは小バカにされるタイプとしての〝ポエム〟だなって気がするんです。でも最果さんはギリギリのところで現代詩なんです。難しい言い回しは絶対しないんだけど、イメージを詩に現像するとき、高級な定着液を使って、何一つ間違わずに現代詩にする工程をちゃんと踏んでいる、そんな感じ。

広瀬 なぜ最果さんがこれだけ読まれているかは重大なテーマですよ。冒頭で詩の市場の縮小化は恋愛詩が少なくなってきたからだという仮説を話しましたけど、これを最果さんを軸に逆説的に話すと、答えが出るんですよ。つまり、なぜ最果さんの詩が広く読まれているか、それは彼女の詩のモチーフが恋愛だから。

さらに最果さんの詩は非常に客観的でヴァーチャルでもあるから、読み手のリスクが少ない。

極端にエモくもないし、〝ポエム〟とも一線を画している。テクニックとしてはぜんぜん読み手に譲歩していない。さらに文壇だけでなく、サブカルチャーの中でマルチにプロモーションを展開する。ここまで戦略がきちんと練られているから、読まれるのは必然的なんですよ。

豊﨑　だって髭男とか好きな人に、最果さんはなんの迷いもなく渡せるもん。やっぱりポエムはカッコよくなきゃだめですよ。「史乃命」、カッコいいもん。さっきの橘さんの詩もお馬鹿だけどカッコいいもん。

広瀬　ぼくたちがこの連載を始めたきっかけは、こんなにカッコいい詩があるのに、なんで広く知られていないのかという悔しさからだったじゃないですか。でも詩はそんなにチャラチャラしたものじゃないっていう意見も多くて、閉塞感を覚えます。

　ただ、カッコいい詩は厳然としてあるわけで、これを何とか詩に触れたことのない人たちにも広げていきたい。いま見てきたように恋愛詩も多様化してきましたが、まだまだ生きている部分もあると思います。

豊﨑　かつて詩といえば恋愛というぐらい、恋愛と詩は大きなテーマだった。わたしはいまの若い詩人たちにも果敢にトライしてほしいです。確かに恋愛の発語って、どこか主観的でぶざまだし、傍から見たら恋愛中の人って恥ずかしさの極みなわけですよ。だからこそ恋愛していない人にも恋愛詩を読んでもらうときには、言葉の選択や洗練度がより問われる。ゆえに難しい。でもすべての文芸ジャンルの中で「恋愛」と言ったときに筆頭に来るのは詩。自家薬籠中のものなんだから、詩が撤退しちゃだめですよ。恋愛詩の需要はあるんですから。

広瀬　キルケゴールが言うように「行動と情熱がなくなると、その世界は妬みに支配される」。そういう世界にならないように打破しないといけない。

　そもそもぼくは恋愛観がないと人類の想像性はお終いだと思っていて。どんな形でもいいから恋愛は必要です、そういうところから詩は始まるから。恋愛は詩の最強のモチベーションの一つですよ。詩の原理。愛すなわち詩。

05

詩は世につれ、世は詩につれ

七〇年代の世をつれる詩

豊﨑　今回は「世情と詩」がテーマですが、なぜ七〇年代の詩から始めるんですか。

広瀬　六〇年代まではプロレタリア詩や「荒地」をはじめとする戦後詩、学生運動の時代は佐々木幹郎さんや清水昶さんの詩など、世情を牽引する詩は多かったのですが、七〇年代あたりから詩のオピニオン性がなくなってきたように思います。だから学生運動の熱が冷めてから現在までの流れにスポットを当てたほうが、新しいものが見えてくるのではないかと思ったんです。

豊﨑　昔から世情に関わる詩を発表する詩人は多かったんですね。

広瀬　いわゆる「機会詩」と呼ばれる流れは連綿と続いていて、これは十七世紀ごろのドイツで始まったみたいですね。ゲーテは「詩はすべて機会詩でなければならない」とまで断言している。機会詩が王道の詩という風潮があって、詩人が世情をリードするような表現を創造してきたのだと思います。

豊﨑　詩人たちはデタッチメントではなく、機会詩というかたちで世界にコミットメントしてきたと。

広瀬　そう。だけど豊崎さんからこのテーマをいただいたとき、正直気が重かった。例えば短歌や俳句には社会詠や時事詠というカテゴリーがあるけれど、対象を感傷的に写生することが多いんです。それで果たしてオピニオン・リーダーとしての詩の力は出てくるのか。その一方で、大きな出来事を描いた機会詩を読んでみても、傍観者的で心を動かされることは少ない。

そもそも機会詩として投げられたものに対して、ぼくも含めた受け手の捉え方は整理されていないんじゃないか。そこで今日はキーワードを設定して、整理してみようと思います。「うたは世につれ、世はうたにつれ」という歌謡ショーではお馴染みの古い慣用句を思い浮かべていたとき、ふと閃いたんです。詩には「世につれる詩」と「世をつれる詩」の二つがあるのではないか。「世につれる詩」は災害や戦争、事件などの大きい出来事を作品化して世間に伝えるような詩。一方「世をつれる詩」は世情の動きを見定めて次の時代へと引っ張っていくような予見的な詩。今日はそういう見方から考えていきたいと思います。

ところで、詩が新しい時代を引っ張るときには、時代の潮目を見極める言葉が出現したのではないかと思います。例えばポップスの世界では、一九六〇年代後半からのフォークソングブームを代表する岡林信康のプロテストソング「私たちの望むものは」（一九七〇年）のように、「わたしたち」という主語がトレンドであった。それを、吉田拓郎が「今日までそして明日から」（一九七一年）のように「わたし」という個人を主語として歌いはじめた。見事に潮目が変わったわけです。

現代詩では、ほぼ同時期の七〇年に吉増剛造さんが『黄金詩篇』（思潮社）の「おれ」という強烈なひと言でそれを打ち上げています。高度成長の一方で、七〇年安保の終息で若者たちのエネルギーが地熱のようにしかし不完全燃焼のままに鬱積していた時代に、吉増さんの「おれ」が穴をあけた。

おれは署名した
夢……と
ペンで額に彫りこむように
あとは純白、透明
あとは純白
完璧な自由
ああ
下北沢裂くべし、下北沢不吉、日常久しく恐怖が芽生える、なぜ下北沢、なぜ
早朝はモーツァルト
信じられないようなしぐさでシーツに恋愛詩を書く
（…）
朝
下宿のこの部屋で
次々に恐怖がひらく
純白の思惟
純白の橋

自我漂泊する車輪の響き
火よりも白い
水よりも白い
凄絶な流動が夢を支配し
たちまち現実化する
狂いはしない！
純白の思惟に漂着して
停止
だれもくるな
この部屋をノックするな
こんなに孤独なのにさらに孤独欲求が深まる
たちまち現実化する純白、痛い、この意識の亀裂は
決して神秘でも、美でもない
書物に書かれている虚妄の虚妄をたちまち判読する
一本の戦慄
慄える唇から囁かれる一語でたちまち消える戦慄

（「黄金詩篇」部分）

「下北沢不吉」という、古代に封印された呪いのような言葉。このたったひと言が現代詩の潮目を変えました。まるで黄泉の口をあけるように。この詩集は七〇年代の学生たちに刺さっ

て、書店で平積みにされるほど売れたそうです。

豊﨑　吉増さんはスターでしたよね。予見的なところもありますね。「おれは女という言葉、群衆という言葉」のように女性を持ってきているところとか。

広瀬　詩の中に「純白」「白い」というエネルギーがパッションの象徴のように出てきますが、要するにピュアなんです、この白さは。何もない、すべてがだめだった――そういう地点に詩の一行を突き立てて風穴をあけ、アンダーグラウンドに入って熱を汲み上げていく。いまにいたるまでずっと続いている若者の沸々とした抒情観をこの詩は持っている。吉増さん以降、ここまで世情にインパクトを与えた詩はないと思います。

吉増さんが打ち立てたアンダーグラウンドの世界のあと、世間の動きに対して俯瞰的でドライな表現をしたのが、荒川洋治さんを筆頭にした七〇年代詩人。現代詩に大きなインパクトを与えた詩として、荒川さんの『水駅』（書紀書林、一九七五年）から、「楽章」と「見附のみどりに」を選びました。

世代の興奮は去った。ランベルト正積方位図法のなかでわたしは感覚する。

（「楽章」部分）

いまわたしは、埼玉銀行新宿支店の白金《はっきん》のひかりをついてあるいている。ビルの破音。消えやすいその飛沫。口語の時代はさむい。葉陰のあのぬくもりを尾けてひとたび、打ちいでてみようか見附に。

（「見附のみどりに」部分）

「口語の時代はさむい」とか、「世代の興奮は去った」とか、カッコよくて痺れましたね。荒川さんは一行で決める詩を得意としていて、初めて意識的にパンチラインを詩の武器として、カッコいい一行を繰り出した詩人じゃないでしょうか。

豊崎 言葉を捕まえてくる反射神経が本当に見事。「口語の時代はさむい」の「さむい」なんて、いまでも若者言葉として使われているでしょう。でもそこに留まらずに世情にひと言物申すというか、急に戦闘的になるところもあって、まるで詩人界の小田嶋隆。「美代子、石を投げなさい」という詩も一世を風靡しましたね。

広瀬 荒川さんは常に時代の気分と向きあう詩を書く方ですけど、詩人の中にも徹頭徹尾虚構の世界に遊ぶ人がいる一方、何かひどいことが起こったときに、ふっと機会詩を書く人がいますね。それはすごく自然だと思っていて。小説にも詩にも、世をつれるものもあれば世につれるものもあって、いわゆる「世をつれる」系の創作が、「炭鉱のカナリヤ」としてもてはやされるけれど、詩人だってひと言言いたくなるときがあるのは普通だと思う。世情にまみれて生きている自分と、詩を書くという本質的な情熱は常に矛盾をはらんだり拮抗している状態にあると思うのですが、それが時代の出来事によって結びついた瞬間に、一行が生まれてくるのではないでしょうか。荒川さんの場合はもっと意図的ですけど。

機会詩の少ない八〇年代

豊崎　続く八〇年代のことは、「詩とサブカル」を扱った第三章でもいろいろと語りましたけど、わたしは八〇年代に言葉が軽みを獲得したのではないかと思っているんです。浅田彰の『逃走論――スキゾ・キッズの冒険』(筑摩書房、一九八四年)じゃないけど、時代に取り込まれないようなスキゾ的な軽みと詩は結びついていたんでしょうか。

広瀬　数は少ないですが、藤井貞和さんの『ピューリファイ!』(書肆山田、一九八四年)とか、瀬尾育生さんの『らん・らん・らん』(弓立社、一九八四年)は軽みやポップに向きあった詩集だと思います。

　鈴木志郎康さんの流れからの軽みとか、抒情詩の復活からのライトヴァースの流行といった表現的な軽みはありましたけど、どちらかと言うとポストモダン的な詩が増えた印象です。不思議なことに八〇年代には、バブルっぽい軽い詩とか、ポストモダンであると同時に世情を反映した詩というのはあまり見当たらない。八〇年代後半から九〇年代には、世間ではオウム真理教や酒鬼薔薇事件など前代未聞の物騒な出来事が起こりましたが、そのことを描いた作品も浮かばない。「何を書くか」ではなく、ポストモダン的な「いかに書くか」という考え方が続いていたように思います。

豊崎　「いかに書くか」でずっとやってきたら、目の前の現実を詩にしたいと思っても難しいでしょうね。だからこの時代には誰もが知っている機会詩は生まれてこなかったのかな。

湾岸戦争詩論争

広瀬 九〇年代に入って早々、九一年に湾岸戦争が勃発しました。ここからは戦争と機会詩という流れを見ていこうと思います。

豊﨑 湾岸戦争に反対する声明に署名した文学者の中に詩人はいるんですか。

広瀬 いないんですよ。そこには詩と政治をめぐる問題があるのかもしれない。

豊﨑 詩と政治の問題？

広瀬 一九五四年のビキニ環礁での被曝事件を機に刊行された『死の灰詩集』（宝文館、一九五四年）というアンソロジーがあるんですが、それに対して鮎川信夫さんが、戦時中に書かれた翼賛詩と構造的には同じだと批判したんです。それもあってか、詩壇には政治的なものへのコミットメントや、機会詩をめぐるトラウマがどこかである気がします。

そういう背景の中で「鳩よ！」で湾岸戦争の詩の特集が組まれ、藤井貞和さんは詩誌「飾粽」に「アメリカ政府は核兵器を使用する」（一九九一年四月）を発表しました。それに対して詩壇では議論が巻き起こったんです。

湾岸戦争が現実になってより
わたくしは自分の仕事らしい仕事をしていません
仕事が手につきません
歌人なら、戦争を心配する短歌を作ったり

短歌雑誌がとくしゅうしたりして
いろめき立つことができるかもしれない
しじんは何をしますか
無用の、無能のわれらは、戦争ださあ表現を、という
いろめきをできません
ベトナム戦争みたいになったら
しじんはどうしますか

（…）

世界にたいして真の意味での核による抑止力の
確立のためにブッシュは、いまこそ
イラク領内での核兵器の使用をと
サウジ派兵の段階（九〇年八月）いらい考えてきました
その危険なデルタ地帯に乗り込む
イノキとドイに拍手を送ります
無能な、無用なノイローゼしじんは
一万円を出して詩の雑誌で泣いています
この予言は当たらないことでしょう
すぐれた予言者が予言をすると
予言された現実が逃げてゆき

なにも起こらない、ということをきいたことがあります
予言は当たらないことになるから
予言者はさげすまれ世に容れられなくなります
わたくしはいまだけでいいから
すぐれた予言者でありたいと思わずにいられません
（部分）

これに対して瀬尾育生さんは「かつてないタイプの戦争を前にして、それに拮抗し得るまでに自らの詩の言葉の質を鍛えようとしているのか」と批判し、議論の応酬が「湾岸戦争詩論争」へと発展した。

ぼく自身は、瀬尾さんの意見に同意しました。「鳩よ！」の詩を見ても、全くピンとこなかった。空爆された光景を見ることが、湿っぽく哀れんだような詩を書くことには直結しなかった。油まみれの鳥の詩を読んでも、旨そうな焼き鳥をつまんだりシューティングゲームを楽しむ指で詩を書いている場面しか浮かばないというか。そのように詩が見えてしまったのです。安全な場所にいて自分を留保しながら腕試しのように書くことに対し、ぼくは無関心でした。

だけど藤井さんのこの詩だけは別物に見えたのです。なぜなのか、ずっと考えていて、ああ、この詩は起こっている惨事を感情的に記すだけの詩ではなく、これからの世の中を予言的な視点で描いている「世をつれる詩」なのだとわかりました。一見リアルな機会詩に見えるけれど、実は未来形の詩なんですよ。そうならないように願うための。自分の中でも未消化だった部分

豊崎　を初めて整理することができました。わたしが湾岸戦争のとき一番痺れたのは、誰の言葉かも思い出せないけど、「きれい」でした。夜、無音にしてずっとミサイルが飛ぶ映像を眺めながら「きれい」とつぶやいてしまう。わたしはそれが当時の若者のリアルな感覚だと思いました。

感覚って世代によって違いますよね。詩は感覚をそのまま出せるジャンルでしょう。別に鳥が可哀そうって詩にうたいながら、翌日焼き鳥を食べていたっていいと思いますよ。若者の詩でもお年寄りの詩でも、軽くても重くてもいい。わたしは自分の言語感覚に刺さるものかどうかという視点でしか詩を読めないから。

広瀬　出来上がった詩が出来事に負けていなければ、別にいいんですよ。「鳩よ！」の詩だって、個々に見ていくと違う感想があったかもしれない。でも鮎川さんの『死の灰詩集』批判じゃないですけど、それを「湾岸戦争反戦詩」として一つにまとめると気持ち悪く感じてしまった。

豊崎　藤井さんの詩は散文みたいで、無様なところもある。でもわたしはあのテクニカルな藤井さんが、ここまで気持ちを切迫させたことに胸を打たれました。ここまで切迫して、書くことでしか気持ちが収まらなくって書かれた機会詩があってもいい。

一方で、この詩が出てきたときに論争があったのもわかるんですね。わたしは賛のほうにまわるけど、否の人の気持ちもわかる。そういうふうに一つの詩に対して批判する人がいて、さらに擁護する人が出てきたりして、詩は活性化していく。機会詩は熱い場を生む、いいジャンルでもありますね。

新しい反戦の詩

広瀬　藤井さんの予見通り、きなくさい世の中になってきて、二〇一四年に宮尾節子さんの「明日戦争がはじまる」（『明日戦争がはじまる』、思潮社、二〇一四年）という詩がツイッターでバズりました。この詩が書かれたのは二〇〇七年。七年前に書かれた詩がいまを生きる詩として読まれたわけです。

まいにち
満員電車に乗って
人を人とも
思わなくなった

インターネットの
掲示板のカキコミで
心を心とも
思わなくなった

虐待死や
自殺のひんぱつに

命を命と
思わなくなった
じゅんび
は
ばっちりだ

戦争を戦争と
思わなくなるために
いよいよ
明日戦争がはじまる　（全篇）

豊﨑　これも予見詩ですね。満員電車とかインターネットのカキコミとか、虐待死や自殺自体は前からあるけど、そういう状況が加速しているいま、こうして詩という形で出されるとインパクトがありますね。茨木のり子さんの詩みたいな影響力を感じる。

広瀬　こういう状況を本質的に作ってきたのはわれわれ自身なんだと言っているんですよね。藤井さんの詩とつなげて読むと、この満員電車の先に、人は無機質に人を殺すだろう、核を使うだろう……と予見は続いていくわけです。

一方若い世代の山田亮太さんは、タイトルからしてアイロニー満載な「戦意高揚詩」（『オバマ・グーグル』）を書いています。これは新しい反戦の詩だと思いました。

言葉や命令を忘れてしまっても
絶対におはようと言う絶対に生きるさようならと言う未来に
良いものも悪いものもひとつにするこれはきみひとりの選択だから
どこから来てどこに立っているいま
その土から生まれたこどもたちの苦しみを閉じる

銀色の紙に包まれて好きなときに好きなだけ忘れていていい家
誰かの言葉や勝ちたいという気持ちと情熱
それを奪うそして死んでしまったひとびとの螺旋に何色の炎を見た
これはこの国と自信を取り戻すための言葉や命令ではなく
きみひとりの復活のための夢

いま選択するためにそこへ来て立っているその力で大切な約束に銀色の火をつける
生まれた場所を誇る心も永遠ではないから会いたいという約束も果たされないまま
言いたいときに言いたいだけおはようと言う
さようならと言うここから逃げたいと思う気持ちも永遠ではないから
好きなものを好きなだけ食べてもいい家で何もかもが正しいその正しさに挑戦する未来を

きみは決断する
絶対に正しいものも絶対に
信じられる悪もないからこれは
きみひとりの苦しみのためでなく世界中のひとびと
未来のひとびとそして死んでしまったひとびとの
苦しみのための
これは
きみひとりの戦争だから
（部分）

豊﨑　「これはこの国と自信を取り戻すための言葉や命令ではなく／きみひとりの復活のための夢」。わたしたちが大事にしないといけないアイロニーはこれですよ。

広瀬　「おはようと言う」という言葉に純粋に感動してしまいますね。

豊﨑　次世代に伝えていくべき強い詩です。こういう作品こそ国語の教科書に載せてほしい。素晴らしい詩だと思います。

白い世界の裏を突く

広瀬　ここまで詩と戦争の流れを見てきましたが、次に九〇年代から現在に至る、社会を描く世情詩を取り上げたいと思います。
中島悦子さんの「柩をめぐる」（『藁の服』、思潮社、二〇一四年）を筆頭に持ってきました。

きらきら市役所の前に柩が置かれた。柩には、「生きながら、入りますか？」という張り紙がしてあった。きらきら市役所のシステムは、すでに魂が抜けており、この事件をどのように対処すべきか分からなかった。これは、批評ですか。批判ですか。というか、芸術表現ですか、いわゆる。ついこの間の合併でできたばかりのきらきら市のシステムにとっては、まともに批判を受け入れることができるわけもない。結論は、所詮芸術ですから、表現の自由ですから、とにかく自由におやりになれば。と言うが早いか、すぐさま柩は粗大ゴミ置き場に直行させられた。

彼が私の右手首からずっとキスをはじめて、脇まで。そのきれいな横顔を見ている。そして、その頭を抱いてあげる。重い頭、黒髪。

きらきら市とは、最近ひらがなでの命名が流行ることを受けての公募の地名である。どこが光るのだか。サラリーマンのガラス張りの税率では、どこも後ろめたくないし。つい、われわれまっとうな庶民はなんて言い方をしそうになるじゃないですか。

実際の柩の値段はまちまち。大抵は中の上くらいを望む。分相応で結構。火葬場って、なぜ東とか西とか、方角を表す文字が入ることが多いのか。何かの出口や入り口みたい。市役所は、人間だけはこれからも燃やし続けてくれるだろう。火葬は、燃やされた瞬間身を切られるように辛いが、それでいいと思う。土の中に肉体がいつまでも腐りながらあると未練が残るから。釜は、予算がなくても、いつも快適でお願いしますよ。みんな、東口か西口から空へ出て行きますから。

（部分）

豊﨑　白っぽい雰囲気が不気味ですね。これは吉増さんのようなピュアな純白ではなく、黒を隠蔽した白、作られた白。システマティックに作られた毒を抱えた世情が背景になっていて、その白の中で渦巻く世界が出てきている。

「きらきら市」といううさんくさい地名で、何か裏側にあるものを塗りこめているようです。エレベーター、ビル、町……すべてが柩を象徴している。もっと自分は違う幸福や自由な選択を求めたいという気持ちがあるのに、そうは生きられないという詩だと読みました。

中島さんの詩にはとても予見的なところがあって、「結論は、所詮芸術ですから、表現の自由ですから、とにかく自由におやりになれば。と言うが早いか、すぐさま柩は粗大ゴミ置き場に直行させられた」。まさにあいちトリエンナーレ2019の「表現の不自由展・その後」の顚末を想起します。

広瀬　『マッチ売りの偽書』（思潮社、二〇〇八年）の「銀杯」にも「巨大スーパーの棚いちめんにぎっしりとTシャツ。今年もどっさりと息もできないほど積み上げられた。「安い服を着て、人殺しか」と店員がなぜかひとりつぶやく。いつもよりていねいにとんからりとたたむ。」とあって、こちらはユニクロ。この詩が書かれたのはたぶん二〇〇〇年代初期だと思うけど、すでに賃金問題をこういう角度で描いている。

豊﨑　便利で科学的な世の中の裏側をいち早く捉えていますね。人間性が希薄になってくる怖さを。すごく洗練された言葉だけど、高踏的でなく、町を歩いていて見つけたような生活視点がある。そういうところも信頼できると感じます。

広瀬　さらに生々しく世情を映し出し、世につれた詩としては、四元康祐さんの「秋葉原無差別連続殺傷事件」（『現代ニッポン詩（うた）日記』、澪標、二〇一五年）があります。

誰でもいい、殺したいんだ
と男が叫んだ
私たちは答えて云った
「ご来店有難うございます」

誰か俺を止めてくれよう

男は泣いていた
私たちは答えて云った
「ポイントカードは
お持ちですか？」

俺がここにいるってことに
誰一人気づいてくれない
男は呟いた
私たちは答えて云った
「一万円からで
よろしかったですか？」
そして深々と頭を下げた
絶叫を発しながら
駆け出してゆく男の背中に　（全篇）

豊崎

マニュアル通りに人を除外し、存在を完全に無視された男が殺人事件を起こす。この白んだ世界では、この男のほうがヒューマンな印象すら覚えてしまう。
四元さんは経済やサラリーマンの詩も書いているし、常に世界の雑踏の中に入っていって何か見つけてくる人なんですね。わたしは「彼」（『単調にぼたぼたと、がさつで粗暴に』、思潮社、二〇一七年）という詩を持ってきました。

結局それは遺伝子に尽きるのだろうか？

彼は理念ではない
理念は言葉なしでは存在しないし
言葉によって説明することが可能だが
何人も彼を言葉によって語り尽くすことはできない
言葉を奪われても彼という存在は揺るぎない
彼は一個の肉体である
たとえ彼が千代に八千代に沈黙し続けたとしても
私たちにはなおその実存が感じられる
あしひきの山の静寂のように
脳死判定を待つ人の手のほのかなぬくもりのように
彼は無言のうちに語りかけて止まない
「我在り　故に
あんただっているんだよ」と
彼は理念ではない

（部分）

この「彼」は天皇のことですけど、わたしたち日本人を批判している詩です。彼がいるからもはや主語はいらない、自分を持たないで済むと。天皇という存在に戦争も含めたあらゆる問題が集約されるという、古い天皇観からは逃れていないけど、この勇気は買いたいと思います。最終連の「いつか私たちが／彼の外に歩み出る日は来るのだろうか？」、これはポジティブな意味なのかネガティブな意味なのか、四元さんに聞いてみたいですね。かなりの問題作です。

広瀬　四元さんの詩で強調されているトレーニングされたマニュアル世界、それはまさしく荒川さんの「口語の時代はさむい」を想起させますね。あらかじめ犯罪をおかしそうな人間を捉える映画『ジャッジ・ドレッド』の世界につながるような白い秩序が、同時代に起こった戦争やテロに結びついている雰囲気をも感じました。

震災の叫びから世をつれる詩へ

広瀬　次は和合亮一さんの詩に行きたいと思います。和合さんは九〇年代に登場したときはシュルレアリスム的な手法を巧みに取り入れた快活な作風でした。ところが二〇一一年の東日本大震災で被災して、ツイッターでリアルタイムな叫び『詩の礫』（徳間書店、二〇一一年）を発信しはじめます。

震災に遭いました。避難所に居ましたが、落ち着いたので、仕事をするために戻りました。みなさんにいろいろとご心配をおかけいたしました。励ましをありがとうございました。

本日で被災六日目になります。物の見方や考え方が変わりました。

行き着くところは涙しかありません。私は作品を修羅のように書きたいと思います。

放射能が降っています。静かな夜です。

ここまで私たちを痛めつける意味はあるのでしょうか。

（…）

02

ひどい揺れの中で、眠っていたわけではないが、また目覚めた。眠ることなぞ、ほとんど無い。いつも目覚めさせられてばかり。揺り動かされてばかり、しーっ。余震だ。

余震とは、真正の地震の「余剰」であるとするのなら、これらの地の震えはものみな全てが、何らかの上澄みであるのか、地よ。

（…）

まず地鳴りがする。そして揺れる。一瞬、何かがはしゃぐのだ。ほら、

この静けさは騒がしい。しーっ、余震だ。

（部分）

当時、ぼく自身も連続して起きる地震の揺れに怯えながらツイッターを見ていると、和合さんの「しーっ、余震だ。」という強烈な一行が流れてきて。最初は詩かどうかはわからなかったけど、叫ぶ言葉がまさに礫のようにどんどん投げられてきて、それが積み重なって『詩の礫』という長大な詩が生まれた。その成立する過程をリアルタイムで読むことができました。被災地から被災者がほとんどライブで語りかけてくる詩なんてあとにも先にも初めてで、受け取るたびに心が握りつぶされるくらいのインパクトでした。

この『詩の礫』は「世につれる詩」の最たるものだけど、和合さんの詩はここから変容していきます。二〇一三年の『廃炉詩篇』（思潮社）では復興がテーマになっていて、リアルタイムの叫びから、故郷を戻す、故郷へ帰る、故郷に再び住むための、希望の言葉へと変わってくる。

廃炉詩篇

「廃炉まで四十年」（現時点）

ところでわたしの言葉の
原子炉を廃炉にするには
何年かかる
のだろう
この地球を　この虹を　この雲を
この指先の棘を
廃炉にするには　どれぐらいか
エネルギーのささやきを耳にしながら惑うばかりだ
ああ
今日の言葉を廃炉にするには
何十年かかるのだろうか
水平線はいつも真っ直ぐなままだ
しだいに明るくなる
夜の廃炉が終わったのだ
（部分）

さらに『QQQ』（思潮社、二〇一八年）になると、人はいかにして生きるべきかという観念的な問いが現れます。

わたしたちそのものがこの風景だ？
もはや疑問そのものが？
牛の姿をしている？
広々とした牧場は？
丁寧に？
答えようとして？
やせていく？
これ？
どういうこと？
なつこい舌はどういうこと？
かたい爪はどういうこと？
厳粛な二本の角はどういうこと？
貧しい筋肉はどういうこと？
正直なよだれはどういうこと？
やせた牛はのろのろと歩く？
やせた牛は土をふみしめて歩く？
やせた牛は平凡な草のうえを歩く？　（「ＱＱＱ」部分）

痩せた牛の姿と人間の姿を結びつけるという象徴的な書き方ですが、いまの市井の生活から人々をつれていこうという詩になっている。つまり和合さんの詩は「世につれる詩」から「世をつれる詩」に変化してきているんです。そういう流れで読め、また詩自体も同じテーマを展開させながら、世情に沿って同時進行で生き続けていくという、非常に稀有なケースだと思います。

豊﨑　『詩の礫』をリアルタイムで読んでいたときは、タイムラインに流れてくるツイートのどこまでがつぶやきで、どこからが詩なのかもわからなかった。「本日で被災六日目になります。物の見方や考え方が変わりました。」なんて、一見普通のツイートじゃないですか。当時ツイッターでは賛の人のほうが多かったけど、不安になるからやめてくれとか、お前だけが苦しいと思うなと批判する人もいて、そこにはいろんなうねりがありました。だからこの詩にはリアルタイムで読んでいた人間にしかわからない複雑な思いがまとわりついていて、あのキワキワ感は本では味わえない。詩を体験するということが、比喩じゃなく、あの幾晩かの夜にはあったんですよ。それはなかなか経験できることではないです。

広瀬　批判もされたようですが、和合さんは決して傍観者ではなく当事者であり、心からの怒りや悲しみという繕わない気持ちを表現してくれて、しかもそれが詩であることに、ぼくは共鳴しました。和合さんは、詩人としての一つの生き方を選択し、故郷の復興の下で世をつれる詩を書く決断をなされたのだと思います。これからどう展開していくのか注目ですね。『ＱＱＱ』には震災以前のシュルレアリスティックな文体も入ってきているし、また新しいものが誕生するのではないかと期待しています。

コロナ禍の詩

広瀬　いまコロナ禍という未知の恐怖の中、これからの世の中がどうなるかわからない状況で話しているわけですが、四元康祐さんの編まれた『地球にステイ！　多国籍アンソロジー詩集』(CUON、二〇二〇年)は、世界中の詩人から寄せられたコロナ禍をテーマにした詩集です。これほどの迅速さで詩集をまとめられたことに、まず敬意を表したい。この本では詩人たちが現在にどう対峙しているのか伝わってきます。

最初に香港の詩人、何麗明(タミー・ホー・ライ・ミン)さんの「十の質問」。

1
世界中の人々から一人だけ夕食に招くとしたら、誰を選びますか？
誰もが移動を禁じられている今、一夜だけの伴侶として。

2
コロナの大流行のなかでも有名になりたいですか？　どんな形で？

3
ズームとか電話をかける前に、自分の言うべきことをリハーサルしますか？　たとえば、あともう三つしかトイレットペーパーがないのだと。たとえば、寂しくて気が滅入っていると。たとえば、時々街の静けさがあまりにもうるさく鳴り響いているのが聞こえて、その場でポッドキャストをするのだと。たとえば、まだ読んでいないのにもう読んだふりをしていた本のリストをついに作ってみたと。たとえば、もう慌ててヘアドライヤーで髪を乾かす必要はなくなってしまったと。

4

完璧な「家ごもり」の一日をどう過ごすのですか？

5

最後にひとりで歌を歌ったのはいつですか？　十分前？　最後に誰かに向かって歌ったのは？　喜んでもらえましたか？

（部分）

質問形式の詩はこれまでにもあったけど、この詩では立ち止まって考えてしまう。それは自分もリアルタイムで同じような環境にいて同じ不安を抱えているから、流し読みなどできないでいる。この詩は世につれるすべての人の一番生々しい部分を描いていて、あえて答えを出さないで終わっています。その一人一人の不安のあり方こそが、いまの状況をわかりやすく反映していると思います。

もう一篇、山崎佳代子さんの「恋唄」はコロナの現状を恋唄に変換しています。

光になった私は
言葉も声も持たず
鉄の扉をくぐりぬけ
暗闇に閉ざされた人を
靴もはかず訪ねてゆける
見えない手をさしのべ
独房から救いだして
夏の夜の森へ逃れ
泉をみつけたら
水面に星をちりばめ
水を飲ませ渇きを鎮め
誰にも聞こえぬ唄となり
熱に喘ぐ者に膝枕させ
最初の朝が来るまで
けして、ねむらず
そこを去らない

私は光となったので
言葉とともにあり
疫病など恐れず
素足であるき
私はどこへ行こうとも
あなたのうちにある　（部分）

豊崎　どういうスタンスで生きていくかという意志を恋の唄に変えて、世をつれようとしている詩だと読みました。光という、肉体や言葉ではない、純粋な精神になって新たな扉を見つけようと語っています。

山崎さんは旧ユーゴスラビアの作家ダニロ・キシュの翻訳者でもありますね。わたしは宮沢賢治の「雨ニモマケズ」みたいに、光になった「わたし」が苦しんでいる人に気持ちを寄せていく詩だと読みました。優しい詩ですね。

若い世代では、柳本々々さんの「幽霊の主語はわたし」（「現代詩手帖」二〇二〇年六月号）が気になりました。

「家にいて、家にいてね」
テレビの声がして、わたしは
へんだなあ、と

テーブルや椅子の硬さを確認したりして、
ねえなんかへん、
とわざわざ言ったりしてる、
じぶんの暮らしとかたましいみたいのが
なんかへん

（…）

「家にいて、家にいてね」と下の階から
ちゃんとしたひとのこえがしている、
いま、せかいじゅう、
みんな、幽霊の話をしながら
暮らしてる。
家のなかで。シーツのなかで。
もっててていいもん持ってくらしてる

「道にマスクがぐしゃぐしゃになって落ちてて」

「たましいみたいだった？」

「うーん、あれはマスクが弾け飛んだものかも」

「いたかった？」

わたしはテレビをけさないで
幽霊のことをかんがえてる

（部分）

豊﨑 こういう詩を読むとやっぱり詩人ってすごいなって思う。「家にいて」という言葉から、普通こんな発想は出てこないですよ。テレビのワイドショーでは「家にいてください、我慢の連休です」なんて言うけど、そういう即物的な言葉を扱うのって詩を壊すようで怖いじゃないですか。でも意外と若い人はそれを恐れていない。

広瀬 「道にマスクがぐしゃぐしゃになって落ちてて」「たましいみたいだった？」なんて、白いマスクが式神のような不気味なものに見えてきてドキッとする。

豊﨑 本当にウイルスがついていて危険なものかもしれませんしね。柳本さんは川柳を書く方だから、世情を作品に取り込むのが上手いですね。

ジェンダーをめぐる気分

豊﨑 コロナ禍の現在まで見てきましたけれど、いま女性をめぐる言論が変わってきています。男女雇用機会均等法から三十年以上経っても、女性の地位はそんなに変わらなかった。それに対して、#MeTooやハイヒールの問題を訴える#KuTooなど、いろんな言論が出てきた。でもツイッターを見ていると、最初は賛同していた大勢の男の人も窮屈さを感じるようになっている。反フェミニズムの人が増えていて、女性が被害を訴えると「男だって」と逆張りしてきたりもします。

橘上さんの「男はみんな川崎生まれ」（『TEXT BY NO TEXT』、いぬのせなか座、二〇二三年所収）には、そういう男性の気分がよく現れている。

アンタ男？　男なのか？　どうなの？　言わないってことは男だな。よし、アンタ男ね。男か。死ね。男なんだろ。死ね。死ねよ。死ねよ男。死ねぇ。男なら死ねよ。早く死ねよ。とにかく死ね。いますぐ死ね。もうみんな迷惑してんだよ男には。みんなって誰？って男以外のすべてだよ。みんなってのは男以外の全てのことさすんだよ。そんなこともわかんねぇの？　お前ホント男だな。男のみんなの意見も聞け？　ねぇんだよ。男にはみんなとか。みんななんて男には勿体ねぇ。（…）で、男は川崎生まれ。全ての男は川崎生まれ。どこで生まれようが男が生まれたらそこは川崎。あらゆる場所を川崎にしてしまう、それが男。小樽生まれの男も川崎生まれ。川崎生まれの女は京都生まれ。男なんて生まれてからロクなことしてねぇしな。戦争なんて全部男が原因だろうが。命の産みの親は女。戦争の産みの親は男。男いなくなりゃ戦争は終わるんだよ。死ね。戦争終わらすために死んでくれ。戦争で人死ぬ前に男が死ね。戦争で人が死ぬのは許されない。戦争始めないために男が死ぬのは反戦運動。平和のために死ね。死んで初め

て役に立つんだよ

（部分）

もう大笑いしながら読みました。どうせ俺らでしょ、俺らが全部悪いんですよね、ごめんなさいねって。こういうやけっぱちな気分になっている男の人は多いんじゃないかな。読む人の立場によって受け取り方は違ってくるけど、とてもリアルです。

もう一篇は尾久守侑さんの「日向坂の敵討」（『悪意Q47』、思潮社、二〇二〇年）。一九八九年生まれの精神科医の方です。

ほんとうは敵など討ちたくなかったのですが、討つことがよいとする向きもあり、仕方なく朝ごはんのパンにジャムをぬったらすっと透明にすけてしまって、でも今朝のうらないはしろ色でした。

（…）

「シホ、わたしは誰の敵も討ちたくないよ、わたしはわたしで、いつまでも踊って、隣でいたいよ」

つぶやくと、かおをみあわせました。したらばどっこいしょだね、シホがからりと云って、そろりそろりと、右足を大きくあげました。おなじうごきの、四十六人があたたかくて、わたしはなみだがとまりません。よいしょーというかけごえで、みんなが右足を地面にうちつけて、ものすごい地響きがしました。よいしょー、よいしょー、日向

坂に、どこからかおっさんたちの声がこだまします、どしんどしんと、
勇気がわいてきます。

（部分）

「ほんとうは敵など討ちたくなかったのですが」に、尾久さんの考えているいまの女性の気分が現れていると思いました。歴史的に抑えつけられて何かに対して敵討ちをしたい女性たちだけど、本当は敵討ちなんかしないで何とかしたかったんじゃないか、って。

女の子たちの足踏みにおっさんたちの声がこだまする最後の場面は、フェミニズムとアンチフェミニズムの憎悪の連鎖を解消する連帯かもしれない。みんなでどっこいしょと共闘することで、敵討ちしなくてもよくなるんじゃないか。この詩は女性にも読んでほしい。お互いに思いやりが必要だよねって、読んでいて励まされるような気がしました。

詩のフォースを解き放て

広瀬 機会詩は世情をうたうものだけど、いまSNSでは詩よりも早く、一過性の機会詩風に世につれようとする言葉たちが、過剰に過激に発せられています。それは怖いことですね。同時に現代詩のほうが優しくなっている感触もある。機会詩こそ、橘さんや尾久さんのようにテクニカルな部分がないと、ただのつぶやきに終わってしまう。

豊﨑 ツイッターを使う詩は難しい。和合さんの『詩の礫』みたいな成功例はあるけれど、あれは東日本大震災という、多くの人が大なり小なり経験した恐怖をもとにしているから、行間をみ

んなが補足してくれたと思う。読んだ人の思いも含めて完成する、一種の共作ですね。鎮魂という想いに向きあっていたこともある。ツイッターで詩を紡ぐのはそれぐらい大きな共通項がないと難しいんじゃないかな。

わたしはそもそも機会詩という言葉自体に初めて接して驚きもしたわけですが、読んでみると、誰もが知っていることを題材にしているからわかりやすい。詩を読んだことがない人でも入っていきやすい。なので、もっと書いてほしいですね。

広瀬 詩はどこかに世情を反映しているんだなとも思いました。言葉の使い方、新しく生まれた言葉、流行語も含めれば、多くの詩に世情は何かしら入っているんですね。

事件や災害が起こるたびに使いづらくなる言葉もあるじゃないですか。例えば「コロナ」だって太陽のコロナという光り輝くポジティブなイメージの言葉としてはもう使えないかもしれない。でも一方で新しい言葉が出てくるだろうと期待もしています。世情と一緒に言葉そのものの意味の価値も変わってくる。

最初のゲーテの言葉に戻りますけど、こうして流れを追っていくと、意図しなくても詩の中には世情は入っているという結論です。そして詩の魅力は予言的な言葉が含まれているところにあると改めて思いました。

藤井さんが言っていたように、詩には物理的な力はないけれど、無力ではない。つまり詩はフォースなんです。『スター・ウォーズ英和辞典』には、フォースとは「あらゆる生命を貫く万能エネルギー」とありますけど、まさにそう。フォースなんですよ。

豊崎 それを言ったら、『鬼滅の刃』大ブームのいまは「全集中、詩の呼吸」でしょう(笑)。事実ってやっぱり重いから、それと向きあう機会詩は、まさに全集中でなきゃ書けないと思います。

06 カッコいいし、難解詩

わかる詩、わかならない詩問題

豊崎　今回は難題ですね。難解詩と言われても、わたしだってそもそも現代詩の七割はよくわからないまま雰囲気で楽しんでいるような気がします。少し読んでいるわたしですら現代詩イコール難解というイメージがあるわけだから、いわんや全く知らない人たちにおいてをや、ですよ。

広瀬　呪われた慣用句のように「現代詩は難解だ」と言われ、難解な詩はわからない、だからつまらない、ダメだと短絡的に否定される。そういう意見を見聞きするたび危うさと脱力感を覚えます。

豊崎　でも、わからないことを面白いと思える人はそれほど多くないですからねえ。実際に現代詩には難解なものが多いわけだから、どうやったら楽しめるか、今日はそのコツを提示していければいいですね。

広瀬　「現代詩は読者を置き去りにしている」という批判はよくあるし、詩人たちのあいだでもわかる詩、わからない詩という問題がよく議論されます。わからないけれど面白い詩もあるよというのが一つの答えだと思う。だから難解かどうかという勝手な尺度だけで詩がジャッジされ、はじかれたりするのは看過できないわけです。詩はわかりやすく、何かのメッセージでなければならないとは微塵も思わないし、第一、詩を読んで感動したときに、その詩が難解かどうかなんていうバイアスなど入りようがないはずです。

これはぼくの意見で結論でもありますが、詩の魅力というのは読んでいてわかった気持ちになる、つまり共鳴する愉しみではないでしょうか。例えば音楽で何が表現されているかは明確にわからなくても、自分の中でわかったものとしてそれを素敵でカッコいいものとして許容するでしょう。詩も同じではないでしょうか。

豊﨑　でも音楽は音ですよね。詩の場合、一つひとつ意味のある言葉でできているから、読む人も知らず知らずのうちに解釈しようとしてしまうところに難しさがあります。書評家として広瀬さんが提示してくださった難解詩をどう論じるか考えましたが、詩の書評は非常に難しいですね。どう紹介しても無理やりな解釈にしかならないし、そもそも解自体がないのかもしれない。

広瀬　確かに詩には、教科書的なレトリックのルールはないから判断基準の立てようがなくて、どうしても印象的な評価が強くなってしまいますね。詩人本人が何を書いているかわかっていないこともあるかもしれませんし。

では、難解な詩とは具体的にどこがわからないのか。改めて調べてみると、なんとこれまで具体的な難解ポイントの洗い出しと整理がされていなかったんです。萩原朔太郎の時代から詩は難解だと言われてきたのに、何をやっていたのかと（笑）。結局主観的な勢いで、難解であると言っていて、じゃあどこがわからないのか、逆にわかるってどういうことなのかが、例示や検証作業さえなされないままに、だらだらと閉塞空間でプチ盛り上がっていただけなのか。何一つとしてオーソライズされていない。今回、難解ポイントを大きく分けて二つのカテゴリーにまとめてみました。ざっくりとですが、わかりやすく。こうして俯瞰すると、実は非常に単純な話なんですね。

難解ポイント一覧

1 言葉の使い方

①知らない単語が出てくる（漢字、哲学・科学などの専門用語、古語）
②文脈の意味がとれない（言葉のつなぎ方のレトリック、自動書記的な書き方）
③表現されたことの意味がわからない（比喩やイメージの多様化）
④書き方が難しい（小難しい文体、堅苦しい）
⑤見た目が読みづらい（句読点のトリッキーな使い方や一行の長さ、レイアウト）

2 詩の内容・モチーフ

①モチーフに同調できない（一般的ではない、生活感がない、現実味がない）
②気持ちが伝わらない（心情がない、訴えるテーマがない）
③イメージが作れず感動できない（虚構、実験的、言葉遊び）

豊﨑　生活感がないとか現実味がないとか、そんなことを言う人がいるんですか。

広瀬　生活感がないという批判は多いです。難解詩の真逆に生活感や現実味を重視する「生活詩」があって、そうじゃない詩は言葉遊びだと片付けられたり。結局表現が現実的な意味を、読み手に届けられない詩はダメだというわけです。

豊﨑　1の言葉の問題に関しては議論ができるし、作者も意図が言えるからいいですが、2に関しては、あなたが理解できるものだけが詩じゃないと言いたいですね。

わたしが求めているのはやっぱりイメージや言葉のインパクトで、自分がわからなかったら、そのぜんぜんわからなかったという衝撃に痺れる。確かにそれは自分に理解する力がないことの表明ではあるけれど、だから圧倒されるし、わからない世界ににじり寄っていきたくなる。難解であること自体は全く否定的に思いません。

広瀬　個々の詩がわからないと批判されるだけではなく、現代詩は難解だからわからない、そんなものが載っている「現代詩手帖」はダメだという実のない展開になりがちなのが危機的ですね。

だから今日はあえてわかる詩、わからない詩という視点ではなく、完全に難解推していきます。

豊﨑　それぞれの詩の難解ポイントがどこかを見ていくことで、これまでの詩論にはなかった「具体的なわからなさ」を追求していきたいですね。

空間や意味を超える——渋沢孝輔

広瀬　難解な詩の例として取り上げることに関して、それらの詩を書いた詩人の方々は、難解と銘打たれることを不本意に思われるかもしれませんので、はじめにお詫びしますが、あくまでもカッコいい詩ということが前提ですのでご容赦ください。

冒頭でご紹介したいのは渋沢孝輔さんの「水晶狂い」(『漆あるいは水晶狂い』、思潮社、一九六九年)。渋沢さんはフランス文学者でもあり、ランボーやシュルレアリスムの影響の下、観念的な詩を書かれています。

ついに水晶狂いだ
死と愛とをともにつらぬいて
どんな透明な狂気が
来りつつある水晶を生きようとしているのか
痛いきらめき
ひとつの叫びがいま滑りおち無に入ってゆく
無はかれの怯懦が構えた檻
巌に花　しずかな狂い
ひとつの叫びがいま
だれにも発音されたことのない氷草の周辺を
誕生と出逢いの肉に変えている
物狂いも思う筋目の

あれば　巌に花　しずかな狂い
そしてついにゼロもなく
群りよせる水晶凝視だ　深みにひかる
この譬喩の渦状星雲は
かつてもいまもおそるべき明晰なスピードで
発熱　混沌　金輪の際を旋回し
否定しているそれが出逢い
それが誕生か
痛烈な断崖よ　とつぜんの傾きと取り除けられた空が
鏡の呪縛をうち捨てられた岬で破り引き揚げられた幻影の
太陽が暴力的に岩を犯しているあちらこちらで
ようやく　結晶の形を変える数多くの水晶たち
わたしにはそう見える　なぜなら　一人の夭折者と
わたしとの絆を奪いとることがだれにもできないように
いまここのこの暗い淵で慟哭している
未生の言葉の意味を否定することはだれにもできない
痛いきらめき　巌に花もあり　そして
来りつつある網目の世界の臨界角の
死と愛とをともにつらぬいて

明晰でしずかな狂いだ　水晶狂いだ　（全篇）

豊﨑　確かにわからないけど、断然カッコいい。でも何度も読むと「一人の夭折者と／わたしとの絆」とか「死と愛とをともにつらぬいて」とあって、恋愛詩かなとも思いました。

広瀬　水晶が結晶するときの情熱的なきらめきを感じますね。もう、一行目からカッコよすぎ。恋や愛の誕生の瞬間に一気に圧力がかかって、こういう詩が生まれる。先ほどの音楽の話につながりますけど、武満徹に「アステリズム」（一九六八年）という曲があるんですが、アステリズムというのは、鉱物の結晶構造や内包物によって石の表面に星のような光の筋が現れる光学的効果のことだそうです。音が集約するようなこの詩もほぼ同時期なので、もしかするとシンクロしているのかもしれない。今回の大きな発見でした。

豊﨑　言葉の接続がすごく独特ですね。「この譬喩の渦状星雲は」なんて、すごいスケール。水晶というミクロコスモスに凝縮した恋愛が、ここで急に「渦状星雲」として開く。短い詩ですが、イメージのスケールの幅は非常に大きいですね。

広瀬　生命の歌と言ってもいい。このイメージの拡大の瞬間についていけるか、あるいはわかったような気になるか。いずれにしても現代詩の最高傑作の一つです。

豊﨑　先ほどの難解ポイントでいうとどれに当たりますか。

広瀬　これは1－③の「表現されたことの意味がわからない」でしょうか。比喩が一般的じゃないですから。

豊﨑　面白い言葉の使い方には、「手術台の上のミシンと蝙蝠傘の偶然の出会い」じゃないけれど、二物衝撃的なところがありますね。この渋沢さんの詩にもそういうイメージの強度を感じました。

広瀬 空間や意味を超えるインパクトが生まれていますよね。

四次元的存在論――岩成達也

広瀬 次は岩成達也さんの「法華寺にて」。この詩が収められた『レオナルドの船に関する断片補足』（思潮社、一九六九年）は、レオナルド・ダ・ヴィンチの設計図に基づいて書いたという不思議な詩集です。

> それは何故あたしにこのような不安を与えるのか？ それは、多分、死体というものが、非現実の消滅という立場を離れては、捉えることさえできないものだから、である。内側に空間を持たない事物の消滅、それは、あたしにとつては消滅ではなく、いわば転移、ある事物から他の事物への転移にすぎない。つまり、消滅とは、転移先のない転移であり、したがつて、それは、内側の空間とか、あるいは端的にいつて非現実についてしか、生じえない事柄のはずだから、である。だから、この意味では、死体は建物に、それも無益な建物＝船に、まず酷似したものとして、あたしにはあらわれてくる。何故なら、あたしに

とつては、船の場は、もはや存在しないと信じるの他はない、からである。

＊

その建物は、〈カラ・フネ〉とよばれる。外形はきわめて単純な六面体。くろずんだ原木と鎹とからなる材質。そして、その外延には、なにひとつない抽象的な空間。だが、更に仔細にそれをみるとき、おびただしい木目と突出、所によつては欠けこんだ辺、また、多くの人々の体で擦られてできたにちがいない一種不規則なくぼみとささくれ。そして、その建物の内部には、二重の粗い部分—擬空間が、あたかも歳月によつて材質の縦向きの部分があらわれるように、露出している。そこにおいて、あたしがひろげる布または紙子に、内側からにじんでくるものは水または塩、ではない。それは、おそらくは、脂とよぶ以外になづけようもないなにものかだ。だが、それは、決して形相あるものあるいは形相ないものの貌を限つていくというような性質のものではない。

（部分）

豊崎 フランスの言語遊戯集団ウリポみたいですね。全くわからなかった。

広瀬 これは存在論を描いた詩ですね。ドライな文体の散文詩なのでとっつきにくいかもしれませんが、構造の連鎖に非常にポエジーを感じる熱量があります。

豊崎　この〈カラ・フネ〉は後のほうで〈死後の船《カラ・フネ》〉だと明かされるけれど、謎が多すぎる。「無益な建物＝船」とか、外延に多くの人々の体で擦られた跡があるとか、意味がわからなくていちいち立ち止まってしまいました。

広瀬　冒頭の「それは何故あたしにこのような不安を与えるのか？」は、最後の一行「つまりは、みずからの場でない場（擬場）を噴出することに即して果される消滅そのものだからである！」につながっていくんです。この詩では「あたし」の不安から消滅までの過程を、「あたし」の体（法華寺＝〈カラ・フネ〉）と外界の接点から描写しているんじゃないでしょうか。

豊崎　確かにイメージだけではなく、哲学的な命題が現れている詩だとはわかります。でもこの船は「外形はきわめて単純な六面体」で、内部は「〈コ〉の字形の仕切り、更にその外側のいま一つの〈コ〉の字形の仕切り」があるというけど、まるで四次元の建物というか、頭の中で立体として成立しないんですよ。この〈カラ・フネ〉が死後の世界だとすると、「あたし」は生きている存在なんでしょうか。

広瀬　「あたし」は人間の象徴なんじゃないかな。つまり、この世界や私とは何なのかという哲学的命題を追求して生の消滅と循環にいたる存在です。だから船の構造の描写はあくまで抽象的なスケッチだと思います。

豊崎　北園克衛さんは「私はこうして詩を作る」（『2角形の持論――北園克衛エッセイズ』）という詩論の中で「わたしが詩の作者として最も誠実にたち向かっているところのものは、瞬間に消えていく幻影だか観念だかも定かではない「ある何か」を、極度にそのままの状態で記録していくことである。したがって、そこに書かれている言葉の意味が、つじつまの合わないものであっても、それにはそれでならなければならない理由があったのである」と綴っていますけど、これができるのは詩人だからなんですよ。岩成さんの頭の中にも確かに〈カラ・フネ〉があるわけだけど、他者であるわたしが、それをなぞってイメージするのは非常に難しかった。

広瀬　渋沢さんと比較して、イメージを喩える言葉が少なく、淡白に書いているから、余計に感動しづらいというのもありますね。

豊﨑　岩成さんを読むと、渋沢さんはわかりやすく感じますね。わたしの難解レベルでいうと、岩成さんは最高レベル。でもすごいなと思った。この〈カラ・フネ〉の構造とか、よくこういうふうに言語化するなと。

広瀬　どこかアンチロマンのわかりにくさにも似ていますね。

豊﨑　確かにアラン・ロブ＝グリエみたいですね。イメージの作り方はそこまで洒脱ではなくて、もう少し泥臭いところもあるけど。この詩は死ぬまで忘れない（笑）。

エレガントな難解さ――朝吹亮二

広瀬　難解でカッコいい詩といえば、やはり朝吹亮二さんでしょう。「植物譜」（『まばゆいばかりの』、思潮社、二〇一〇年）はタイトルからしてカッコいいです。

　ない、あらたしい朝

なんて
光、あふれて青ざめる
何も
ない季節にも冬の朝という時間もあった冬の早朝の植物譜にはシモバシラが記録されていてしかしこれは薄雪草ではないのだ薄雪草のうぶげのすべすべの肌ではなくわたげのふわふわの肌でもなくふわふわの肌には性愛の鞭がにあったがふわふわの肌には黒い尖った尾のようなものがにあったがうっすらと赤く染まるてがたがにあったがふわふわの肌は上気してマシュマロのような匂いもしていたがうすべにたちあおいの粘液の匂いなのだろうかバニラの気のとおくなるような匂いなのだろうかふわふわのうすゆきの湧出のみずうみの水の匂いなのだろうか薄雪草のにこげのやわ肌ではなくシモバシラがいっぱい咲いている
白いつるつるの一頁からはじまる冬の早朝、ながい
地下鉄の階段をのぼって出る
雑踏に生気あふれ
人も人人もいつもあらたしくいきいき行きかい
（…）
とりとめもなくゆっくりと螺旋状に繰りかえされる中世の図譜それは

だけれども人や牛や鶏の話となってひたすら上昇してゆくのだった貴
婦人や騎士商人農夫ゆるゆるとすすんではたちどまるまるまるとおお
ぎょうに肥えた牛あるいは天空の大牛仔牛あるいは田園のなかで色と
りどりの穀物を大麦やら小麦烏麦などをついばんではこっこっこと
鳴く白や茶や色とりどりの鶏あるいは赤や青や色とりどりの天使の話
となってひたすら上昇してゆくのだったとりとめもなくゆっくりと螺
旋状に繰りかえされる図譜それはだけれども中世から現代のアンフォ
ルメルの飛沫にとびまたフランドルに飛翔しひたすら上昇する水蒸気
のような思念とはいえない対話となってそのくちびるを美しいと思う
思念とともに上昇する
シモバシラの花冠
のきらきら星を美しいと思う思念
イニシエの
風景にも
ない
（部分）

広瀬　「ない、あらたしい朝」の一行からもう迷宮のようですね。きらめくような描写が、まるで「植物譜」がめくられていくように風景に重なって非常に美しい。

豊﨑　「あらたしい」ですが、そもそも「新しい」は本来「あらたしい」と読むべきところ、言葉が変わっていって、いまは「あたらしい」が普通になったと。朝吹さんはその本来の読み方で表記したんじゃないでしょうか。

広瀬　なるほど。難解ポイントとしては句読点がないことでしょうか（1-⑤「見た目が読みづらい」）。でもリズミカルに言葉がつながっていって、ときに意味を見失いそうになるけど、言葉の鮮度が全く落ちない。

とても音楽的で、最後のほうに「つきだされるまるめたくちびるのおというかたちウという疼くような狭閉母音イという痛みを引き裂く狭母音が反響しつづける」とあるんですけど、フランス語の「oui」をなんて美しく描くんだろうと思いました。

豊﨑　朝吹さんの詩って全体的にエロティックですよね。「ふわふわの肌には黒い尖った尾のようなものがにあったが」とか。

でも難しいのは、言葉や意味の流れを途絶させる部分や、イメージのパターンの変化が大きいところ。例えば「中世の図譜」の先に「アンフォルメル」（一九四〇年代末から五〇年代に登場した抽象美術）が出てきて、アクションペインティングの「飛沫」が飛び散ったところで「フランドルに飛翔」する。深い教養があるからこそできることですが、イメージが上下左右、時間軸を自在に動くんです。

広瀬　それから言語の記し方も自在ですね。例えば「イニシエ」だけがカタカナだと、一瞬日本語に見えないでしょう。そういうトリックで読者をひっかけて、時空をざわつかせている。教養に裏打ちされた難解な表現が多いけれど、調べて読む楽しさがあります。非常にエレガントな詩ですね。

イメージの連鎖——松尾真由美

広瀬　松尾真由美さんの「暗く明るい船出としての」（『多重露光』、思潮社、二〇二〇年）もエロティックでミステリアスです。一語一語が難解だというわけではないけれど、比喩の揺れ動きやイメージの連鎖が面白い。

そして
漕ぎだす舟の
いとわしい逡巡を
解きはなってみたくなる
宛て先のない封書のように
接近と弁別の混じりあった無音の祈り
やわらかな描線をえがき足頸をつかんでいて
動けないのに動いているかげろうのごときもの
けっして特異なことではなく
空間に食まれていく
なまあたたかく
おだやかな

この場
この素手
前進と後退を
くり返すしかないのだろう
みのりつつある果実をもぎとる所作を
いやすでに熟している実の紅さを
堪能するには幼すぎる
夜ごとの嬰児の瞑想に
どこか安らぐ
気流があり
もしくは
問いの疑い
もうそんなにも兆しは果たされ
書きつけるべきではない
ことばたちが
並んでいる

（全篇）

「いとわしい逡巡」とあるように、まさに詩の中で逡巡していて、「接近と弁別」「前進と後退」というような対比によって詩がなまめかしく動いていく。花びらの匂いを思わせる官能性が立ち上がりますね。面白いのが最後の四行。「もうそんなにも兆しは果たされ／書きつけるべきではない／ことばたちが／並んでいる」と、急に言葉の問題が入ってくる。美しいイメージが連鎖していく詩が最後に言葉にたどり着くことで、「暗く明るい船出」の情念の海が見えてきて、そこが面白かったですね。

豊﨑 「夜ごとの嬰児の瞑想」というのがわからなかった。その前の「前進と後退を／くり返す」という対比はわかるんです。「みのりつつある果実をもぎとる所作」は前進で、「熟している実の紅さを／堪能するには幼すぎる」のは後退。でもなぜここで嬰児が出てくるのか。それこそ2－③の「イメージが作れず感動できない」で、自分にはイメージを作りにくかった。「動けないのに動いているかげろうのごときもの」って、まさにこの詩のことです。

広瀬 確かに松尾さんの詩の比喩って、喩えている対象にすんなり紐づかないですね。非常に絵画的ですが、抽象画ではなく何かの具象画のような印象を受ける。ただイメージの詩なのに、最後は言葉に戻ってくるのは何故だろう。

豊﨑 最後の部分はある種の自己否定というか、詩を書くという達成感すら否定していますね。「もうそんなにも兆しは果たされ」ている、つまり松尾さんがイメージを詩として屹立させる前に、その兆しは果たされてしまったから、書きつけるべきではない言葉が並んでいるというふうにも読める。だけど何の兆しなのかはわからない。最後をこういうふうに書かれると、詩の世界から出ていけなくなるから困ってしまう。

楽しい難解詩――小笠原鳥類

広瀬　次は小笠原鳥類さん。この「恐竜はアンモナイトだ。白い、石でできた建物だよ」（「現代詩手帖」二〇二一年一月号）は裏の裏をかいたような、とてもユニークな詩です。

「たなかあきみつの詩は超難解か？　いや「深夜の百足」を読めば実に分かりやすく落語的ではないか？」有働薫（現代詩手帖二〇二〇年十二月号、一七八ページ）。【　】の中は、たなかあきみつ詩集『静かなるもののざわめきＰ・Ｓ』（七月堂、二〇一九）から、動物のいる部分を引用。書評詩である。

【ギベオン隕石めがけて矢印耳の鮮血の文字獣オドラデク】
うさぎは耳がとがっていない、安全で安心な動物だ
白い金属でできあがっている。それから木の板があった
レコードである、古い石は古いアンモナイトを記録する地層
【タテ位置の灰色の直角貝orthocerasの化石を想起しつつ】
恐竜は貝だった、恐竜は大きな貝であり
恐竜は……恐竜は……恐竜は……恐竜は……アンモナイトだ
発電する。恐竜の、ツノが、貝である
電気ウナギはツノのような生きものだ。電気ナマズが曲がる

【（ところでここ白昼の脳内カフェのフライパン上のパスタには
こんもりアンチョビ臭が絡まる）】
恐竜の、頭の、中に、虫が、入っていた化石。恐竜の
卵の、化石が、長い。恐竜は四メートルのカエルだ
カエルの、卵が、楽譜である。ベートーヴェンの曲が長いな
弦楽器はパスタを演奏する。木々は、線である。曲線は小魚だ（ラジオ）（部分）

豊﨑　有働薫さんの書評に対し、鳥類さんがたなかあきみつさんの詩集『静かなるもののざわめきP・S』から動物のいる部分を引用して、自分も詩で書評してみました、と。鳥類さんの詩のせいでたなかさんの詩の難解さが和らいでいる（笑）。

広瀬　ぼくはたなかさんの詩も好きですけど、彼は直球のわからなさ。それに対して鳥類さんはえぐい魔球。もう意味がわからないので、ぼくは音、音符として読みました。うさぎの耳とか蟹とか恐竜が演奏しているイメージが溢れてきて、演劇を観たり、音楽を聴くような豊かな気分になりますね。

豊﨑　わたしは書評詩というより返歌という感じがしました。インプロビゼーションでお互いがやり取りしているみたいな。ただこれが書評になっているかと言われたら、なっているんですよ。鳥類さんの詩の部分が面白いから、元の詩も読みたくなる。そこは感服しました。でもわたしがたなかさんだったら嫌になるだろうな。なんで自分よりも面白いことを書くんだよと（笑）。

広瀬　でも鳥類さんはたなかさんの詩を一つひとつ咀嚼していて、実は細かく写生しているんですよ。

豊﨑　これは飛躍だと思ったのですが。

広瀬　鳥類さんの詩の特徴はまさにそこで、彼にとって飛躍と写生はイコール。極論すると彼は何を書いてもこのような表現となる。本当にすごい才能。

豊﨑　最初の「【ギベオン隕石めがけて矢印耳の鮮血の文字獣オドラデク】」だってカッコいいのに、「うさぎは耳がとがっていない、安全で安心な動物だ」と外してくるかと思いきや、「レコードである、古い石は古いアンモナイトを記録する地層」と元の詩を上回ってくる。

広瀬　難解さが楽しいというのは珍しいですよね。彼の詩の前では、わかるかわからないかなんて問答がこざかしいだけです。こんな詩は見たことがない。もっと脳みそをぐちゃぐちゃにして欲しい。

豊﨑　まさに「あらたしい人」。この書評詩が詩集になったら書評したいです。

生か死か――福田拓也

広瀬　福田拓也さんの「骨の光」（『惑星のハウスダスト』、水声社、二〇一八年）もなかなかすごいですよ。

関係の獄中に入り、そこの割れ目からちょっと行くとっつきにささがに走るキュントス回廊、くも膜の向こうにか黒く光る――、ささり、揺れるうねるエーゲ海の深い青を縫いつける、肉膜のうちに消えたり現れたり走る針のう語気あら？　紀元前ホテル街の廃虚に迷い込み、迷路を辿るうち、割れる空気、吸うことなく鼻のない跡地にぽつんと、穴だけあいた浮薄を縫いつける皮を探して人川流れる痴人の死まで岸辺は続く酒匂川の土手を、な、つの出しまで蝸牛状の回路を破棄しませんからからと鳴る川筋振れども（…）死んだ光はずして底から出る眼差しを逆に見る眼球を欠いた骨片だからいつまでもこの一帯をうろつく何らのきざしを光らない夕べところころを坂を転げる頭蓋骨となって光る時代と震えをいっきょに計算した網の目はぶら下がる死骸で垂れ下がり続けた、（…）入れかわるまま体は裏返されいつものぼくは空の外側の肉であり血の流れる溶岩流、垂直に切り立つ海にまで化石と光る穴となりとうとう宇宙の青にまで突き抜ける骨の光！

（部分）

豊﨑　「キュントス回廊」はギリシャのキュントス山かな。ギリシャかと思うと、急に酒匂川が出てきたりする。

広瀬　非常に観念的な書き方で、地獄下りのイメージが重ねられているようです。死と生の厳しい境界から光を求めていって、「光の傷」「光る記憶」「光る時代」ともがき苦しみながらも最終的に「骨の光」にいたる。まさに生死をさまよった人が生を掴みとるような疾走感を覚えました。

豊﨑　ダンテの『神曲』みたいですね。わたしは三途の川もイメージしました。難解ポイントは読点の位置のずらし方（1-⑤「見た目が読みづらい」）。句読点の使い方に異議を唱えることで、常識が通じない世界だと示しているのかもしれない。

広瀬　あるいは、もがいたり、意識が飛ぶような状態のシンコペーションを表しているようにも思いました。

豊﨑　この詩は死者の視点から描かれているのでしょうか。

広瀬　そうだと思いますよ。中盤の「坂を転げる頭蓋骨」、これは黄泉平坂かな。ここから死と生が反転するので、ぼくは黄泉から抜けでる場面だと読みました。

豊﨑　「ころころを坂を転げる頭蓋骨」とあるけど、頭蓋骨が転がるなら普通は「ころころと」なのに「ころころを」なんですよ。小説だったら誤植だと思うところですけれど、なんたって現代詩ですから、これは考え抜かれた表現に決まっているわけで。そもそも「夕べとる」もどういう意味なのか？　わたしはここが一番わからなかったです。

広瀬　あ、ぼくは「ころころと」と読んでしまっていました。確かにこれは意味があるはずですね。てにをはを意図的に変えた箇所はここだけだし、物語が反転する重要な場所ですから。うーん、わからなくなってしまった。でもこの先は、生の世界へと抜けでる開放感がありますよね。

豊﨑　開放感はあるけど、最後は「宇宙の青にまで突き抜ける骨の光！」でしょう。骨の光ということは、生者ではないのではないか。

広瀬　なるほど。二人が真逆の解釈になるのが面白いですね。わたしはどうしても死の匂いを感じる。

豊﨑　わたしは骨が好きなんですけど、完璧な骨ってきれいなんですよ。ぼくは生を感じますね。わたしはこの詩で骨になる過程が美しく肯定的に描かれている気がしました。だからこの最後のところで圧倒的な肯定感を覚えるというか。でもここまでいろいろ論じてきて、誤植だったら笑えますね。この問題はぜひご本人に教えていただきたいです（笑）。

奔放な音楽性——榎本櫻湖

豊﨑　続いて榎本櫻湖さんですね。櫻湖さんはタイトルも上手で、コーピーライトのセンスがありますよ。この「あなたのハートに仏教建築」（『増殖する眼球にまたがって』、思潮社、二〇一二年）も、タイトルだけで読みたくなりました。

（岸辺に）打ち上げられた轢死体を跨ぎ越し、開かれた頸部に流水を圧しあてては、返すがえすも惜しくなる臀部の臭気、縊死の殺虫成分に毒される糠、開かれた帆布にまき散らしてまき散らされて、そのうち川を渡って——渡し賃に一枚の帆布——対岸で蹲る夜、濡れている備忘録を唆すように隠蔽し、裁断の技術的欠陥を勾引す御仏の遺恨を懐に仕舞って仕舞われて……「舌肥大」

夥しい残骸に緊縛される視覚へ、その四方へと延びる陰惨な習俗、そこからさらに吹き渡るようにして煤けた意匠に、無論殊の外猥雑さから転がり落ちるまでもない……いずれにせよ集積と云いながら痺れていった涅槃は、包まれた《砒素》状に縮んでいくのだし、紙束の中から地衣類の艶やかな埋没に縋るようにして、回想する漂泊は翳る怨嗟の果てへ運ばれる……「末端肥大」

ふしだらな暦というものを持ちだしてきて、さかしらな囲繞を詳らかにし、臓腑の翻る夜耽けに蠢くしなだれかかった呪詛の汀で、退ける未曾有の修繕を些か捻るように従えて、携える尊称の甚だ慇懃な官能さを、それこそ過剰だと糾弾する禁欲的な態度すら浄化され、幾条もの寓意を縫いつける義父は、縁石の微睡みへと流れこむ哀惜であり、同時に凝視への猜疑をひきうける……「前立腺肥大」（部分）

広瀬　冒頭から延々と、カッコいい呪いの言葉のように、怒濤の勢いで比喩がつながっていきます。櫻湖さんの特徴で、一つひとつの比喩は緻密だし、必然的な意味を備えてはいるけれど、理解を遥かに超えたスピードで言葉が襲ってくる。建築的な岩成さんと比較すると、まるで曼荼羅のような印象です。

豊﨑　イメージを言語化していくときに、聖と俗の両極があるのが魅力ですね。「集積と云いながら痺れていった涅槃は、包まれた《砒素》状に縮んでいく」なんて、まさにカオス。全くイメージできない（笑）。

広瀬　何を伝えるかではなく、ひたすら世界を圧するほどの言葉の力を置いていくという圧倒的なやり方です。圧倒的櫻湖的伝道。

豊崎　櫻湖さんは何を書くかというより、いかに書くかという人だから、こういう比喩が出てくるんじゃないでしょうか。でも聖と俗と言ったけれど、汚れた死体、つまり俗の部分からスタートして、次第に俗を超えた聖のほうに向かっていくのかというと……そうでもないのが面白い。

広瀬　そう。どこかに到達するかと思いきや、しないんです（笑）。だから、彼女はいかに書くかという人でもないんですよ。調性音楽ではないけど、かといって乱れ打ちでもない。非常に奔放ですけれど。

豊崎　だいたいどこが仏教建築なのか、なぜ「〇〇肥大」なのかもわからない。先ほどの難解ポイントでいうと、1－①「知らない単語が出てくる」かな。人が普段あまり使わない難しい漢字が頻出しますね。

広瀬　難読漢字を並べているのに、全体的には不思議とユーモラスなところに好感が持てます。難解な詩を書きながらも、多くの人に読まれたいという屈折した思いも感じますね。

豊崎　変わっていますよね。急に「義父」が出てきたりして（笑）。地獄のような曼荼羅図にほんの少し個人的な部分も投入している気もします。それがどこかはわからないけれど、そういう不穏さを感じる。「脱客観的視座に飽くまでも拘る醜悪な姿態を詰問し」という言葉も後で出てくるけど、これは誰かに対する批判でしょうね。めくるめく比喩の中に本音が見え隠れするのがユーモラスだし、続きが読みたくなります。「詰問して、で、どうなった？」って。

広瀬　彼女の詩の根本はやっぱり音楽性だと思いますね。そういう部分から詩に入っているから、難解とは何かみたいなしがらみのない場所から書ける。稀有な個性です。ずっとこんな詩を書きつづけてほしい。

結像しない平易な言葉――一方井亜稀

広瀬　続いて、一方井亜稀さんの「沸点」(『白日窓』、思潮社、二〇一四年)という詩です。

こわれている
人体模型が転がるよう
に見えるのは
捉える虹彩の
わずかな破傷のせいで
白だけが塗りたくられている
鉄骨の強度は
保たれた秩序
差し込む光は指先に
一定の温度を与え
文字が飽和するには未だ
生温い真昼間の
窓ガラスに反射する光と
外からの光が交差する

先から崩れ落ちそうな視線があり
植物が揺れるということは
風が吹いているのか
言語が揺れているのか
わずかな震えが換気扇に巻き込まれるとき
こぼれるインクの
重なりを見誤った
雨と呼ぶには拙い
水が滴り落ちてゆく
古いペン先を伝い古びた言語が滲んでゆくそれは
いつかの約束の棄却
排他的な空は目の前にあり
こわれているのはこの身と分かる指先の
ぬくんだ先から
熱は放たれてゆく
息を吐く前のほつれた言語を伝い
の先の水の音の
発音さえままならない
強固な部屋がほどかれていく

（全篇）

豊崎　この人は難しい言葉を一つも使っていないのに、比喩がすごく難解です。最後に「強固な部屋がほどかれていく」のだけれど「植物が揺れるということは／風が吹いているのか」とあるから、おそらく視点人物は部屋の中にいるんでしょう。でも「強固な部屋」が何なのか、わたしにはわからなかった。精神というのが一番手っ取り早い解釈だけど、それではつまらないし。

広瀬　ぼくは、部屋の中から見ている外の風景を感じました。白いビルディングが立ち並ぶ無機質な世界が、光の変化によって解かれていって、「言語が揺れているのか」と、「言語」が登場するあたりから心象風景に変化していく。次第に熱を帯びていって、ついには「発音さえままならない／強固な部屋がほどかれていく」。ある意味で、これも精神や存在のあり方を探している存在論なのかなと思いました。

豊崎　「白だけが塗りたくられている」のは建物ではなくて、「こわれている／人体模型」である自分のことではないでしょうか。すると、ここでは自分が見ているのは、「こわれている／人体模型」のように空虚で色もない自分、つまり内面の描写なのかもしれない。そこからどう「沸点」に向かっていくのか、難しいですね。

広瀬　「窓ガラスに反射する光と／外からの光が交差する」みたいに、次第に光が入ってくるでしょう。ここでは自分と部屋が重なっていて、部屋が湧き上がってくる感じがします。

豊崎　部屋と自分が合致しているなら、これは「強固な自分がほどかれていく」という読みになるけれど、そんなつまらないことを言っているのかな、何か別の読み方はないのかなと深読みを誘われる詩です。確かに書かれていることはつまらなくても、言葉の選び方でカッコよくなることはあるし、読み解いていった先に広がっている風景がいつも素晴らしいとは限らない。もしかすると焦点をぐっと合わせる解釈の仕方じゃなくて、もう少し薄目でぼんやり見て、言葉の使い方のセンスを味わうことのほうが大事なのかもしれない。詩を読むことの難しさですね。

広瀬　この詩は不穏さやネガティブさを感じる、密閉された世界から始まるじゃないですか。それが「沸点」というタイトルに結びつくからこそ意味を持つと思います。

豊﨑　わたしはさっき言った自分の解釈じゃないことを祈っています。どうしても読む者の器の問題があって、読む人間のレベルが低ければレベルが低い読みになってしまうから、自分自身を常に疑い続けなければいけませんね。詩を読むことには、己の読解の器と常に向きあわせてくれる面白さもありますね。

極北の特異点——山本陽子

広瀬　最後は山本陽子さんの「遙るかする、するするながらⅢ」（「あぽりあ」八号、一九七〇年）。これは異様な迫力の作品です。

豊﨑　一九四三年生まれで八四年に死去された方ですね。言葉で遊ぶ詩と言ったら那珂太郎さんが浮かぶけれど、那珂さんはすごく明朗だし、先ほどの鳥類さんも陽にベクトルが向いている面白さがあるけれど、山本さんの詩は怖い。読んでいてアウトサイダー・アートに近いと感じました。

遙るかする

純みめ、くるっく／くるっく／くるっくぱちり、とおとおみひらきと
おり　むく／ふくらみとおりながら、
わおみひらきとおり、くらっ／らっく／らっく／くらっく　とおり、
かいてん／りらっく／りらっく
りらっく　ゆくゆく、とおりながら、あきすみの、ゆっ／ゆっ／ゆっ
／ゆっ／　とおり、微っ、凝っ／まっ／
じろ　きき　すき／／きえ／あおあおすきとおみ　とおり／／しじゅん
とおとおひらり／／むじゅうしむすろしか
つしすいし、まわりたち　芯がく　すき／つむりうち／とおり／／む
しゅう　かぎたのしみとおりながら
たくと／ちっく／ちっく　すみ、とおり、くりっ／くりっ／くりっ／
とみ―とおり、さっくる／さっく
ちっく／るちっく　すみ、とおりながら、
純みめ、きゅっく／きゅっく／きゅっく　とおとおみ、とお、とおり、
織んじゅん／織んく
さりさげなく／まばたきなく／とおり、たすっく／すっく／すっく、
とお、とおりながら

すてっく、てっく、てっく
　澄み透おり明かりめぐり、透おり明かりめぐり
　澄み透おり
　透おりめぐり明かり澄みめぐり、めぐり澄み明
　かりぐりするながら、
闇するおもざし、幕、開き、拠ち／ひかりおもざし幕開き拠ち
　響き、沈ずみ、さあっと吹き、抜けながら
響き、ひくみ、ひくみ、ひくみ透おり渉り、吹く、透おり、

／

（…）
鵠じ担い走り続け／はじめるながら／先拠って／／
情い先拠ち
彷／／精気、透おり〈声ぬ〉初源彷
（部分）

広瀬　原文は横書きですけど、この時代に横書きや読点、リズム、スラッシュなど斬新な技法に挑みかかっている。内容を見る前から、絶対に意味を問う詩ではないと伝わってきますね。視覚詩、あるいは聴覚詩としてガッツリぶつけてくるような。

豊﨑　何が怖いって、この人が自分の世界のルールだけで生きているということの覚悟です。好き勝手な漢字の使い方やめちゃくちゃな送り仮名、造語がたくさん出てきて、その世界をぐいぐい

広瀬　押し付けてくる。
擬音にしても、意味が取れる単語にしても、すべてが叫びのようですね。でも一つひとつを読み解くと「遙かする、するするながらⅢ」というタイトルからも、織られていくイメージもある。最初の「純」は生糸のこと、「透きおり」も織物用語ですね。つまり生糸で何かを織っているんですよ。

豊﨑　でも、織った物は透き通っているという。難解ですね。

広瀬　虚の空間そのものを作り上げているんでしょうかね。

豊﨑　不思議と水のイメージや夜のイメージもあるし、「澄まり」や「澄み透おり」という言葉がたくさん出てくるから、そういうものを激しく希求しているんでしょうね。何にも染まらない透徹した精神のようなものを。

広瀬　意味を捨てた、摑みかかるような書き方だけど、狂暴ではないんですよ。機織りの音が聞こえてくるような優しさも感じる。最後の「鵠じ担い走り続け」の「鵠」は白鳥の古語ですね。ぼくの中では織物と白鳥が飛び立っていくイメージで、どこか開放される詩のように感じました。でも「初源彷」が何かはわからなかった。

豊﨑　さきよちと読むのかな、「先拠ち」って言葉はないし、「〈声ぬ〉」も何なのか。

広瀬　これはトリックとかじゃなくて、全部自分で文法を作り込んでいる気がします。

豊﨑　ある種の天才ですね、狂気と紙一重の。マラルメやウリポの人たちも言葉で遊んでいるけど、彼らはあくまで理知の人。でもこの人はものすごくプリミティブな感じで、全存在で迫ってくるようで怖い。普通はどんな詩でもその人の一部分だと思えるんですけど、これは違う。この人が出てきたとき、どういう評価だったんですか。

広瀬 彼女の経歴を見ると、一九五八年に女子美術大学付属高校に首席で入学、その後日本大学芸術学部に入るも「私の知っていることしか教えなくてつまらない」と中退。一九六六年に詩誌「あぽりあ」創刊号に参加して、六七年に「あぽりあ」二号に詩を発表して注目される。七七年に生前唯一の詩集『青春──くらがり』(吟遊社)を刊行。

豊﨑 七六年からは午前中は掃除婦をして、午後は読書、その後は酒を飲んでいたとありますね。家には誰も入れずに、親が来ても玄関前の立ち話で帰ってもらっていたと。ある日近所の人が何かおかしいと思って部屋を開けてみたら、苦しんでいる彼女がいて、病院に搬送されたけれど、二、三日後に亡くなった。死因は一応肝硬変らしい。

広瀬 まさに現代詩の特異点ですね。

豊﨑 これを夜遅く暗い部屋で何度も声に出して読んだりすると、言霊によってどこかに引きずり込まれてしまいそう。そういう本能的なヤバさを感じます。

広瀬 意味を破壊してぐちゃぐちゃに書く詩もありますが、そういうノイズでもない。未知の呪文のような意味があるのかも。

豊﨑 「くるっく/くるっく」だってこの人の中では意味がある。たぶん彼女の精神世界で意味のある言葉しかここにはない。これしかないという書き方を山本さんはしたんだと思う。こんなすごい人がいるなんて知りませんでした。

広瀬 白鳥がでてきたり、優しさもあるような気がしたんですけど、やっぱり全体のトーンはすごく暗いですね。

豊﨑　わたしは暗いとは思いません。彼女がこの詩を書いているときの精神状態はむしろ清澄だと思う。だからある意味で自殺に近いような亡くなり方だったとはいえ、陰々滅々とした人生を送ったとは思えないです。この人は完結していたんじゃないかな、一人の部屋で。この人が生きていたのはそれこそ「強固な部屋」ですよ。

やはりアウトサイダー・アートという感じがしますね。例えばヘンリー・ダーガーも掃除夫をやっていて、家に帰ると『非現実の王国で』という戦う少女たちの物語と絵を描いていた。ダーガーがそれで幸せだったように、この人は別に認められたいとは思っていないんじゃないでしょうか。そういう意味でもまさに極北です。

広瀬　ここまでの人はほかにいないですね。

豊﨑　もはや難解を超えていて、難解という言葉が当てはまらない。本当にすさまじい個性。

難解詩ベスト・ワン

豊﨑　山本さんは別格ですが、ここでお互いに自分にとって一番難しかった、難解詩ベスト・ワンを決めてみましょうか。

広瀬　ぼくにとっての最難解ポイントは、2－③「イメージが作れず感動できない」つまり比喩するものにたどり着くことの難解さかもしれない。だから松尾さんや一方井さんの書き方は非常に難しく感じました。それはイメージが作れないのではなく、豊かすぎて難解なんですよね。しかし素晴らしくいい詩で、大好きです。読む側の想像力をどんどん広げていってくれる。難解だけれど美しい。

豊崎　わたしも松尾さんが一番わかりませんでした。両者一致ですね。一番好きなのは小笠原鳥類さんで、次が渋沢孝輔さんでした。でもみんなカッコよかった。

広瀬　今回読んだ詩の共通項は言葉自体を求めていること、それから光や死生観、存在論が比喩の根底にあるということですね。アリストテレスの『詩学』では、ポイエーシスとはミメーシス、すなわち模倣の繰り返しであり、それによって向上して最終的には本質に近づくと論じられます。まさにそれで、死生観や存在論という古くからあるテーマを、繰り返し繰り返し、新しい表現にしたり、既成の意味を超えるように挑戦し続けているのだとわかりました。

豊崎　それはギリシャ時代から変わらないんですね。難解ポイントとしては、2-③のイメージの項目かもしれないけれど、シュルレアリスム的、自動書記的な詩って、難解だと思われがちですよね。全体像があるわけではなく、言葉が言葉をつれてくるうちにイメージが立ち上がってくるような詩。わたしはそういう詩も好きですね。

広瀬　西脇順三郎の言うように「遠いもの同士の連結」ですね。

豊崎　今日は広瀬さんの助けを借りながら、それぞれの詩の意味を考えてきたけど、結論としては、意味なんかわからなくてもいいじゃないか、です。詩の中で言葉の運動、イメージの運動が続いていることがわかればいい。逆に運動しているように見せかけて、実は運動していない詩は好きじゃないですね。エラン・ヴィタールじゃないけど、生の飛躍とか衝撃が自分の中に生まれない詩は、わたしにとっては死んでいる詩です。今日読んだ詩はみんな運動していて、言葉によって動いているのはすごいことだなと改めて思いました。難解詩はカッコいいから、みんな読んだほうがいいですよ。

広瀬　繰り返し言葉を追求し続けることで、新しい時代に新しい詩を渡していくということがあると思う。そういう難解詩を食わず嫌いするのは非常にもったいないというのが、今日ぼくが一番言いたかったことです。

07 賞 must go on——詩の賞をめぐって

賞ほど素敵な商売はない!?

豊﨑　今回は詩の賞をテーマにしたいと広瀬さんにリクエストしました。わたしはSF評論家・翻訳家の大森望さんとの共著『文学賞メッタ斬り！』シリーズで、長年にわたって芥川賞や直木賞の候補作や選評をウォッチングしてきたんですが、文学賞ってとても面白いんです。それで詩の賞はどうなんだろうと思って。でも調べてみても、大森さんとわたしが作った「ひと目でわかる文学賞マップ」みたいな詩の賞の見取り図はないんですね。文学に興味がない人でも芥川賞、直木賞、本屋大賞は知っていますけど、詩の賞はぜんぜん知らないと思う。わたしにしてもかろうじて知っているのがH氏賞と中原中也賞、あとは「現代詩手帖」に現代詩手帖賞という新人賞があるということぐらいです。

小説の賞は非常に多くて、ほぼすべての都道府県に独自の賞があったりします。今回は詩の賞の中でも特に新人賞に絞ってお話をするわけですが、それでもリストを見て意外と多いなと驚きました。

広瀬　小説ほどじゃないだろうけど、結構多いですよ。今回取り上げる詩集・詩人を対象にした賞は、はっきり新人賞と銘打たれてはいないものもありますが五つ。そのほかに雑誌などへの投稿作を対象にした新人賞が五つ程あります。新人賞以外も含めて、ほかにも地方自治体や一般社団・財団法人主催の賞に萩原朔太郎賞や富田砕花賞、小野十三郎賞、詩歌文学館賞など、詩人団体主催の賞では日本詩人クラブ三賞や、日本現代詩人会の現代詩人賞など、同人誌主催の賞では歴程賞などがあります。文学賞の中には、読売文学賞や紫式部文学賞、芸術選奨文部科学大臣賞のように詩も対象になるものもありますね。

豊﨑　なるほどー。で、広瀬さんはどの賞をとったんですか？

広瀬　ぼくは賞をとったことがないんです。*

豊﨑　ええぇーっ！

広瀬　七回ぐらい最終候補に残った、まさに最終候補の鬼。「評価を定められない」という評価をいただいたことがあります（笑）。

そんなぼくですが、詩人として賞には賛成。大いに励みになると思っています。ただし詩の賞の場合、世間に対するアピールの有効性という点においては、うまく機能していないのではないかと思う。

大前提として、個人や団体がある詩や詩集を表彰することに賞の意味がある。その上で、受賞者側から見て次の五つのメリットがあるわけです。①公に評価される。②名前が世間に売れる。③権威や箔がつく。④副賞の賞金がもらえる。⑤商業誌から執筆依頼がくるチャンスが増える。ちなみに④の賞金ですが、詩人は自腹を切って詩集を出しているので、賞金としてその費用の一部が返ってくるのは非常にありがたいという事情があります。五つとも素晴らしいメリットだけど、本当に大切なことが抜けている。そこが他ジャンルの受賞者のメリットとは異なる部分だと思うのですが、それは後で説明したいと思います。

豊﨑　わたしは芥川賞や直木賞の批判もしていますが、実は文学賞万歳と思っていて、賞の数もこのまま保っていってほしい。一番重要なのはやっぱり副賞の賞金。働きながら、あるいは連れ合いの収入に頼りながら作品を書き続けている純文学系の作家からすれば、これはとても大きいんです。

もちろん不満もあります。有名な賞を有名作家が順繰りにとっていったり、そのときの選考委員で声が大きい人の意向が強くなるという悪い面もありますから。そもそもわたしと選考委員の小説観は違うから、自分がとってほしい作品が受賞しないことも多い。でもそういうことも含め文学賞が面白いのは、興行だからです。

あらゆる賞において興行の側面は絶対に重要です。わたしと大森さんには「芥川賞と直木賞をここまで盛り上げた功労者は自分たちだ」という自負があって、それは二人で選評の面白さや賞の見方を指南したことで、興行として一般の方まで楽しめるようになったから。わたしが好ましいと思っていない本屋大賞だって、受賞作を書店に面陳して盛り上げることで、それを買いに行った人が別の本も買う可能性があるから、価値は非常にあるわけです。

翻って詩の賞を考えると、興行の意識が低すぎる。なぜもっと盛り上げようとしないんでしょうか。せめて中原中也賞と、詩壇の芥川賞と言われるH氏賞ぐらいは、世間の半分ぐらいの人が権威のある賞だと認識できるようにしなければいけない。例えばYouTubeで選考会を流したり、芥川賞みたいに受賞者記者会見を中継したり、いろいろとやりようはあるでしょう。

広瀬 いきなり結論がほとんど一致してしまいました。ぼくも豊﨑さんが抱いているのと同じ違和感を持っているんです。

詩の世界でも、すでに評価の定まっている偉い人が当たり前のようにいろいろな賞をとっていく。もちろん有名な人の詩集はある程度のクオリティがあるのは当然です。でも同じような人が受賞していったことで、結果として賞の特性が弱まって、画期的な詩集が出てこない状況になっている。

昔は高見順賞の第一回を吉増剛造さん、第二回を粕谷栄市さんがとったように、大きいタイトルを新人たちが掻っ攫う事件もありましたが、最近はそういうことも少ないですね。賞のシステム自体に問題があるのではないかという気がします。詩の賞では選考委員が結構重複しているんです。

豊﨑 それは大問題で、小説でも、芥川賞と三島賞双方の選考委員を同じ作家が務めたりすることがよくあります。本来三島賞は芥川賞に対抗するために生まれた賞なのに、選考委員が回り持ちになっている。

広瀬 ここまで詩の世界と同じとは思わなかった。もう一つ、先程詩の受賞者側の五つのメリットを挙げましたが、肝心なものが抜けていると言いました。それはセールスです。つまり受賞すると詩集が売れるのか、詩人として食えるようになるのか。

詩の賞を受賞するとどうなるかをまとめると、まず新聞各紙の文化欄がまっさきに取り上げ、世間的には少し名前が知られます。そして版元が「何々賞受賞」という帯を作ってプッシュする。すると書店に置かれる機会は増えるし、ひょっとすると平積みのコーナーができるかもしれない。その後商業誌から執筆依頼が増え、その原稿が詩を読んでみたい人の購入基準になるかもしれない。でもそこで終わり。これはあまりにも貧しいやり方と言わざるを得ない。

ぼくは長年音楽業界で働いてきたのですが、そこでは賞は一つの頂点です。受賞するとさらにセールスは伸び、ギャラも変わってくるし、紅白歌合戦にも出場できるかもしれない。こういう派手さがないとタレントがみんなほかに流れてしまうんです。お笑いの世界など最たるもので、あの切磋琢磨が質を向上させる。賞は夢への目標となる。

豊崎 だからやるべきはプロモーション。流通と出版社で協力してメディアに働きかけるとか、副賞として次の詩集を出してあげるとか、どんどん展開したらいいと思う。

広瀬 でもこれまでの詩の賞の興行的なレベルの低さを考えると、詩集を出してあげても売れないと思いますよ。

だから受賞者の売り込みから始めないといけない。いまの詩の世界で、結果として有能な新人たちはどうなったかというと、最果タヒさんにしても、文月悠光さんたちにしても、小説やエッセイを書いたり、詩とは離れたところで成功する現象が起きている。それは賞を弾みとして本人たちをもっとバックアップしていこうという立場からも、また詩集自体の興行という点からも非常にもったいないです。

編集部 編集部に聞いてみたいのですが、賞をとると詩集は売れますか?

詩集は初版で千部刷ることは少なく、重版がかかることは珍しいのですが、思潮社の近年の詩集では水沢なおさんの『美しいからだよ』(二〇一九年、中原中也賞)と石松佳さんの『針葉樹林』

（二〇二〇年、H氏賞）が三刷です（二〇二一年時点）。

豊崎　版を重ねることも大事だけど、一番大事なのは部数ですよね。賞をとって一万部以上売れた詩集はありますか。

編集部　第一回萩原朔太郎賞受賞の谷川俊太郎さん『世間知ラズ』（思潮社、一九九三年）は一万部以上売れています。ただそもそも一万部以上売れた詩集は限られていて、有名なのは茨木のり子さん『倚りかからず』（筑摩書房、一九九九年）、近年では最果タヒさん『夜空はいつでも最高密度の青色だ』（リトル・モア、二〇一六年）などでしょうか。

豊崎　最果さんは理想的なケースだけど、こういう人はいくつもの条件が奇跡的に重ならないと現れませんね。

広瀬　確かにそうですが、可能性はある。だからこちらで仕掛けなければならないんです。賞は才能ある新人をつなぎ止める、一つの契機になり得ると思います。

豊崎　芥川賞や直木賞にとっては、『文学賞メッタ斬り！』に加えて「ニコニコ生放送」で選考会中継をやったのが大きかった。受賞者が出演する動画を見ながら、視聴者が自由にコメントを投稿できるのは画期的でした。しかもニコ生中継が始まってすぐ、西村賢太さんが芥川賞受賞者会見で「そろそろ風俗に行こうかなと思っていた」と発言して爆発的に話題になりました。そういうことが立て続けに起きて、みんなが興行として楽しむようになったんです。ニコ生は難しいかもしれないけれど、YouTubeならできるでしょう。詩壇全体でYouTubeに一つの現代詩チャンネルを作って、大きな賞の、少なくとも中原中也賞とH氏賞の会見は流して、時々詩の朗読もアップする。そうやって少しでも知ってもらう努力が大事です。

選考システム

豊﨑 詩の賞の選考について、いくつかお聞きしたいです。例えば中原中也賞の対象になるのは十二月一日から翌十一月三十日に刊行された詩集とありますが、一年でどれぐらいの詩集が出ているんですか。

編集部 少なくとも二〇二〇年度に二九二冊ほどの詩集が刊行されているのは確認できました（奥付の発行日が二〇一九年十一月から二〇年十月の詩集、「現代詩手帖」二〇年十二月号参照）。

豊﨑 結構多いですね。中原中也賞は選考対象になった詩集の数を公開していて、それによると第二十六回は二六八冊。選考委員は荒川洋治さん、井坂洋子さん、佐々木幹郎さん、高橋源一郎さん、蜂飼耳さんとわたしでも知っている人ばかりです。でもH氏賞の選考委員のほうは意外と知らない。

広瀬 H氏賞は日本現代詩人会が主催していて、毎年会員に選考委員の指名が回ってくるんです。ぼくもやったことがあります。年次で選考者が変わるという少し特殊な賞ですね。

豊﨑 あとH氏賞で驚いたのは、会員の投票と選考委員の推薦した詩集から選ばれるけど、ホームページを見ると、ここ数年得票数上位の詩集じゃなくて選考委員推薦の詩集が受賞している。これでは投票に何の意味があるのでしょうか。

広瀬 これは多く見られる傾向のようです。投票する会員側からすると、相当ジレンマはあると思う。

豊﨑 わたしみたいな部外者からおかしいと思われるのは必至なのに、正直に公表しているところが

広瀬　のどかですね。もし小説の賞でこんなことがあったら大炎上しますよ。日本詩人クラブ新人賞も同じような傾向があって、これも会員投票と選考委員の推薦による賞なんですが、やっぱり推薦詩集がとることが多い。

ぼくはこの現象の裏側には詩集の贈呈文化があると思います。詩壇には詩集を献本しあう慣習があって、すると詩集を出した人が会員に送れば送るほど投票数が増える可能性も高まるでしょう。しかし一方で推薦詩集は贈呈した数とは関係なく、ピンポイントで選考委員が優れていると思う詩集を推薦するので、結局後者は選ぶ側の意志も強く、クオリティも高いために賞を持っていっちゃうことになる。ただし、いずれにしても受賞詩集は常にふさわしいレベルであることは間違いありません。

豊﨑　なぜ投票をやめないのか不思議で仕方がない。わたしはH氏賞を少し尊敬していました。とてもドラマチックな成り立ちの賞で、戦後に村野四郎が元詩人で実業家の旧友・平澤貞二郎に再会して、現代詩人会の資金面の苦しさを相談したら、平澤さんが匿名を条件に資金提供を申し出て、それで平澤のHを冠した「H氏賞」が創設されたんですよね。だからこそ、この投票形式の形骸化には本当に驚きました。

広瀬　あと最近のH氏賞受賞詩集にはかなり思潮社の本が多い。もちろん内容がいいからですが、意地悪を言えば、これは版元の力か何かと思っている人もいるかもですよ。いわゆる事務所の力(笑)。

編集部　私たちは詩集を刊行しているだけです。

豊﨑　そもそも思潮社主催の賞じゃないですしね。例えば芥川賞と直木賞は日本文学振興会、つまりは文藝春秋主催だから、候補に大して差がないときは文藝春秋から出た本に決まりがちです。そこを『文学賞メッタ斬り！』で批判しはじめたら、だいぶ変わってきましたが、いまでも困ったときの文藝春秋刊行と思って受賞作予想すると当たったりします（笑）。そういう、出資しているところが自社本に賞をあげてもいいのか問題はあるけど、それ以前に思潮社はH氏賞に関係がない。もちろん受賞作はほかの本より多少は売れるわけだから、そのメリットはあるでしょうけど。

使った「武器」を見せる

豊﨑 新人賞にも、詩集を対象にした賞と雑誌などへの投稿作品を対象にした賞がありますね。現代詩手帖賞は後者ですが、これは賞金が出るんですか。

広瀬 賞金十万円ですね。「ユリイカ」は賞金がないけれど、詩人会議新人賞は五万円、詩と思想新人賞は受賞すると次の詩集を無料で制作してくれる。

豊﨑 賞金額は中原中也賞がダントツで百万円。H氏賞は五十万円。日本詩人クラブ新人賞は二十万円。歴程新鋭賞は十万円。

広瀬 歴程新鋭賞は「歴程」という歴史ある同人誌がやっている賞です。

豊﨑 エルスール財団新人賞も面白い。現代詩とコンテンポラリーダンスとフラメンコの三ジャンル各一名に授賞するそうです。賞金は十万円。野村喜和夫さんが現代詩部門の選考委員を務めていますね。

広瀬 エルスール財団というのは、もともと野村さんと、フラメンコダンサーである奥さまが立ち上げた財団なんです。この賞の非常にユニークなところは、必ずしも詩作品や詩集だけにこだわらず、一年間際立った活躍をした新人に与えるところ。野村さんと前年度の受賞者が二人で選考するのも面白いですね。

豊﨑 太っ腹！ ほぼ個人賞みたいなものですね。そういえば、詩の賞では選考委員は選考料をもらっているんですか？

広瀬 いまはどうかわからないけれど、ぼくがH氏賞の選考委員を務めたときは、少しお礼はいただいたような。

豊﨑 それは健全ですね（笑）。芥川賞や直木賞は確か賞金と選考料が同じで、選考委員一人につき百万円もらえる。だから滅多に自分からは辞めないんですよ。ちなみに中原中也賞やH氏賞みたいな大きな賞の選評はどこに掲載されますか。

広瀬 中原中也賞の選評は「ユリイカ」に、H氏賞は日本現代詩人会発行の冊子に載りますね。

豊﨑 それでは一般の人はH氏賞の選評を読めないでしょう。選考委員には、大きなことを言えば人の一生を動かすだけの力があるわけです。だからその力を行使するときにはどんな武器を使ったのか見せてほしい。選評をきちんと雑誌やネットに公表して、自由に読めるようにすることが絶対に必要です。これは非常に残念ですね。

　あと去年（二〇二〇年）H氏賞を受賞した髙塚謙太郎さんは一九七四年生まれで、二〇〇九年に詩集デビュー、受賞作は五冊目の詩集ですね。果たして新人と言えるのでしょうか。

広瀬 新人ではないですね。H氏賞は時々規定が変わって、以前は出している詩集が何冊までという

豊﨑　規定があったけど、いまはそういう規定が外れていますね。

広瀬　今回よりによって一番謎なのがH氏賞。世間的にも評価は高い賞なのに、なぜ騒ぎにならないんだろう。

豊﨑　むしろ中原中也賞のほうがストレートでわかりやすい選び方をしていますね。でも実は中原中也賞の要項では「新人」とは限定していない。けれど暗黙の了解で新人賞になっています。中原中也賞は、選考委員に高橋源一郎さんを入れたのが正解だと思います（第十一回から第二十八回まで）。受賞者が決まったときにツイッターに投稿してくれるし、広報的な存在として大きい。
　受賞者を見ると女性が多いのも特徴ですね。「最果タヒ（的な才能）よ、もう一度」という期待もあるんじゃないですか。

広瀬　詩の賞の中でも中原中也賞はほかと違う特性を持っていると思います。受賞作にはいわゆる現代詩らしくない詩集が多いように感じる。若者の現実を描く詩集、難解じゃない詩集。わりとそういう傾向があるんじゃないかな。そのような賞自体の個性は必要と思います。

豊﨑　一方のH氏賞受賞作の印象は、やっぱり難解です。中原中也賞とH氏賞にこれだけ作風に差があるのは非常にいいことだと思います。詩の新人賞の両雄として、それぞれの道を歩んでほしいですね。

H氏賞——石松佳、髙塚謙太郎

豊崎　ここからは各賞の受賞作を読んでいきたいと思います。

広瀬　まずは第七十一回（二〇二一年）H氏賞受賞の石松佳さん『針葉樹林』。石松さんが「現代詩手帖」に投稿していた当時選者を務めていたぼくは、彼の詩は落語のようだと評したことがあります。要するに枕とオチが異常にうまいと（笑）。構築力に優れている。これから読む「リヴ」や「絵の中の美濃吉」のように、全く違う物語も巧みに書け分けられる詩人です。

リヴ

あなたは
北方の先にあるものはまた北だった、
という大人びた顔で
野を拓き
冷たい花束を置く
本当の景色を前にして
目を閉じるのはどうして
羨ましい、羨ましがられる
列に並ぶとき、

誰にも気付かれずに
くしゃみをしたひとがいた
プールの底では
世界中の長女たちが目を瞑って
ただ手を繋いでいる
耳にみず、はいったまま
すると髪が靡いて
風ですか、いいえ、窃盗、です
水面、揺れる、
合鍵

（部分）

絵の中の美濃吉

たとえば長い回廊があったとして、同じ服を着た二人の女が理容院の鏡のように並んで走り抜ける。売れ残った林檎。瑞々しい陶片を拾うために美濃吉は労働をして過ごした。玻璃質の冷涼な大気の中で、美濃吉の腎臓はとく、とく、と健やかに水を受け入れていた。

（…）

美濃吉が行く地獄とは、たとえば理容院の二重らせんのことだ。それはたくさんの折鶴の首でできた地獄である。そこでは、無人駅の枕木がとろとろと睡りについていて、わたしは過ぎてゆく秋の車窓のひとつひとつに密告をする。口をつく言葉の、その弱々しい悪意に促されて。

（部分）

豊﨑　難解ですね。「リヴ」は突然「風ですか、いいえ、窃盗、です」とか出てきて、いちいち立ち止まらされる。

広瀬　一見平坦な流れをしているけれど、実は毒液を流している。「絵の中の美濃吉」は、最初理容院に飾っている絵のモデル美濃吉の生涯を追っているのかと思ったけど、だんだん描写が屈折していって、「美濃吉が行く地獄とは、たとえば理容院の二重らせんのことだ。それはたくさんの折鶴の首でできた地獄である」。この二行が美しくて痺れましたね。

豊﨑　美濃吉が誰なのか、三十分ぐらい調べました。この対談を始めてから感じることだけど、現代詩の人たちはなんでこんなに読者に調べることを強いるのか（笑）。

第七十回（二〇二〇年）受賞の高塚謙太郎さんの詩集『量』（七月堂、二〇一九年）は自己言及性・批評性がとても高い作品です。

広瀬　一見大判で嵩があるから『量』なんだと思うけれど、この詩集にすべての現代詩的手法を詰め込んだという意味もあるのではないでしょうか。四角くレイアウトした朝吹亮二さんの手法を思わせる詩、入沢康夫さんのように注釈をつけた詩があるかと思えば、学生生活を描いた若々しい抒情詩もある。

豊﨑　わたしは、髙塚さんはマーク・Z・ダニエレブスキーの『紙葉の家』（ソニー・マガジンズ、二〇〇二年訳）をきっと読んでいると思いました。あの本も大判で分厚くて、「家」という文字が全部青く刷られていたり、注釈の中に注釈が出てきたり、まさにトリッキーの極みなんですよ。

空から雨が降ってくることが事実性だったころ
わたしは
は
した
痴愚性の青い空の下で
陽射しを量り
回る
ロジャー・ディーンのような惑星を作って
休講の日々を生きて
眼下になかったものを触りたかった
朝はもうすぐ
のように寝息の色づかいのままに
形を持っていることを信じている人はわたしは
大学前駅の下で楽器ケースを持って立っていたわたしは
言葉がわたしを散り散りにしたかのようなわたしは

4月になれば
朝へ飛び立って
わたしたちを連れていってしまうだろう

ロジャー・ディーンのような惑星

公園に咲いたものを知っているのと同じように、Sを見ていることがあった。ちょうど食べ歩きも終わったころで、空腹ではなかった。Kにとって腹ごなしというわけではなかったが、公園に咲いたもののように公園を巡っていることは、何か気の遠くなるほどの偶然が積み重なったものとなってKに加えられた事実のように思えた。Sは見ているものがまるでなく、ところが目は開かれていた。食べ歩きでできた包み紙の屑や口のまわりに残った調味料はいつ消えるのだろう。拭うものや放り込む仕草だけがKの現実としてSを見ていた。

（「Blue Hour」部分）

豊﨑　「Blue Hour」は大学時代を描いていて、注釈も一種の青春小説のように読めますね。ほかの詩を見ると、和歌の解釈を展開する「〈末の松山〉考」や、漫画『バイオメガ』のキャラクターが出てくる「ヤーの娘」とか、髙塚さんは比較的、既存の作品に対するインスピレーションから書くこともある人なのかなと思いました。

広瀬　まさにそこが罠なんです。「Blue Hour」に出てくるロジャー・ディーンは、プログレッシブ・ロックのアルバムのアートワークを手掛けているイラストレーターだけど、全く説明がない。『バイオメガ』もそうだけど、そうやってぼくたち読み手をはかっている。知りたければ調べろと。

豊﨑　わたしは小説もそうやってわからないことがあれば自分で調べて読むべきだと思いますよ。音楽や映画も非常に好きなんでしょうけど、好きなものや感銘を受けたものを元にしても、そこから髙塚ワールドを作っているのが素晴らしい。

広瀬　髙塚ワールドではそれは一つの直喩だという気がする。石松さんにしても髙塚さんにしても、最近の若手には、説明しない直喩的な比喩が多いように感じます。

豊﨑　あえて読者を躓かせるような書き方もこの人の個性ですね。一般の人からは難解でちょっと遠ざけられてしまうような、わたしが好きなタイプの現代詩でした。

中原中也賞——水沢なお、小島日和

豊﨑　髙塚さんを読んだ後だと、中原中也賞のお二人はわかりやすいですよ。

広瀬　二冊とも会話をはさんだ軽妙な散文体の作風です。最初に水沢なおさんの『美しいからだよ』（第二十五回〔二〇二〇年〕中原中也賞）を見ていきましょう。

未婚の妹

昨日
ペルシャが死んだ
そういった季節が近づいていると私には分かっていたが、ペルシャは気丈に振る舞っていた。ある日、天鵞絨の鱗が点々と落ちているのをみつけ追いかけてみると、大きな珊瑚礁の裏で、小指だけ腐らせて死んでいた。
（…）
ペルシャの骨を運ぶ妹のことを
細い糸で絡め取るように女たちは眺めた
それをはねのけるように妹は、
「私がペルシャのかわりをしなきゃいけないってことでしょ」
と言う
大きい骨を納め終わると
どこからかぬるい女がやってきて
ホームセンターで売っているような
灰色のちりとりで粉まで壺に収めた
（シーシーシー）

（鱗が骨にぶつかる音）
妹は、すべてわかっていたようだった
妹は私よりも二週間も遅く生まれたが、
気がつけばペルシャの次に身体が大きかった。
それでも私は、妹は、ずっと、妹であるものと思い込んでいた

（部分）

豊﨑 一種の異譚ですね。ジェンダーものでもあります。

広瀬 一見軽い口調で書いているけれど、ぼくは解釈に悩みました。「ペルシャ」とは何なのか。この後に「ざくろ」や「子宮」など母性を象徴する言葉が出てくるので、いわゆるビッグマザーを「妹」が継承する話かとも思ったのですが……。

豊﨑 「ペルシャ」は「彼」とあるので男ですが、この「妹」も男になるようです。「私たちのパパも、昔は女だった」という部分から、恐らくこの鱗のある一族は全員女だけど、種を残すために「身体の一番大きな者」が男になる。それで「ペルシャの次に身体が大きかった」妹が選ばれた。「ペルシャの子宮、焼け残ってた」とあるから、子宮があるまま男になるのかな。そこが面白いですね。

広瀬 すごくすっきりしました。つまり性が変わっていく種族なんですね。ぼくは冒頭の「昨日／ペルシャが死んだ」や、母性を象徴する詩語から、「きょう、ママンが死んだ」で始まるアルベール・カミュ『異邦人』を連想したんです。『異邦人』の主人公は太陽が眩しかったからと

いう理由でアラブ人を殺すでしょう。この詩では「異邦人」は鱗のある違う人類を象徴するわけです。そういうイメージが重なって、最終連「私のとなりで／女がうまれて女が死んで／男がしんで男が産まれて／妹がうまれて妹が死んで／弟がしんで弟が産まれて／私がうまれて／私だけがうまれ続けて」では死生観が現れていると読みました。

豊崎 それも正しい読みだと思います。カミュの『異邦人』が、着想のきっかけか根っこにはあるんじゃないでしょうか。

広瀬 水沢さんはこんな話をライトノベルのようにさらりと書いているけれど、これは恐るべきことだと思います。

次の表題作「美しいからだよ」は、「美しい身体よ」と「美しい殻だよ」を匂わせるようにかけている詩です。

外に出ると雨がふりだした
舟に乗る
額めがけて海風が走りだす
きみの長い前髪がばらばらに息をし
飛んで来た初蝶を食んだかと思えば、
何かを思いつめたように
さかむけたへりを摑んでいる
腕の中で軽くなっていた猫を

七時間前に死んだ祖母の手を
撫でるように握るように
生まれた時からそうだ
きみの手ははしたない
肉を失うことの喜びを知ったはしたない指だ
だからそれを
わたしのなかに入れてよ
そのきみの
美しい身体よ
（…）
行き先を尋ねもせず舟は進む
女にしかゆけない場所への切符
片道しか無く
焼べようとしたコートのファスナー
まっさらな半券だけがつめに刺さる
履き違えるなよ
きみはその手で糸を紡がなければいけない　（部分）

豊﨑　「美しいから、だよ」の意味もありますよね。この方はジェンダー意識が高くて、言ってみれば今時の感じがしますね。わたしはこうあからさまだと、わかりやすすぎないかと思ってしまう。「割れた卵からふたつのきみがあふれでてきた」という詩句も出てくるけど、「黄身」「君」のダブルミーニングが安易だと感じてしまいました。

広瀬　こういう書き方だからこそ、却ってあざとくないと思いました。現代詩とラノベの架け橋になってくれるかもしれないという期待も覚えます。

豊﨑　確かに小説を書きたいという気配は感じますね。

広瀬　今年度（二〇二一年）の第二十六回中原中也賞を受賞したのが小島日和さんの『水際』（七月堂、二〇二〇年）です。

広場のある街

広場のある街に越していきます。広場には人が溜まります。少し溜まり、また出ていきます。広場に面したアパートの一室から眺めていると、何もかも見えるような気がしてくるものの、あの隅の方で売られているカレーパンを腹におさめた途端に、大道芸人の白手袋にこもった湿気、キスをする女の子のふくらはぎのこわばり、手を引かれる子どもの毛にからむ昨日のパン屑なんかが、この狭い部屋へ飛び込んできて押し出され、
拡声器の音頭

放生会のひしめき
どこかのベランダで叩かれている布団
波打った石畳から四条過ぎまでの
お堀はすでにない
埋め立てあとは駅になるほかない
どうせ鈍行しか止まらない
（…）
ですから越すことはありません。湖畔の一軒家から水底を見ることはできません。溜まった雨水がどこへ行くのかわかりません。カレーパンから飛び出たカレーは食べるしかありません。（部分）

広瀬　風景を淡々と書いているけれど、実は制約された場所がテーマになっている。

豊﨑　いま大学を横断して学生が詩を発表できる「インカレポエトリ」という雑誌があるんですが、これはそこから出た叢書なんですね。「広場のある街」は「放生会」「四条」「お堀」という言葉から、京都をイメージしました。なんだか実写ドラマ版の『河童の三平　妖怪大作戦』みたいな暗さを感じます。「みずぎわ」という詩もラストがとても怖い。

五丁目から届いた
はがきを持って

バスに乗った
十日分の荷物と八歳の妹も一緒に
妹はさらに幾日分かの下着を持たされている
七丁目の先は運河であった
はね上がった橋が壁のようです
私たちは鏡の前で健康的に微笑んだ
（…）
そちらには番地がありません
呼び名がありません
土塀にとびこめば割れると
知りません
そちらはありません
だれもいません
ひっきりなしに　はがきをくべて
どうにか渡ってしまいなさい
十日後　欠くことのないように
ふちをいく
まず妹が
あとから車両が

かかとの泥を落としながら
対岸で振られる汚れた指は
一千を越す
（部分）

広瀬　二作とも淡々とした語り口だけど、この場所から出ていきたいのに出ていけないという循環が続いている。「みずぎわ」ではバスに乗って妹と出掛けようとしていて、「どうにか渡ってしまいなさい」という誘いの声まで聞こえるけど、そもそもこのバスは水際を「循環する」バスだし、「広場のある街」でも結局私は越さない。

豊﨑　どこかこの人には満足感や充足感がない気配がありますね。諦念が伝わります。だから「カレーパンから飛び出たカレーは食べるしかありません」みたいな言い方をする。

広瀬　「広場のある街」は「しょっぱさも飲めば均される／飲まれてすぐに慣らされる／今にも出ていくことのできる／ホームドアで一斉に／隙間に足を取られてはいけない」と終わる。すごく暗さを感じますね。

豊﨑　「みずぎわ」の末尾もそう。妹が先に行って、その後を車両が行く。その対岸で一千の汚れた指が振られている。このイメージの作り方は恐い。「隣に立ったベルトをのんで／妹が喉を鳴らす」なんて詩行を見ると、最後に実は妹は死んでいるのかもしれないとか、いろいろ想像しました。

広瀬　逃れられない空間ですよね。こんなに浄化されない詩は珍しい。

豊﨑　現実世界への圧倒的な忌避感を覚えますね。「いまここにある世界に私はやむを得ず存在するけど、だからといってこの世界にイエスと言っているわけではありません」という強い意志を感じる。現実に対する否定的なものいいがカッコよくて、センスを感じます。
ここまで見てきて、H氏賞vs.中原中也賞対決では、わたしは、二〇二一年は中原中也賞『水際』に軍配を上げたいと思います。だけど二〇二〇年はH氏賞の『量』に軍配を上げます。こんなふうに、この二つの賞には常に競い合っていてほしいですね。

歴程新鋭賞——山﨑修平

広瀬　次は第三十一回（二〇二〇年）歴程新鋭賞受賞の山﨑修平さん『ダンスする食う寝る』（思潮社、二〇二〇年）。歴代の受賞者にも最先端の詩人が多いと感じますが、これも非常にパワフルで、今回一番魅力を感じました。巻頭の「旗手」からして疾走感が凄まじい。

ベリーショートが街を離れて
許すことや許されることを思った
明るい鳥葬は
宣戦布告のない今を象徴していて
俺たちはかつての天使を呼び出して朝まで話し込んだ
冷めきったピザ、もったいぶったパーティーの始まり
ダサいなそして臆病でも誠実であるのだろう友よ

さっさと自分の言葉を拾いなよ
白鳥に懺悔させるテーブルクロスの下のやり取りさえも
俺たちは余裕の笑みで笑って見過ごせていた
代償としたものはデカイだろう
それでも俺たちは旗手の最後を、旗手の最初を見届けたかった
過去形が間違えているもっと広がりのある照明にしてください

（…）

見ろ
燦然と輝く街の内部から夥しい屍体が
存在を誇示し始めている
生きながら死んだ者たちのことだ
知ったような顔するくらいなら無知のままでいる
目を閉ざすな
見開け
俺は少し怖い、俺は少しワクワクしている、俺は少し知りたい
生きているのに生きながら勝手に死に続けるな

（部分）

広瀬　真っ先に想起したのは、吉増剛造さんの第一詩集『出発』（新芸術社、一九六四年）。表題作は「ジーナ・ロロブリジダと結婚する夢は消えた／彼女はインポをきらうだろう」に始まって

「人々はガードの下で乞食が笑っているのを見たことがあるだろう／ヘラヘラ笑うのを」で終わるけれど、こういう都会的なパワーが山﨑さんにも受け継がれている。誠実な愛の力を持って。オルタナ、グランジ的な詩集ですが、ぶっ飛び具合も知的に周到に構成されています。いい感じのカート・コバーンですよ。

豊﨑 この「旗手」は、少なくとも最後の「生きながら勝手に死に続ける」者ではないだろうけど、結局誰なのかよくわからない。ないものねだりだけどもう少し「旗手」について書いてほしかった。

広瀬 ぼくは「旗手」は特定の誰かとは読まなかった。「旗手の最後を、旗手の最初を」とあるけれど、吉増さんから山﨑さんへの時代の流れとそれに沿った詩の継承こそが「旗手」だと思いました。

豊﨑 いま気づいたんですが、もしかすると一連目の「俺たち」と三連目以降に出てくる「俺」とは、語り手が異なる可能性もあるんじゃないでしょうか。

この詩は三つの場面があって、「旗手の最後を、旗手の最初を見届け」たい「俺たち」がパーティーをやっている一連目。「ベリーショート」は「旗手」の元カノで、街を離れていく。で、「過去形が間違えているもっと広がりのある照明にしてください」というナレーションで舞台が転換して、二連目で「アカシアの樹々に蜜を集めて／ひかりまばゆい」情景が描写される。三連目の「俺は今朝目覚めて、すべて受け止めてくれることを知った」の「俺」こそが「旗手」で、ここから「旗手」の目線に変わって、四連目「見ろ／燦然と……」も彼の語り。演劇みたいにイメージすることもできますね。

広瀬　面白い。ぼくはリーダーの「俺」がみんなを引き連れていくイメージで読みました。巻頭作のこの詩の「俺」＝「旗手」が詩集そのものを引っ張っていく。「出発」は絶望的な終わり方だけど、「旗手」のラストには、みんなを引っ張っていくことで時代を生き残る優しさも感じました。

豊﨑　なるほど、そういう意味でも「旗手」ということですね。

日本詩人クラブ新人賞――海東セラ

豊﨑　次は日本詩人クラブ新人賞。日本詩人クラブが主催している賞ですね。

広瀬　日本詩人クラブは西條八十たちが一九四九年に、日本現代詩人会は一九五〇年に西脇順三郎や北川冬彦らが作った団体ですが、両方の会員になっている人もいます。日本詩人クラブ新人賞もH氏賞と同様に会員の投票と選考委員の推薦から選ばれます。

豊﨑　こちらも選評は一般には公開していないんでしょうか。

広瀬　ホームページで今年度の受賞者や候補詩集は掲載されていますけどね。選評や詳しい経緯は会報に掲載される。

豊﨑　詩壇にあるそういう内向きさは問題だと思うんですが。第三十一回（二〇二一年）日本詩人クラブ新人賞受賞は海東セラさんの『ドールハウス』（思潮社、二〇二〇年）。海東さんは一九六一年生まれで、二〇〇〇年ごろから詩作を始め、二〇一四年に詩集デビュー。でもこれは第二詩集だから一応新人ではありますね。

ドールハウス

ふり向いてごらんなさい、背後はどこまでも開かれている、ここはあらかじめ不完全にオープンな部屋です。

銀色のパッチン錠が外されるとドレスも靴も飛びだしたがるので、ビニールのどこか甘いにおいのする部屋を組み立てて、猫脚のドレッサーもクローゼットもあるべき場所に。縮尺が同じであることで世界のピントは合うはずですが、鍵盤をはぐれてゆく音の狂ったピアノのように、どれも少しずつずれています。簡易にプリントされたカーペットの図柄は端っこほどゆがみ、擬人化は苦手なので舞踏会の予定はありませんが、開かないドアからともだちはやってきて階段を上り、だけどそこにあるはずの子ども部屋はないのですよ。

（…）

玄関チャイムが鳴っています。廊下を小走りにゆく足音も声もまどろみに揺れ、瀟洒に見えてもボール紙を芯にした構造はふたしか。ちょっとめくれたビニールの隅から透かし見るうち、眠りに落ちる場所はいつも違っています。

今日がどんな日になるかは開かれてみなければわかりません。（部分）

豊﨑　ドールハウスものって、恐怖小説ではロバート・エイクマンの大傑作『奥の部屋』（ちくま文庫、二〇一六年訳）があるけど、ああいう怪奇的な雰囲気は全くないですね。最後のところでポンと「今日がどんな日になるかは開かれてみなければわかりません」と放り投げる感じが童話みたいでいいなと思いました。

広瀬　この詩集全体がそうです。詩のタイトルも「天井」「屋根裏」「廊下」という感じで、頁を開いて一つひとつの部屋を覗いてみなければわからない。書物そのものが「ドールハウス」というコンセプトなんですね。作られた夢の世界なのか現実を夢の区画に投写した世界なのか。ノスタルジーが不気味に美しい。こういう迷宮的な散文詩の系譜では粕谷栄市さんや粒来哲蔵さんが頂点だと思いますが、それに対して海東さんの表現は綺麗すぎるところもある。

豊﨑　ドールハウスを外から見ている大きな存在の視線と、中に入ったときの視線の行き来が上手に描写できているとは思いますけど、一つのイメージでしか読み解けないような物足りなさもあります。

エルスール財団新人賞——尾久守侑

広瀬　最後は第九回（二〇二〇年）エルスール財団新人賞を受賞した尾久守侑さんの詩集『悪意Q47』

から「Mujina」と「片足」です。

Mujina

それは、こんな顔ではなかったかい？
振り返った残像が
いくつも折り重なって
悲鳴をあげる、ふりをした
みたいものをみてしまうから
言葉を奪ってほしいです

坂道をにげながら誰かに言う
表と裏の顔なんてもんじゃない
この顔は、表裏表や、裏裏表の
思い出せないことばかりだ
わたしは
大切な人たちから
顔を奪いました

裏表裏

表表裏？

裏表　表裏？（部分）

片足

季節、いつだっけ。ふとわからなくなる。誰かが一人だけいなくなってしまうことについてかんがえていて、僕らは生協でかったパンをかじりながら図書館のまえのオブジェに腰掛けている。たすけること、たすけられなかったこと。おなかが痛くなる。僕の白衣だけ、新品だ。そのことについてかんがえないようにする。

（…）

先週の金曜、六人で外科のうちあげをした。なにかおかしかったところは、聞かれて何度も顔がうかぶけれど、動いている姿をもう再生できない。わすれないようにしようぜ。わかるよ、でもそう強く念じても、僕らはたぶんこのことをほとんど思い出さなくなって、ひとがしぬことがむしろ普通みたいな意味不明の日々を、ご飯を食べたり恋をしたりしながら平気でいきていくんだろう。そんな世界に片足をつっこんだまま、僕らはめいめいに部活がはじまるのを、目を閉じてまっている。

（部分）

広瀬　『悪意Q47』が具体的に何なのか、最後までぼくはわからなかった。表題作には「悪意Qの痕跡」とか「わたしはQそのものになった」とか記されていて何だろうと面白く戸惑ったのですが、建畠晢さんの帯文がすごく的を射ている。「この詩人の感覚のレンズは不可思議な屈折率をもつ。そこを通過する言葉の光線は蠱惑的な分岐を余儀なくされるのだ」。

豊﨑　序詩「Mujina」は目次にだけタイトルが記載されていますが、表の顔と裏の顔が交互に出てきて、その屈折こそが詩集のコンセプトを明確に表現しているんですね。本文の前に「悪意の輪郭は摑めない」というエピグラフがあって、これが『悪意Q47』の世界に入っていく門になっています。一方後ろのほうにある「片足」は愛や優しさに満ちていますが、精神科医でもある尾久さんはどういう顔を操って書いているのだろうと、正面から言葉を信じていいのか揺さぶられながら読みました。

「片足」は亡くなった大学の同級生を描いているのか、忘れないようにしようとしても忘れてしまう悲しみを感じました。先鋭的な詩集なのに、ここにきて一見陳腐な青春ドラマのような詩が出てくるのが面白いですね。

広瀬　これは表の顔なのか、裏の顔なのか。

豊﨑　「悪意の輪郭は摑めない」けど、善意や誰かを思う気持ちは輪郭がはっきりしていることを示したのかもしれない。つまり輪郭がある善意は往々にして類型的になりやすいから、メロドラマのようなものに取り込まれて陳腐化する怖さがある。逆に、だから輪郭を摑めない悪意はカッコいいわけ。まさに対極的な二篇ですね。

広瀬 この詩自体は悪意ではないけれど、「ひとがしぬことがむしろ普通みたいな意味不明」な世界に入っていくボーダーの心地にあるのかもしれない。

豊﨑 「そんな世界に片足をつっこんだまま」「目を閉じてまっている」から、むしろ諦観の境地ですよね。それも含めて陳腐な青春ドラマ的だけど、でもそんなことは尾久さんもわかった上でこの詩を『悪意Q47』に入れている。わたしはこれを読んで、摑めない悪意に対して、人を思う気持ちが陳腐に流れていってしまう悲しみを感じました。『悪意Q47』の中にこの詩が入っていることの意味を、考えさせられる作品だと思う。

広瀬 ぼくはもうちょっと悪意があるような気もする。巻頭で「裏表裏〃表表裏？」と問いかけているわけですし。

豊﨑 悪意を描いた作品の中に「片足」を入れることで、「私はやっぱりこういう詩が好き」と思う人に対する悪意を込めた可能性もあります。あるいは尾久さん自身も表の顔か裏の顔かわからないのかもしれない。いろいろ解釈できるけれど、この詩集にこの詩を入れてきたことに尾久さんの策士っぷりを感じました。

夢の目標になる賞を

広瀬 今日は新人賞の話をしましたが、実は近年詩の賞が相次いで終了しています。資生堂の現代詩花椿賞、鮎川信夫賞、高見順賞、三好達治賞も終了してしまった。

豊﨑 ビッグタイトルばかりじゃないですか。

広瀬 理由としては、節目を迎えたとか、賞が一つの役割を終えて意義を達成したなどとされています。

豊﨑 部外者から見ると何の役割も終えていないと思いますけどね(笑)。

広瀬 ひょっとすると運営上の大変さがあったのかもしれません。

豊﨑 確かに文学賞の運営には、お金がかかります。芥川賞や直木賞は授賞パーティーを一流ホテルでやっているけど、あれをやめると副賞の賞金と正賞の懐中時計と選考委員への謝礼で済む。実際にコロナ禍でパーティーがなくなってオンラインで授賞式をやるようになって、低コストでも賞を運営できるかもしれないと運営サイドも感じているかもしれませんね(二〇二四年現在は各賞ともホテルでの授賞式を再開している)。

やっぱり賞はあったほうがいいから、なんとか存続させるために注目度を高めていきましょうよ。詩の賞も選考過程を公開したら面白いんじゃないでしょうか。わたしは芥川賞、直木賞の選考会にはカメラを入れるべきだと思っていて、そしたらもっと盛り上がるはずです。ちゃんと作品を読めていない人間が誰かはっきりとわかるから、そこをすかさず大森さんとわたしがツッコミを入れながら実況中継します(笑)。公開されることで、作者もこの読み方はぜんぜん違うと反論することもできる。あ、詩人の皆さんも、この対談に反論してくれたらいいんです。トヨザキの解釈はてんで見当ちがいだ、とか。

広瀬 たぶんぼくの解釈も(笑)。でも詩のそういう了見の広さが面白いんです。

豊﨑　逆にそれぐらい解釈の幅がないとつまらないですよね、詩は。広瀬さんとわたしの読み方がぜんぜん違っているのがよい作品の証拠です。

広瀬　最後に言いたいのは、いま詩の世界で賞が萎んでいっているけど、少なくとも新人賞はわれわれの力で盛り上げていかなければならない。前衛の継続こそが詩の進化だからです。その意味で野村さんのエルスール財団新人賞や、榎本櫻湖さんの個人賞「サクラコレクション・アワード」みたいな能動的な動きは面白い。あ、いま思い出したけど、ぼくは第二回サクラコレクション・アワードを受賞してました。

豊﨑　無冠じゃないじゃないですか（笑）。

広瀬　今日の結論は「賞 must go on」。賞をとったらすごいことになるぜって、若い詩人に希望を持たせたいですね。

＊広瀬は詩集『毒猫』（ライトバース出版、二〇二三年）で二〇二四年に第二回西脇順三郎賞を受賞した。

08

コンテンポラリー・リリックの世界

豊﨑
広瀬

詩と歌詞、二つの並行世界

豊﨑 今回はまさに広瀬さんのご専門、歌詞がテーマです。

広瀬 ぼく自身三十七年間音楽会社で働いてきたし、また実家もレコード屋だったので、今日はかなり気合が入っています（笑）。一般に、否定しようがないほど詩としてカッコいい歌詞ってありますよね。今日はそれを掘り下げて、「歌詞を現代詩として読む」ではなく、現代歌詞、いわば「コンテンポラリー・リリックを読む」ということをしたいと思います。

まず詩と音楽の歴史的な流れをおさらいすると、一章で、現代詩には二つのフォッサマグナがあるという話をしました。戦前の詩は、近代詩の流れと歌謡曲の流れがリンクしていて、北原白秋にしても西條八十にしても、詩が自然と定型的な歌になっています。詩人が作詞をしていた時代ですね。それが一九五〇年代から六〇年代、いわゆる戦後詩の時代になってぷつんと途切れた。これが第一のフォッサマグナです。そのとき詩と歌謡を結びつけていた歌詞という位置付けが戦後詩の方向性から大きく乖離していき、結果的に詩は大衆に認知されにくくなってしまった。同時に詩人による作詞というビジネスモデルが崩壊します。そして七〇年代に入ってシンガーソングライターが台頭しはじめ、八〇年代、九〇年代にはポップスの拡大に加え諸々のサブカルも台頭し、詩人のステータスが下落する。これが第二のフォッサマグナです。

今回は七〇年代以降のカッコいい現代歌詞を見ながら、ぼくが考えているある仮説を検証してみたいと思っています。つまり、現代詩と歌が分かれる過程で、現代詩が切った部分、例えば抒情詩はポエムに流れたという説もありますが、こういうものが実は歌詞として独特な進化を続けてきたのではないだろうかということです。

興味深いのは、一九七八年に出た『戦後詩史論』（大和書房）の「修辞的な現在」で吉本隆明さんが現代詩とポップスの関係性について触れながら、戦後詩はレトリック中心に展開してきたのではないかと批判的に論じているところです。吉本さんはこの事例として、当時新進気鋭の詩人だった平出隆さんの「吹上坂」とさだまさしさんの「無縁坂」を分析し、「比較することも滑稽であるといった戦後当初の流行歌曲の作詞との隔たりを、ここで感ずることはできない」と否定的に結論づけている。この表現でもわかる通り、吉本さんは先ほど言った「現代詩が切った部分」である抒情的な歌謡あるいはそれらを含めた風俗をそもそも別物として低く捉えている。「詩は風俗の歌謡やフォーク・ソングからじぶんを区別することができるはずがない（…）こういう言い草があまり誇張や極端な類型化ではないところに詩はやってきている」と。だから戦後詩は、戦後の荒廃からの精神的な脱却という思想に裏打ちされた詩であるのに、そこから現在の詩は離れ、流行歌や歌謡曲と同じようにレトリック中心になってしまっているとと危機感を抱いているわけです。

豊﨑　でもこの二篇を読むと、断然平出さんのほうがカッコいい。出来栄えではなく詩の構造的な部分が多少似ていると言うなら、それは納得しますけど。スター評論家がこう発言すれば現代詩と歌謡詩は同じレベルだというお墨付きにもなるわけで、当時現代詩界では衝撃だったでしょうねえ。

広瀬　ここで言う「修辞的な現在」とは実はぼくたちの世代にも続くことで、修辞ばかり使って戦後詩的理念はあるのかと批判されているわけです。吉本さんは戦後詩という言い方をしているけど、もうぼくたち世代以降は戦後詩とは言わない。つまり戦後詩という概念にこのあたりでかなりのぐらつきが見えるわけで、そういう分岐点としてもこの本は重要です。

　さて、先ほど「荒地」「列島」に始まる戦後詩が切ったものが歌詞として独自の進化を遂げたのではないかと言いました。実はその面白い証拠を発見したんです。それは歌謡曲の歌詞を発表する歌謡同人誌と呼ばれるものの存在です。今日、実際に持ってきました。

豊﨑　おお！　これは貴重な史料ですね。

広瀬　歌謡同人誌はこれまで詩史の視点からは誰も取り上げたことがないのではないかと思います。「歌謡文芸」（一九四七年―一九五一年）は、「酒は涙か溜息か」（一九三一年）が空前のヒットになった作詞家の高橋掬太郎が、白秋以後の抒情を書き続けていこうと創刊しました。そして「新歌謡界」（一九五二年―一九八二年）は、「憧れのハワイ航路」（一九四八年）や「矢切の渡し」（一九七六年）で有名な、昭和を代表する作詞家石本美由起が主宰で、同人には「男はつらいよ」（一九七〇年）の星野哲郎とか、錚々たるメンバーがいます。驚くべきことに、「歌謡文芸」は「荒地」と、「新歌謡界」は「列島」と創刊年が同じなんですよ。つまり、詩と歌詞はほぼ同時期に、それぞれの新しい流れを作り上げていた。だから現代詩が分岐したというよりも、詩人の立ち位置である業界が変わっただけなんです。詩はずっと同じように生きていて、作詞家たちは音楽業界という立ち位置から詩を書いていた。吉本さんは真っ向から歌謡を風俗と切っていますが、実は脈々と続いてきたもので、客観的に見ると次第に歌謡詩側の影響力が強大になっていったのです。

　鮎川信夫の「死んだ男」（一九四七年）に出てくる酒場と、石本美由起が作った美空ひばりの代表曲「悲しい酒」（一九六六年）の酒場は詩情の場所として交差していたのかもしれない。ぼくはそのことに感動しました。戦後間もないころの詩には二本の太い線が走っていて、現代詩はその一方を追求してきたけれど、もう一方はいま現代歌詞として、現代詩とは明らかに別の進化を遂げている。

豊﨑　なるほど。この後お互いの選んだ歌詞を読んでいくわけですが、最初並行世界のようだったこの二つは次第にくっついて最後に交わるんじゃないでしょうか。そこまでが今日の話だという気がしています。

広瀬　そうですね。この出発点からどう分かれて、またくっついていくかを、これから歴史的に追っていきましょう。

一九七〇年代——定型の打破

豊﨑　「現代詩手帖」一九八七年三月号に載っている谷川俊太郎さんと松本隆さんの対談が面白くて、

歌詞の音節問題にも触れているんですが、当時の先行世代は歌詞をメロディーとリズムに納めるという〝ルール〟に非常に厳しかったんですよね。七〇年代のフォークの人たち以降から、その原則を破るようになっていったように思います。

広瀬　それを切り崩したのが「字余りソング」と言われた吉田拓郎であり、「日本語ロック論争」で有名な松本隆ですね。松本さんは日本語で初めて、歌詞だけ読んでも成立するロックの詞を書いたと思う。

豊﨑　やっぱり七〇年代は松本さん、はっぴいえんどの時代ですよね。現代詩と歌謡曲・ポップスの歌詞の最大の違いは、後者に言葉を音やリズムにのせるという制約があることですが、でも制約があるからこそ、俳句の二物衝撃じゃないけれど、思わぬ言葉の組み合わせが出てきたりする。松本さんはそのセンスがすばらしい。この人は詞先（作詞が先の楽曲制作方法）だけど、もともとドラマーだったから、曲にしたときのリズムもちゃんと考えているんですね。「風をあつめて」（一九七一年、松本隆作詞、細野晴臣作曲）の出だしはこうです。

街のはずれの
背のびした路次を　散歩してたら
汚点《しみ》だらけの　靄ごしに
起きぬけの露面電車が
海を渡るのが　見えたんです
それで　ぼくも

風をあつめて　風をあつめて　風をあつめて
蒼空を翔けたいんです
蒼空を
（部分）

広瀬　「風をあつめて」という表現はいまでこそ珍しくありませんが、この時代はそれこそボブ・ディランのように「風に吹かれて」と言いがち。それを、自分で風を集めて、その風の力で空を翔けたいと言うのがいい。さらにそこへ「伽藍とした　防波堤ごしに／緋色の帆を掲げた都市が／碇泊してるのが　見えたんです」と、海の上の幻想都市のイメージを持ってくるのが面白い。

豊﨑　「摩天楼の衣擦れが／舗道をひたすのを見たんです」など、象徴詩のようですね。先ほど音節問題のお話が出ましたけど、近代詩において、文語定型詩を口語自由詩が破ったように、これはまさにこれまでの歌詞の定型を破った詞なんですよ。

当時わたしは小学五年生だったんですが、九つ上の姉がはっぴいえんどのレコードを流すのを聴いて本当に驚いたんです。まだアニメのテーマソングや歌謡曲しか知らなかったから、全く歌詞の意味がわからないことに衝撃を受けました。

ちあきなおみの「夜へ急ぐ人」（一九七七年、友川かずき作詞・作曲）もリアルタイムで聴いて衝撃を受けた曲です。

夜へ急ぐ人が居りゃ

その肩　止める人も居る
黙って　過ぎる人が居りゃ
笑って　見てる人も居る
かんかん照りの昼は怖い
正体あらわす夜も怖い
燃える恋程　脆《もろ》い恋
あたしの心の深い闇の中から
おいで　おいで
おいでをする人　あんた誰　（部分）

広瀬　……なに、これ（笑）。こーわーいー。当時、紅白歌合戦で、ちあきさんのパフォーマンスを視聴した全国の子どもが泣いたそうです。

友川かずきさんは中原中也にとても心酔なさっていますが、中也と友川かずき的情念がマッチした怖さが出ている。これは凄まじい表現力のあるちあきなおみさんだから歌えたんでしょうね。

豊﨑　途中で語りが入るんですけど、それもまた怖い。「ネオンの海に目を凝《こ》らしていたら／波間にうごめく影があった（…）やがて哀しい女の群と重なり／無数の故郷《ふるさと》と言う　涙をはらんで／逝《い》った」。わたしはちあきなおみは美空ひばりと並ぶ天才的な歌い手だと思っているんですが、この曲が最強じゃないでしょうか。

そして七〇年代歌謡の一つの事件と言えば、やっぱりサザンオールスターズの登場。桑田佳祐は曲先（作曲が先の楽曲制作方法）だと思いますが、それでも普通は理屈に合う詞を作ろうとするはずでしょう？　ところが――。生まれて初めて「勝手にシンドバッド」（一九七八年、桑田佳祐作詞・作曲）でそうじゃない歌詞を知って、目から鱗が落ちました。

さっきまで俺ひとり　あんた思い出してた時
シャイなハートにルージュの色が　ただ浮かぶ
好きにならずに　いられない
お目にかかれて

今　何時？　そうね　だいたいね
今　何時？　ちょっと　待ってて
今　何時？　まだ　早い
不思議なものね　あんたを見れば
胸さわぎの腰つき

（部分）

この曲でデビューしたときはコミックバンドと揶揄されましたけど、やっぱり一世を風靡しましたね。

広瀬　確かに、意味を吹き飛ばすカッコよさはサザンが最初かもしれない。タイトルにしても、沢田研二の「勝手にしやがれ」（一九七七年）と、ピンク・レディーの「渚のシンドバッド」（一九七七年）を混ぜたもので、内容とはぜんぜん関係ない（笑）。そういえば、ぼくは「胸さわぎの腰つき」をずっと「胸さわぎ　残し　月」だと勘違いしていました。歌詞にアドリブ性があって、シュールで、エロカッコいいですよね。

豊﨑　そうそう。歌詞カードを見ないで聴いていると、空耳みたいに自分で違う歌詞を作ってしまうんですよね。そのぐらい意味がつながらない言葉を平気でくっつけてくる。この後にも桑田さんには凄い歌詞がたくさんありますけど、やっぱり出発点はこれだと思って選びました。

一九八〇年代——歌詞の転換期

広瀬　七〇年代から八〇年代では、先ほどの松本隆さん、そしてこれから読む井上陽水さんが歌詞を転換させた筆頭だと思っています。陽水さんは今回唯一、二人とも挙げました。松本さんもうまいけど、陽水さんは比喩が尋常じゃない。意味を逸脱していて、硬い言い方をするとメタファーの使い手です。

まず豊﨑さんの選んだ「なぜか上海」（一九七九年、井上陽水作詞・作曲）。

星が見事な夜です
風はどこへも行きます
はじけた様な気分で

ゆれていればそこが上海

そのままもそ　もそ　も　もそっとおいで
はしからはしのたもと　お嬢さん達
友達さそ　さそ　さ　さそっておいで
すずしい顔のおにいさん達

（部分）

豊崎　なぜ上海なのか、理由が全くわからないのがすごい。カフカをはじめとする不条理小説に近い世界ですね。ボリス・ヴィアン『北京の秋』（河出書房新社、二〇二二年訳）じゃないけど、歌の内容が上海と関係ないところが、むしろタイトルにぴったりです。

広瀬　桃源郷のような場所の比喩なんでしょうね。別にそれが上海でなくても構わないけど、上海という言葉を置くとほわほわとした雰囲気が出て美しい。

豊崎　「そのままもそ　もそ　も　もそっとおいで」とか、痺れますね。歌詞ならではで、なかなか詩人から出てくる言葉じゃない。
　そして陽水さんの大ヒット作と言えば広瀬さんが挙げた「リバーサイドホテル」（一九八二年、井上陽水作詞・作曲）。

誰も知らない　夜明けが明けた時

町の角からステキなバスが出る
若い二人は夢中になれるから
狭いシートに隠れて旅に出る

昼間のうちに何度もKISSをして
行く先をたずねるのにつかれはて
日暮れにバスもタイヤをすりへらし
そこで二人はネオンの字を読んだ　（部分）

広瀬　この「リバーサイドホテル」の詞がレトリック的に面白いのは、例えば「夜明けが明けた」や「川沿いリバーサイド」や「金属のメタル」のように、重言として普通は使えない言葉遣いをあえてカッコよく決めているところです。

豊﨑　現代詩を書く人は国語力が高いから、文法がある種の縛りになる。ところが音楽の人たちは言葉に脇が甘いところがあって、だからこそ生まれる面白さがありますね。

広瀬　リズムやメロディーにのって、あえて自然に間違って言葉を使ったりしていますね。現代詩的批評だと、「意味からの解放」とか「言葉の脱臼」とか、そういう硬い表現を使いますけれど、そういうセンスでは陽水さんは図抜けている。この詞全体からは、ヌーヴェルヴァーグの映画のような雰囲気も感じます。

豊﨑　「ベッドの中で魚になったあと／川に浮かんだプールでひと泳ぎ／どうせ二人は途中でやめる

から／夜の長さを何度も味わえる」とか。そうかと思うと、最後に「ホテルはリバーサイド／水辺のリバーサイド／レジャーもリバーサイド」と歌って、完璧な歌詞を崩している（笑）。こんなふうにしれっと冗談を言うのが陽水節ですね。
二大筆頭のもう一人、松本隆さんと大滝詠一さんのコンビによる名作が「君は天然色」（一九八一年、松本隆作詞、大滝詠一作曲）です。

机の端のポラロイド
写真に話しかけてたら
過ぎ去った過去《とき》しゃくだけど今より眩しい

想い出はモノクローム　色を点《つ》けてくれ
もう一度そばに来て　はなやいで
美《うるわ》しの　Color Girl

（部分）

広瀬　松本さんのすごみは、ヒットする歌詞を書いているのに、言語感覚に関しては一切の忖度をしていないところ。聴くとすぐに覚えちゃうのに、よく読んでみると全く普通じゃない。等身大のセンスと現在性があって、リアルがベースになっているから、すっと入っていけるんでしょうね。
豊崎　こんなふうにわかりやすく、人の耳に残るものを書いても詩になる。でもわたしはとても歌にはならないような、そんな現代詩が好きなんですよね。

広瀬　そうそう。今日は歌詞を熱く語っていますけど、ぼくもぐちゃぐちゃな現代詩のほうが好きなんですよ(笑)。

豊﨑　松本さんの詞が「現代詩手帖」に載っていたら、わたしはうまいけれど好きじゃないと言っちゃうかもしれない。もちろん端倪すべからざる才能であることは確かで、松本さんは谷川さんと並ぶ存在かもしれないんですけど。谷川さんは現代詩の世界に共感性を持ってきて、普段詩を読まない人も惹きつけた功績があるけど、松本さんにもそれぐらいの功績がありますね。
　次は近藤真彦の代表曲「ギンギラギンにさりげなく」(一九八一年、伊達歩作詞、筒美京平作曲)。わたしにとって八〇年代と言えば、やはりこの曲です。

覚めたしぐさで　熱く見ろ
涙残して笑いなよ
赤い皮ジャン　引き寄せ
恋のバンダナ　渡すよ
雨の中で抱きしめるぜ　そっと

ギンギラギンにさりげなく
そいつが　俺のやり方
ギンギラギンにさりげなく

さりげなく　生きるだけさ　（部分）

広瀬　これ、豊﨑さんが今回挙げてくださった中で一番面白いと思いました。

豊﨑　伊達歩は伊集院静の別名義で、実は伊集院さんはたくさんの歌詞を書いています。近藤真彦だと、ほかに有名なのは「愚か者」（一九八七年）とか。

広瀬　この「ギンギラギンにさりげなく」って、書けと言われても書けないですよ。レトリック的には凝っていて、「覚めたしぐさで　熱く見ろ」とか、すべて反語になっている。タイトルもそうですね。

豊﨑　マッチのちょっと不良っぽいキャラクターにきっちり合わせている。「孤独、出逢い燃えて行け！」とか、あえてバカっぽい言葉を並べているのが斬新です。

広瀬　マッチのキャッチコピーですよね。

豊﨑　実際、当時マッチはよくバンダナをしていて、この曲にキャラクターを寄せていました。「愚か者」のときには、曲に合わせてダンディにイメージチェンジしている。近藤真彦は伊集院静によって作られたと言っても過言ではない（笑）。これは歌謡史に残る名曲。一度聴いたら一生忘れません。

一九九〇年代——詩と詞の合流

広瀬　音楽シーンの流れで言うと、七〇年代はフォークからニューミュージックに抜けた時代で、井上陽水さんやユーミンとかが台頭して幅広く聞かれていたんですが、八〇年代になると色んなジャンルが分立していくんです。歌謡曲という言葉が使われなくなるのもこのころで、面白いことに、詩の世界で戦後詩という言葉が使われなくなる時期と重なっていると思う。八〇年代に新たに生まれたジャンルが、パンク、オルタナティヴ・ロック、ダンスミュージック。この年代でいわゆるJ-popの素地が生まれ、九〇年代になるとラップやヘヴィメタルが、それぞれの歌詞の特性を持って登場する。ニューミュージックはJ-popとしてそのまま続いていきます。そういうふうに、多様なジャンルが分立する華やかな年代です。

ぼくは各ジャンルの代表作を挙げてみました。まずパンクから、THE BLUE HEARTSの代表作「情熱の薔薇」（一九九〇年、甲本ヒロト作詞・作曲）。パンクですけど、ぜんぜんアナーキーではなく、彼らは本質的には愛を歌うバンド。この詞では共感や感動をすごくストレートにモチーフにしています。

永遠なのか　本当か　時の流れは続くのか
いつまで経っても変わらない　そんな物あるだろうか
見てきた物や聞いた事　いままで覚えた全部
でたらめだったら面白い　そんな気持ちわかるでしょう

答えはきっと奥の方　心のずっと奥の方
涙はそこからやってくる　心のずっと奥の方

（部分）

豊崎　甲本ヒロトと相田みつをは実は近いと思っていて、色紙に「こたえはきっと　おくのほう　みつを」って墨書したら、相田みつを美術館に展示されそう(笑)。ただ二人とも真っすぐに心に入ってくる言葉を使うけど、甲本さんはセンスが良いし、「そんな気持ちわかるでしょう」と受け手に渡すのがうまいですよね。「涙はそこからやってくる　心のずっと奥の方」とか。パンクだけど伝えようとしていることはヒューマニズム。だから伝わるんですよ。

広瀬　このTHE BLUE HEARTSが表だとすれば、その裏側と言えるのがBLANKEY JET CITYの「ガソリンの揺れかた」(一九九七年、浅井健一作詞・作曲)。正統なハードロックで、このバンドもカリスマ的に詞を浸透させる力があると思います。

ガソリンの香りがしてる
その中に落ちていた人形が
マッチ売りの少女に見える
淋しさだとか　優しさだとか　温もりだとか言うけれど
そんな言葉に興味はないぜ　ただ鉄の塊にまたがって
揺らしてるだけ　自分の命　揺らしてるだけ

(部分)

豊崎　でもこれは、オムニバス映画『世にも怪奇な物語』(一九六八年)の「悪魔の首飾り」(フェデリコ・フェリーニ監督)を歌にしているわけじゃないですか。「あの細く美しいワイヤーは／始めか

広瀬　ら無かったよ」は映画のラストで細いワイヤーが首をスパッと切るシーンからでしょう。このイメージがオリジナルだったらすごいけど。

確かにモチーフはフェリーニや『イージー・ライダー』（デニス・ホッパー監督）でしょうけど、比喩表現はピカイチです。「マッチ売りの少女」に見える人形は自分なんでしょうね。そして「ただ鉄の塊にまたがって」「自分の命揺らしてるだけ」。惹かれるものがあります。

九〇年代で一番インパクトがあったのは、やっぱり椎名林檎。いまのオルタナティヴ・ロック系の歌手やアーティスト、あるいは若手の現代詩人はだいぶ椎名林檎の影響を受けていると思う。「丸の内サディスティック」（一九九九年、椎名林檎作詞・作曲）を挙げました。

マーシャルの匂いで飛んじゃって大変さ
毎晩絶頂に達して居るだけ
ラット1つを商売道具にしているさ
そしたらベンジーが肺に映ってトリップ

最近は銀座で警官ごっこ
国境は越えても盛者必衰

領収書を書いて頂戴
税理士なんて就いて居ない　後楽園

（部分）

これは丸ノ内線を歌っているんですね。

豊﨑 ベンジーは先ほどの浅井さんのことで、ベンジーがグレッチのギターを使っているから、「あたしをグレッチで殴《ぶ》って」と言うわけですね。平成以降の井上陽水と言っていいぐらい才能と影響力のある人。

広瀬 嫌な仕事をする丸の内OLがベンジーにグレッチで殴ってほしいと妄想している、一途なドMの乙女の詞。

豊﨑 「将来僧に成って結婚して欲しい」とか、いいっ(笑)。こういうアヴァンギャルドな歌詞が大ヒットするところに、日本におけるポピュラーミュージックの成熟を感じます。彼女の存在は後進、例えばKing Gnuや相対性理論のやくしまるえつこの成功にもつながっている。もちろん先駆的な存在としては井上陽水とかもいるけど、やっぱり椎名林檎が九〇年代以降、日本のヒットソングに豊かな土壌を作ったんだと思います。

広瀬 このあたりになると、現代詩と現代歌詞の並行世界が近接してきて、ある意味現代詩以上に現実離れした比喩が受けるようになった。それはオルタナティヴ・ロックに限らず、ポップス全体がそうなんです。かつてリバプールサウンドやわかりやすいハードロックが主流だったのが、ニュー・ウェーブを経てU2やニルヴァーナとかのオルタナが従来のビートを崩してきて、歌詞もよりアヴァンギャルドなものが受け入れられていった。そういうバックボーンを考えると歌詞の自由さって恵まれているけど、その中でも椎名林檎のこの思い切りはすごい。彼女の本質である乙女チックな恋愛詩を当時の人たちは見抜いて、時代にのったんですね。

豊崎　九〇年代は椎名林檎抜きには語れない。広瀬さんがおっしゃったように、現代歌詞と現代詩はここ〝丸の内〟で合流しはじめるんです。これ以降出てきた人たちの歌詞は、現代詩として読んで違和感がない。吉本隆明が平出隆とさだまさしを無理に並べなくても、自然と並ぶようになりはじめるのはまさにここからですね。

一方で、王道路線として中島みゆきの存在も無視できない。この人は感情の揺れ幅を大事にしていて、歌謡詩の側面が強くあると思うんです。「空と君のあいだに」（一九九四年、中島みゆき作詞・作曲）はドラマ『家なき子』（一九九四年）の主題歌でも有名ですね。

広瀬　あの当時中島さんにロングインタビューをしたことがあって、わたしが「僕」と「君」の関係性を解釈しようとするときの「自由度の高さが素晴らしい」と伝えたら、嬉しそうに「これはリュウが主人公のことを想っている視点なの」と言っていました。つまり「君」は安達祐実演じる少女で、それを想う「僕」は主人公が連れている犬のリュウのことだったんです。

中島みゆきのヒットソングの歌詞の奥には、実は字面で読んだときとは違う世界があって、それを見抜いた人たちが熱烈なマニアになる。その特徴がわかりやすく出ている作品だと思います。大好きな女の子を守るために悪にでもなるという恋愛詩かと思いきや、実は犬視点の詩だったと。『ユリシーズ』のある章が犬の視点で書かれていると、訳者の柳瀬尚紀によって読解された際の驚きを、わたしは覚えました。

中島さんの歌は熱いけれど、冷静ですよね。大人の視点、大人の経験が入っている。だから実はもう一つの世界を抱えているというのは納得がいきました。

豊﨑さんが次に挙げているのは、スピッツ「夢じゃない」（一九九三年、草野正宗作詞・作曲）ですね。

暖かい場所を探し泳いでた
最後の離島で
君を見つめていた　君を見つめていた　Oh

同じリズムで揺れてたブランコで
あくびしそうな
君を見つめていた　君を見つめていた　Oh

夢じゃない　孤りじゃない　君がそばにいる限り
いびつな力で　守りたい　どこまでも　Oh
（部分）

豊﨑　スピッツって一般的に爽やかと評されがちだと思うんですけど、わたしは草野正宗は昏い想像力を併せ持ってる人だと捉えてるんです。この「夢じゃない」は、実は妄想の中の離島に好きな女の子を閉じ込める、ジョン・ファウルズの『コレクター』みたいな歌詞なのではないか、と。ブランコを揺らしている「君」をただ見ているだけで、側には行かない。でも、自分の「いびつな力で　守りたい」。これってストーカー心理を歌った曲だと思ってて。

広瀬　すごい、そう解釈できるのか。ぼくはさらっと読んでいたので、永遠の愛という古典的なテーマだと思っていました。この愛は一方的なんですね。確かに怖い。

豊﨑　草野正宗の歌詞には深読みすると怖いものがけっこうある。この人は一筋縄ではいかない想像力と妄想力を持っていて、みんなカラオケで明るく歌ってたりするけど、いびつで怖いんですよ。読者の皆さんも、ぜひ一度スピッツの歌詞カードを開いて読んでみてほしい。たぶんアルバムの中の二、三曲はヘンですから。解釈しがいがありますよー。

広瀬　続いてラップから、RINO（現RINO LATINA II）のリリックを挙げました。九〇年代初めはEAST END×YURIみたいに、コミカルなラップが流行っていたけれど、RINOやZeebraが出たあたりから本格的になって、ぼくもハマりました。「もうひとつの世界」（一九九五年、リリック＝RINO、プロデュース＝DJ YAS）は歌詞が非常に複雑で、現代詩と交差している。ラップ的な押韻もあるんですけど、この暴力的なわけのわからなさは妙に魅力的です。

そのインチキ探知機じゃとうてい測定探知不可能　壮絶息を飲む水面下
完全に映像が消えた世界すべて超越　実がはじけたホウセンカ　電光石火
可能な限り限界を追求する文学者　波動を全快で大噴出
呼ばれたり飛び出たり神出鬼没　脳味噌陥没　泳ぎだしゃダントツ
心の裂け目にたまった涙に映った月の表面の凹凸
（部分）

この疾走感、スピード感は二〇〇〇年代以降の詩人にもつながっているように思う。現代詩と現代歌詞ではマーケットが離れているのに、言語やポエジーの拠り所が同じになってきているると感じます。

豊﨑 新しい詩人たちと新しい音楽の人たちは、どちらが上とか下とか、そういう感覚もなくて、とてもフラット。「詩のボクシング」開始は一九九七年ですけど、こういう詩を作る人たちが出ていても何の違和感もないですね。

広瀬 いまだに現代詩の中では、難解な詩はダメだ云々とやっていますけど、そんなことを吹き飛ばすパワーがありますね。

二〇〇〇年代――百花繚乱の深化

広瀬 九〇年代の各ジャンルを見てきましたが、パンクとかロックとかラップというようにカテゴライズされているから、お互いに喧嘩しないんです。現代詩はごちゃごちゃ好みが混ざっているから、演歌がパンクに噛み付くように難解詩論争も起きるんでしょうけれど。

二〇〇〇年代になると、いままでカテゴライズされてきたジャンルがより複雑にもっとハチャメチャに展開していきます。

豊﨑 二〇〇〇年以降、古き良き詩の感性や、先ほどのリリックみたいな勢いのある言語遊戯的感性がそれぞれ共存していて、それがとても健全だと感じています。その古き良き詩の感性を大事にしている代表が奥田民生の「マシマロ」（二〇〇〇年、奥田民生作詞・作曲）。高田渡が曲をつけた山之口貘のような感性の世界なんですよ。

雨降りでも気にしない　遅れてても気にしない
笑われても気にしない　知らなくても気にしない

君は仏様のよう　広野に咲く花のよう

だめな僕を気にしない　ひげのびても気にしない
うしろまえも気にしない　定食でも気にしない　（部分）

広瀬　奥田民生の歌詞って、頼りないだめ人間が肯定的に描かれているところが好きなんです。あと、曲先なのかもしれないけど、「げにこの世はせちがらい」って、曲のリズムにのせるために「げに」を持ってくるセンスも面白いし、最後の「マシマロは関係ない　本文と関係ない／マシマロは関係ない」なんて、さっき井上陽水のところでも出しましたけどボリス・ヴィアンの『北京の秋』みたいでしょう？

豊﨑　歌も現代詩もひっくるめて、よく重い詩とか、軽い詩とか言いますけど、奥田民生は「ゆるい詩」。ゆるいから、聴いてるこちらも肯定されてるような許されているような気持ちになる。ずっとこうであってほしいですね。

次のキリンジ（KIRINJI）の「エイリアンズ」（二〇〇〇年、堀込泰行作詞・作曲）は二〇〇〇年代の名曲ベストテンに入る傑作です。

まるで僕らはエイリアンズ
禁断の実　ほおばっては
月の裏を夢みて
キミが好きだよ　エイリアン
この星のこの僻地で
魔法をかけてみせるさ
いいかい

（部分）

広瀬　のん（能年玲奈）さんをはじめ、大勢のアーティストがカバーしたがるのもわかります。「遥か空に旅客機　音もなく／公団の屋根の上　どこへ行く／／誰かの不機嫌も　寝静まる夜さ／バイパスの澄んだ空気と　僕の町」という出だし。プラトニックな恋愛詩ですけど、こういう妙にリアルな風景から入っていくのが面白いです。

豊崎　でも地面に足がべったりとはついていない。一ミリぐらい浮いている人間が夢見ている恋愛の光景なんですよ。

広瀬　つまり彼らは魔法使いじゃなくて魔法にかかっているほうだと。「エイリアンズ」ってタイトルは本当に秀逸ですね。

豊崎　「まるで僕らはエイリアンズ」、ここには当時若者だったロスジェネ世代のやりきれない感覚も出ていると思う。彼らはこれを聞いて、自分が本当にこの世界におけるよそ者、あるいはのけ者だと思ったんじゃないかな。「エイリアン」という言葉がこんなに胸にぐっとくる形で使われるなんて、堀込泰行はほんと天才！

広瀬 打って変わってZAZEN BOYSの向井秀徳さんは男性版の椎名林檎と言うべきか、意味や難解さを超えた詞を書いています。

冷凍都市がやたら騒　何やら厄介もんがそそうしとる模様
鈍色の銃口の先が光り放たれた憤激の銃弾によって後頭部に穴が空き
もはや原型の姿は亡きもんになってしまったヒサンな風景が広がり
それをただ漫然と冷えきった無表情で見つめる人々の集まり
そして俺はなす術がなく足早にその場を去り　ふりだし　繰り返し　（部分）

この「自問自答」（二〇〇四年、向井秀徳作詞・作曲）を聴いていただければわかるように、意味とか癒やしとか抒情とかは全くない。先ほど豊﨑さんがロスジェネ世代のお話をされましたが、まさにあらかじめ汚れて冷めきった世界から、どうやって力を振り絞っていくか。それを自問自答する若者の歌です。

豊﨑 「冷凍都市」とある通り、凍って止まった世界でにっちもさっちもいかない焦燥感が迫ってきます。

広瀬 詩人だと橘上さんとか、山﨑修平さんのスピーディーな言い回しによく似ていて、止まった世界でもがいているけど、外に出るためではなく、あくまでも「求め続ける、求め続ける、脳がユさぶられて頭ん中が」と自問自答し続けている。こういう非常に閉塞した詞もオルタナティヴ・ロックの一つの王道になっています。

豊﨑 「自分が自分であるっちゅうことにギモンを持とう」という部分がちょっとおかしくて(笑)。これまで自分が言ってきたことを否定しているわけですから、閉塞感という解釈には納得しますけど。

広瀬 続いて紹介したいのはヘヴィメタルの世界。ヘヴィメタルはまた違う育ち方をしていて、DIR EN GREYは日本のみならず世界的に有名なバンドで、結構現代詩人にもファンがいるんですよ。この「朔―saku―」(二〇〇四年、京作詞、DIR EN GREY作曲)は、歌詞だけ見てみると昔のフランス象徴詩みたいです。

死骸で作った山道をお前たちは笑い歩いている
また手をかけ延ばし
そして百合の花に蟻が群がる
UNDER THE SUN
何一つも救えない人達には両手の中
灰と涙と寡黙を…
残酷なまでにかようは月と太陽
明日さえも眼を塞いだ

赤日に問うは寡黙と…」（部分）

豊﨑　まるでホラー詩ですね。

広瀬　ラヴクラフトの異世界みたいでしょう。あるいはネルヴァルやリラダンのようなゴシックの香りもする。いまの歌謡はこういう詩も曲にしているんですよね。

豊﨑　この京さんという人は、自分の書く詞は「歌詩」だと言っていて、言葉にすごくこだわりがあるようです。

広瀬　詩として読んでほしいと。レトリック的に言うと、メタル系の歌詞はメタファーで、先ほどの向井秀徳さんとかのラップ系はメトニミー、換喩を多用しているのが面白い。こんなふうに色んなジャンルが、相容れないけれども、分かれて成立している。

豊﨑　そして、椎名林檎が生み出した最高の果実の一つは、やっぱり相対性理論のやくしまるえつこですよね。

広瀬　相対性理論が面白いのは、椎名林檎のペーソス、乙女チックなサイケデリックさをベースにしながら、アニソンを見事に軽やかに組み合わせたところ。「スマトラ警備隊」（二〇〇八年、やくしまるえつこ、永井聖一、真部脩一、西浦謙助作詞・作曲）を読んでみます。この軽みはすごい。

やってきた恐竜　街破壊
迎え撃つわたし　サイキック
更新世到来　冬長い

朝は弱いわたし　あくびをしてたの
太平洋　大西洋　ここ一体何平洋よ
盗んだわたしの記憶をかえして
CIA KGB FBI に共産党の陰謀よ
誰か　わたしを逃がして

（部分）

豊﨑　坂本龍一や菊地成孔みたいな先行世代から愛されているのもわかります。歌詞を読むとアニメもそうですが、ライトノベルっぽいとも感じます。だから好きな人は深くハマるんでしょうね。

広瀬　歌詞には意味はあまりなくて、流行りを全部持ってきた感じで、背景はバーチャル。何と言うか軽みの魅力ですよね。

豊﨑　「北極星　超新星　流星群にお願いよ」「新幹線　連絡船　運命線よ教えて」とか、実は古い気もするんです。やくしまるさんの歌詞は旧世代の財産をうまく使っていて、そこにアニメやラノベみたいな新しいサブカルの良さを取り入れている。すごく文化的視野の広い人ですね。まるで活発な女の子がいろいろなおもちゃを集めて詩を作ったような、面白いと思ったら何でも持ってきちゃう自由闊達さが好ましいです。

広瀬　驚くのはこれが売れているということですよ。

豊﨑　椎名さんがむしろわけがわからない歌詞のほうがカッコいいという土壌を作ったから、こういう詞がポピュラーソングの世界には生まれる。それがテレビで歌われたり、ＣＭに使われたりして、みんなが聞く機会が多いからヒットする。現代詩ももう少し人口に膾炙する場所を作れば、そこからスターが生まれますよ。土壌は椎名さんが作ってくれたんだから、現代詩も利用しましょうよ。

広瀬　それは今日の結論に近いですね。だから現代詩にもビジネスモデルがないと駄目ですよ。いやらしい言い方だけど、そういうチャンスがないとスターが生まれない。

相対性理論とは真逆ですが、「トラウマテクノポップ」バンドを名乗るアーバンギャルドというグループがいて、これも椎名さん的な世界がベースですが、アニメじゃなくてメンヘラを組み合わせている。「水玉病」（二〇〇八年、松永天馬作詞、松永天馬、谷地村啓作曲）を読んでみます。こういう感じも一つの流行の方向性です。

水玉病は少女特有の病です
思春期生理期失恋期を機に発症します
顔に腕に見えるものすべてに丸くぽつぽつ
かわいくなろうと思えば思うほどぽつぽつするの

水玉病は少女だけかかる病気です
大人になりそでなれないあの娘に潜伏します
汗に涙に夢のなかにまで丸くぽつぽつ
ふりむいてもらおうと焦れば焦るほどぽつぽつするの　（部分）

豊﨑　メンヘラってこれよりも前からある傾向で、わたしはケラリーノ・サンドロヴィッチの芝居を劇団健康時代（一九八四年－九二年）から観ていたんですが、あのころすでにファンには不思議ちゃんやゴスの子も多かった。松永天馬はそのゴスという土壌を利用しつつ、しかも草間彌生をイメージさせる水玉をうまく使っている。松永さんはロシアの作家ウラジーミル・ソローキン好きで、しかも詩のボクシング六代目世界ライト級チャンピオンなんですよね。ただ、この人も実はそんなに新しさはなくて、むしろ前世代の財産を上手に使っているタイプだと思う。

広瀬　九〇年代で開かれたカテゴリーを思い切りやっている人ですよね。ゴスの流れからいまメンヘラ系が流行りじゃないですか。現代詩の世界でもメンヘラ系はいて、そのあたりをつないでいる感じがします。

豊﨑　ラブリーで可愛いものに、生理とか生々しいものをぶっこんでいるのもいい。サビの「アントワネットはギロチン台で　アリス・リデルはウサギの国で／アンネ・フランクはアウシュビッツで　アンナ・カリーナは銃で撃たれて」とか、出てくる人名はわたしたち世代のサブカルのアイコンで、少し古い感じもある。と思いきや、「正気を失うショーツのなかでは　水玉いっぱい戦争いっぱい」みたいに、立ち止まるフレーズも出してくる。そこもうまい。

広瀬　「あなたがつくったわたしがつくったあなたを赤く塗りつぶしたいの／わたしがつくったあなたがつくったわたしを白く塗りつぶして」。これは、生理の血と精液を思い浮かべました。

豊﨑　ここで描かれているエロスは即物的で生々しいですね。ただわたし、個人的におじさんが少女視点で語る作品は生理的にあまり好きじゃなくて。もちろん男性が少女を書いちゃいけないなんてことはないし、自分の好悪を離れれば、これは松永さんの中の少女が書かせているんだと納得しつつ、面白い歌詞だとも思えるんですが。

広瀬 ぼくは女性ボーカルのイメージしかなかったからわからなかった。詩としては「ぽつぽつ」の勝利だなと。こう書くと暗くて明るい軽みが出ますね。

豊﨑 「ぽつぽつ」だって気持ち悪いけど、「水玉病」と言うと草間彌生の作品を思い出すから、キモ可愛いって思っちゃうんですよね。この感覚を利用したのは巧い。

二〇一〇年代――爆発と閉塞

豊﨑 いよいよ二〇一〇年代ですね。RADWIMPSの野田洋次郎の「前前前世」（二〇一六年）には驚愕しました。この言語センスはどこで身につけたんだろうと。野田さんは帰国子女ですけど、帰国子女の日本語の感覚ってユニークなところがありますよね。この「寿限夢」（二〇一一年、野田洋次郎作詞・作曲）も、教科書を詞にしてしまうという奇天烈な発想の曲です。

tall taller tallest
fall faller forest
なんか　変だ　変ですよ
sin θ　cos θ　tan θ

ありおり侍りいまそがりそうだよ僕はへそ曲がり
「舵取りできる?」羨ましい煩わしいいとをかし
(部分)

野田さんの日本の風土をあまり感じさせない日本語力にずっと注目してきたものですから、こう来たかと驚きました。

広瀬 初めて読んだんですけど、今回挙がった中で一番現代詩だった。メロディーなしで、実験的な現代詩として読んでも全く違和感が無いですよ。

豊﨑 しかも語呂合わせの歌だから、昔の詩みたいに言葉がリズムにのるんですよ。何でこれを現代詩人がやらなかったんだろう。野田さんがやっちゃったから、もうできないか(笑)。

広瀬 言語的実験でもあるし、当然落語の「寿限無」のミメーシスでもある。中でも現代詩人にはできないカッコよさは、「無」を「夢」にしたことですよ。野田さんという人はセンスがいいなと思いました。

豊﨑 独特の日本語センスがあって、もっと詞の面から注目されて欲しい人です。

同じく歌詞がもっと評価されるべきは星野源。わたしはこんなに売れっ子になる前からずっと好きなんです。もともと星野さんはSAKEROCKというインストゥルメンタルバンドをやっていて、細野晴臣さんに勧められたのがきっかけで、自分で歌詞を作って歌いはじめた。初期の歌は古き良きフォークソングのような、どこか頼りないけど優しい詞で、だけど必ず「人は笑うように生きる」(「くだらないの中に」、二〇一一年)みたいにハッとするフレーズを入れてくる。

この大ヒットソング「恋」(二〇一八年、星野源作詞・作曲)も曲先だと思うけど、素晴らしい歌詞なんですよ。

胸の中にあるもの
いつか見えなくなるもの
それは側にいること
いつも思い出して
君の中にあるもの
距離の中にある鼓動
恋をしたの貴方の
指の混ざり　頬の香り
夫婦を超えてゆけ

（部分）

この「指の混ざり」とか、たぶん指を二人がからめることだと思うけど、言葉の組み合わせが面白いでしょう。

この曲は制約だらけなんです。自分が主演するテレビドラマの主題歌で、原作の漫画があって、ヒットソングにしなきゃいけなくて、しかも曲先で、それでこういう歌詞が出てくると思うと感動的ですよね。しかも実際に大ヒットした。松本隆級にすごいことだと思います。

広瀬　届ける力がありますよね。実は意味はよくわからなくて、出だしの「営みの／街が暮れたら色めき／風たちは運ぶわ／カラスと人々の群れ」も意味を追おうとするとつまずくけれど、感

豊﨑　覚的に風景が暗くなって、二人が色めいていくようなイメージが浮かぶ。こういうレトリックの使い方が上手だと思いました。先入観なしで詞だけ読んでも面白い。

広瀬　ヒットソングだからか歌詞を褒める人を見たことがないけど、歌詞がとてもいい。初期作も読んでみてほしいです。

豊﨑　「夫婦を超えてゆけ／二人を超えてゆけ／一人を超えてゆけ」という最後の畳み掛けもとんでもなくうまいですね。

広瀬　夫婦の歌かもしれないけど、そこで終わっていない。結局一人を超えないと夫婦になんかなれないと。これもドラマの内容にぴったりなのが素晴らしいんですよ。

豊﨑　次はBiSHの「OTNK」（二〇一五年、竜宮寺育作詞、松隈ケンタ作曲）に行きたいと思います。

凹部連勝　無礼講　いざ　見ぬ明日へ
革命　仁義なき戦いへ

栄光の向こう　と言いますと？
近未来人員の増加？
懺悔だけが　尾をひく獣

負う名　切り裂く　多めに　楽勝
明媚　洛上　折々の

汲み取るストイック　不安だけ
浮世さ
追う　鎮火　鎮火　　　　（部分）

豊﨑　これ笑っちゃった。タイトルの「OTNK」は「おちんこ」じゃないですか。

広瀬　そうそう。一見わからないけれど、実は英語の歌詞があって、それの空耳になっているんです。「栄光の向こう」のところは「Echo no more」みたいにね。

豊﨑　でも竜宮寺さんの空耳詞はBiSHファンの間では有名だけど、竜宮寺さん自身がどういう人かは全くの謎ですよね。

広瀬　BiSH自体も謎。「楽器を持たないパンクバンド」だし、六人組のガールズグループで、アイドルっぽいところもあるし。

豊﨑　最初に出てきたときはサザンじゃないけど、アイドルパロディのコミックグループだと思ってました。でもずっと活動を見ていると、すごくアーティスティックで。

広瀬　BiSHの曲調はAdoの「うっせえわ」（二〇二〇年）にも近いけれど、おっしゃるようにコミカルな要素もあり、サザンの持っているような吸引力がありますよね。

豊﨑　竜宮寺さんは桑田さんの影響が強い方なんじゃないかなあ。桑田さんの曲が空耳的に聞こえると言いましたけど、この人はそれを意識的に緻密に利用しているでしょう？　女の子のグループに「追う　鎮火　鎮火（Ｏｈ　ちんこ　ちんこ）」と歌わせるエロカッコよさ（笑）。サザンの孫が誕生したんだなと思いました。

広瀬　BiSHもそうですが、二〇一〇年代に入ると女性のパワーが爆発的で、プロテストとか、反抗的なパワーを持つパワフルなロックが流行っている。一方男性は向井さんのように閉塞感があるんですけど、それをAdoやYOASOBIとかがぶち壊すという構図になってきています。

豊﨑　それで、広瀬さんが選んだのは欅坂46の「不協和音」（二〇一七年、秋元康作詞、バグベア作曲）なんですね。

不協和音を
僕は恐れたりしない
嫌われたって
僕には僕の正義があるんだ
殴ればいいさ
一度妥協したら死んだも同然
支配したいなら
僕を倒してから行けよ！
（部分）

広瀬　これは平手友梨奈さんのイメージの歌詞。元気なプロテストソングです。

豊﨑　端的に、歌詞だけを読んだら、とてもいいとは思えませんね。

広瀬　確かに、いわゆる現代的な歌詞としてはいいとは思えない。でもなかなかパンチがあって「僕は嫌だ」っててらいもなく言ってしまう。「不協和音」は非常にいい言葉で、秋元さんはこういうプロテストソングを矢沢永吉さんの曲「アリよさらば」でも書かれていて、うまいですよ。

豊﨑　わたしは欅坂46も櫻坂46も好きでライブに足を運ぶこともあるんですけど、欅坂のころはいびつなグループでした。そこが魅力だった一方で、てち（平手）がいないと成立しない曲ばかりだから、端から見るとほかのメンバーがなんだか可哀想で。そんな不世出の才能・平手友梨奈に秋元康が与えた役割が、「不協和音を／僕は恐れたりしない」「僕は嫌だ」というキャラクター。でも、だからこそ、これはてちが歌って踊ってはじめて成立する楽曲なのであって、歌詞だけを読むと、わたしには陳腐にしか感じられない。

広瀬　一番面白いと感じたのは、私でも俺でもなく「僕」を一人称に使っているところです。この「僕」というのは、セカイ系とか、最果タヒさんの詩とも結構シンクロしたりして。現在の若者の主語は「僕」なのかな、とも思いました。

豊﨑　ＡＫＢや坂道グループの歌詞はだいたいそうですよ。秋元康は女の子たちに「僕」と歌わせることで、それを見ている男の子たちとメンバーを一体化するという面白い構図を作ったわけです。

　最果さんがどういう思いで「僕」を使うのかはわからないけど、秋元の「僕」とは違うと思う。あと昔から僕っ娘《こ》っていたでしょう？　あれは無性化というか、女性であるだけで生じる偏見や制約から逃れたい、逃れたいけど自分を無性的に表す一人称がない、だから「僕」を使っているってことなんじゃないかと思います。

広瀬　秋元さんが平手さんに使った「僕」というのはまさにそこ、無性化なんだと思います。最果さんの「僕」にしてもラノベやセカイ系の「僕」にしても、無性化という部分で非常に似ている。

豊﨑 セカイ系は女の「君」と男の「僕」の恋愛だから。

広瀬 そうですけど、植物的でセックスに直結しない関係性を感じて。それが、現在の無性としての「僕」を象徴しているんじゃないでしょうか。

豊﨑 秋元の「僕」はその意図が見え見えだけれど、最果さんにしても、僕っ娘たちにしても、それぞれにそれぞれの理由があって、彼女たちの「僕」をひとくくりに語ることはできないと思いますよ。人称の問題というのは難しいです。

次はOfficial髭男dismの「Pretender」(二〇一九年、藤原聡作詞・作曲)ですね。

グッバイ
君の運命のヒトは僕じゃない
辛いけど否めない　でも離れ難いのさ
その髪に触れただけで　痛いや　いやでも
甘いな　いやいや
グッバイ
それじゃ僕にとって君は何?
答えは分からない　分かりたくもないのさ
たったひとつ確かなことがあるとするのならば
「君は綺麗だ」

(部分)

これも曲先の詞だと思いますけど、サビの部分、こんなふうに一気に畳み掛ける言葉の使い方がうまい。藤原聡は、曲先で生まれてくる言葉の衝突のセンスがいいですね。

広瀬 髭男とかいまの男性バンドを聴くと、いよいよ音楽もアーバンになってきたなと。「Pretender」で驚いたのは、主人公の僕と君の情報がなくて、具体的にどんな人なのか、素性が全くわからない。振られた男が未練がましく彼女を歌う詞だとしか。

豊﨑 これから振られる予感に打ち震えている男の人の詞だと、わたしは読みました。「未来には／君はいない」とあるでしょう。

広瀬 ぼくはpretenderって、装う人とか、見せかけの人とかいう意味だから、「見せかける人」である「君」をずっと追いかけているのかと思っていました。それで珍しい歌詞だな、と。ぶち破るような女性の詞とは逆で、延々とやっていて、解放される曲ではない。最後に君は「とても綺麗だ」と止めることで、全面戦争的に傷つきたくない思いが先立つような詞だと思いました。

豊﨑 いまの解釈で言うと、つまり円環構造なんじゃないかと。この男の人は何回も振られる世界線から出られなくなっているのかもしれない。でも諦められなくて、「もっと違う設定で　もっと違う関係で／出会える世界線　選べたらよかった」と。実際は単純な歌だと思うけど、広瀬さんにそういうふうに解釈させるのは面白いですね。

広瀬 こういう吐露だけで成り立った詞が人口に膾炙するのがすごいですよね。

豊﨑 それは楽曲の良さもあるし、そこにのせた言葉が見事なんですよ。「痛いや　いやでも／甘いない。「いやいや」とか「君は綺麗だ」とか、こんな陳腐な言葉が耳から離れなくなる。ただ、野田洋次郎とは違って、やっぱりどこか常套的な日本語の使い方で言葉を選んでいる。だから時々「君は綺麗だ」みたいなクサい歌詞がポンと置かれる。でも一見陳腐な言葉をあえてこの曲にのせるところに、藤原さんの自負を感じますね。

「君の運命のヒトは僕じゃない」なんてナルシスティックに歌っているけど、そもそも自分からステージに上がらない男だから振られるわけで、これはなかなかのだめ男ソング。だからこそ二〇一〇年代を締めくくるにふさわしい曲だと思います。

境界を飛び越えて

豊崎 二〇一〇年代までを見てきて、「丸の内サディスティック」で現代詩とヒット曲の歌詞が同じ駅に合流して、さらにそこから成熟の度合いが深まっていると感じました。難解な詞もあれば、一見単純だけど深読みするとヘンテコな曲もあり、歌詞の幅の広さは本当に豊かですね。現代詩の若手もすごく豊かじゃないですか。それと呼応するかのようです。実はわたし、若いころは邦楽をバカにしていた時代があって、洋楽しか聴かなかったんです。だけど今回知らなかった曲を聞いてみて、日本の音楽はすごく進化していると思いました。英語で歌われていたらもっと世界中でヒットしているんでしょうね。今日お互いに挙げた歌詞は、いろいろな意図があったわけですけれど、どれも現代詩を読み解くように、語りたくなる、解釈したくなるものばかりで楽しかったです。

広瀬　改めて歌詞を読んでみて、現代詩との極端な違いも無かったですね。

豊﨑　ここに来て、吉本隆明先生が正しかったと（笑）。

広瀬　歌詞サイドから見てきた結論としては、ひょっとしたら現代詩は外部から見たらガラパゴスだったんじゃないかと。本当の進化というのは、世界的なエンターテインメントやマーケットから見てももっと大きいところにあった。だから少しもったいなさも感じます。だけどここまで現代詩と現代歌詞が接近してきたので、これからはすごく面白くなりますよ。なぜならいまの若い詩人は、こういう曲を聴いて育ったからです。そして椎名林檎さんのようなミュージシャン側も結構現代詩を意識しだしていると思います。だからこそ二つの世界の交流、架け橋が必要だと思います。

豊﨑　先ほど名前の出たYOASOBIも、原作の小説があって、それを元に歌詞を作っているでしょう？　面白いですよね。

広瀬　そういった物語要素がある詞もこれから増えてくるかもしれないですね。それは若手の現代詩に散文詩や物語詩が多くなっている現在と似ていなくもない。

それから、Adoのようにメジャーデビューの前にネットから火がつく人も増えましたね。発表媒体が変わることはやっぱり大きい。現代詩の世界でもそういう変化をどんどん起こしていってほしいですね。すでに豊かな土壌はあるのですから。

豊﨑　あと、最後にわたしも編集にたずさわった『吉田美和歌詩集』（新潮社）も紹介させてください。DREAM COME TRUEというと、九〇年代のヒットメーカーというイメージが強いと思うんですけど、吉田さんの三百をこえる歌詩の中には、例えば「パレードは行ってしまった」

のような、〝詞〟ではなく〝詩〟として成立しているものがたくさんあるんです。ぜひ、この本で確かめていただきたいです。

09 リーディングという誘惑

リーディング

広瀬　今日は「リーディングという誘惑」と、ワクワクするようなタイトルのイベントを下北沢の本屋B&Bさんでやらせていただきます（本章は二〇二一年三月二十日に、トークイベントとして公開収録）。コロナ禍でオンライン配信のみとなりましたが、楽しく豊かな時間にしたいと思います。それではさっそく第一部を始めましょう。

　最初にリーディングしていただくのは、大崎清夏さんです。大崎さんは詩集『指差すことができない』（アナグマ社〔のち青土社〕、二〇一三年）で第十九回中原中也賞を受賞。詩集に『新しい住みか』（青土社、二〇一八年）、『踊る自由』（左右社、二〇二一年）、絵本に『はっぱの いえさがし』（福音館書店、二〇一六年）、『うみの いいもの たからもの』（福音館書店、二〇二〇年）など。また二〇一九年にロッテルダム国際詩祭に招聘されています。それでは、よろしくお願いします。

大崎　こんばんは、大崎清夏と申します。「ヘミングウェイたち」（『目をあけてごらん、離陸するから』、リトル・モア、二〇二二年所収）という詩を読みます。（朗読する）。

広瀬　ありがとうございました。大崎さんの静かで落ち着いた朗読で、詩の中の風景が視覚的にだけでなく、嗅覚や肌触りまでも引き連れて、鮮やかに立ち上がって来るようでした。続きまして、岡本啓さんです。岡本さんはワシントンD.C.滞在中に「現代詩手帖」に投稿した詩で、第五十二回現代詩手帖賞を受賞。帰国後に上梓した第一詩集『グラフィティ』で第二十回中原中也賞と第六十五回H氏賞を、第二詩集『絶景ノート』では第二十五回萩原朔太郎賞を受賞し、二〇二〇年に最新詩集『ざわめきのなかわらいころげよ』（思潮社）を出されました。それではよろしくお願いします。

岡本　岡本啓です。よろしくお願いします。最初に読む詩は「台所の五十音図」という詩です。

フカ　／　カヒ　／　フカヒ
　　詩だ。
　この一秒一秒も
せかいは不可避な詩だ。
フ　／　フカ　／　カヒ　／　フカヒ
あ、あなたがハッすることができないとき
　ふいにせかいは詩で豊かだ。
ふと、沸騰する。どっか高くで
フ　／　フ　／　フ　／　フカ　／　ヒ　／　ヒ

わたしの言葉は、ありふれた五十音の日本語で
あちこちにあふれてありふれたまま、言葉には不思議な魔法があって
そう、あなたの名前が呼べる。
聞こえる？
聞こえなかったとき、せかいは不可避な詩だ。
とっピでも、意味不明でも、聞いてしまったことは、否定できない。
みんな一回は子供だったことと同じ。否定できない。
そう、大人たちが来た日は、玄関には、五十音、
にぎやかな五十音が溢れかえって
年子の姉もわたしも不思議だらけで
そう、窓枠の結露。とどかないガスコンロ。ガスコンロの上では
ホウレン草がふきこぼれようとしていた。
台所の壁には、アヒルも馬もバッタもいる、にぎやかな
一枚の五十音図が貼ってあった。

あ／か／さ／た／な／は／ま／や／ら／わ／ん

『ん』のさらに先。
その五十音図の草原には、さらに先に文字たち。

その一つ

『つ』とそっくりだけど小ちゃくて

その一つの文字は

『ばった』という三文字のなかに跳ねたまま……

『っ』

「姉ちゃん! この字……」

「ケイ、この字……」

年子の二人は、ハッすることができない。

深い深い緑がふきこぼれていた。

冬の太陽に、春の太陽に、夏の秋の太陽に、

年子二人に、落書きされ、黄ばみ、五十音図は剝がされ

日本地図に張りかえられ

落書きされ、黄ばみ　剝がされ

世界地図に張りかえられ

落書きされ、黄ばみ　剝がされ

くっきりと痕だけがそこに残って……

五十音図は、五十音の貼りついていなかったせかいは　剝がされ

あなたはそれをすっかり忘れて

ハッすることができなかったのは、はるか以前のこと。

いいえ、
世界地図のようには、このせかいは本当は色分けなどされていないし
あの文字、あのひらがなは
この一秒一秒もハッすることができない。
フカ　／　カヒ　／　フカヒ
手のひらには、生きている
バッタの死骸の軽い感触
フカ　／　カヒ
あ、あなたがハッすることができないとき
せかいは　／　不可避な
詩だ。
（全篇、ウェブサイト「詩客」より。初出よりレイアウトに変更がある）

次は「東京、２０２０」（『現代詩手帖』二〇二一年一月号）という詩を読みます。このタイトルは東京オリンピックの標語ですが、実際に二〇二〇年にはオリンピックは開かれず、そのかわりにコロナ禍があった。その年の終わりに書いた詩です（「東京、２０２０」を朗読する）。

最後に「訪問販売」（『現代詩１００周年』、TOLTA、二〇一五年）を読もうと思うんですけど、ぼくは街なかで音を拾って集めるのが好きで、いまから鳴らす音はしまなみ海道を徒歩で渡ったときのものです。橋のケーブルを吊っている塔の下で拍子木を鳴らすと、その音が反響してい

い音がなるというので録音しました（レコーダーから拍子木の音を響かせた後、「訪問販売」を朗読する）。

広瀬　次は平川綾真智さんに読んでいただきます。平川さんは詩集に『市内二丁目のアパートで』（詩学社、二〇〇二年）、『202.』（土曜美術社出版販売、二〇〇九年）、そして昨年（二〇二一年）『h-moll』（思潮社）を出されました。今日はZoomによる出演ではなく、何と鹿児島からはるばる千キロの道のりを来てくださいました。では平川さん、よろしくお願いいします。

平川　平川綾真智です。よろしくお願いいたします。「遠足の日」という詩です。

。おくじょうの金網フェンスに偶蹄なわのしばりめが爛々と剛毛を短く張りつ
け不釣り合いなコンクリート壁へ、ゆうと君と真ゆき先生、を　細やかに、
ぶつけていく　。麦茶は、はだし股間から出て校てい、の水たまり、と
、溶ける。　新芽の匂いが、してきた　っ
。　　　　　　　　　　　　　　79
渡り廊下に上級生のマサイキリンたちがチーズを刻みよじり揺れている
っ　バスへ変色した七竈実　、をなぐりつけ強風と死体たちはぶつかり続ける
。ふきあげ　、　られてチャグチャグ撥ねあう　っ
っ　人体クラッカーの音色、が鈍い　。
つゆうと君ゆうと君、先生ぼくもキリンにならなきゃいけないね
全校生徒打楽器を掻き分け校しゃに入り　っ長ぐつを脱いで揃えて　。飛んで

（部分、『h-moll』より）

もう一作品読ませてください。「対岸から」です。

化石した雨が止み、少年たちは素足のアボカドを履き潰して七日間の陽射し、の中へ飛び出す　。頭髪の薄さを弓形、にした甲殻類アイスの中年たちは、祀り脂を作業着からアフォガードで溶かして、こぼして　、必死になって　、追いまわし原野を踏み鳴らす。　ザムザ虫の斑点へ、と立ち止まった雲にはセミクジラが数匹、泳ぎ回る　。とてもにこやかに手を、つっこみ差し入れ豪雨の塊が　、ところ構わず哺乳類の腹まで、引っ張り上げていく。かんだかい家畜の鳴き声が肉、を噛みちぎり　。有色人種の挨拶、を吐瀉したんだ

<!-- wp:buttons
{"align":
"full","layout":{"type":"flex","justifyContent":
"center","orientation":"horizontal"}} -->
<div class="wp-block-buttons alignfull">
<!-- wp:button -->

<div class="wp-block-button">
<a class="wp-block-button__link">
</a></div>
<!-- /wp:button -->
(((
水を汲んで（それ（から（
　それから初めて、それから、を始める　。
（部分、『h-moll』「エコロケーションへと」を元にした作品。以上二篇ともレイアウトに変更がある）

広瀬　続く三木悠莉さんは、朗読詩人としてポエトリー・リーディングやポエトリー・スラムで国際的に活躍しています。KOTOBA Slam Japan代表。言葉の野外フェスティバル「ウエノ・ポエトリカン・ジャム」第五回と第六回を主催し、「ポエトリー・スラム・ジャパン」二〇一七年秋大会、一八年大会で全国優勝。「NSWS第0回大会」「カバの話スラムザ・ファイナル」でも優勝なさっています。では、よろしくお願いします。

三木　こんばんは。私は本屋さんで詩を読むという経験がほとんどなくて、だからいま不思議な感覚に包まれています。今日は現代詩の方が多いですが、私はポエトリー・リーディングとか、ポエトリー・スラムという競技会、大会みたいな活動を主にやっています。詩を三つ読みます。

ボーダー

お腹に
袋を包んで
微笑みながら
生まれた
慎みある
あなたは

楽しげに
その袋を
ゆらゆらと下げて
生まれた
ご機嫌なあの子と
ちっとも変わらない

生まれた
ただそれだけのこと

今日も少女の恋は買い叩かれる
「彼女は13歳、まだ恋を知らない」と書かれた広告の
コピーの秀逸さに額を押し当てて
そのひんやりとした質感に思いを馳せる時
その満員電車が通り過ぎたコリアンタウンでも
現在進行形
同じことは起こっている。
自己責任という重りがあまりにも大きいこの国では
すぐに水底に沈んでしまうので
大抵のダイバーは気づかないだけ
吐き出された気泡が
弾幕のように目を塞ぐ

（部分）

メルヘン

むかしむかし
トルエンと
むせかえる機械油のにおいのする
小さなまちで

赤ちゃんを産んだことがある
彼女は言った。
アイスコーヒーがちゃんと銀色のやつで出てくる
国分寺の喫茶店で
静かに怒ることのできる人間たちが
とまらないとまらない
煙草の煙のなかで
夢をみている。
しんでるみたいに。

どうしようもないことばっかりの
この街が好きだ
海へはなにか途方もないものが流れ出て
ドラム缶の中で人が死んで
急ぐ帰路には背中を殴られる。
どうしようもないことばっかりの
この街が好きだ。
冷たくて甘いものはどのお店でも買えるし
私がどの色を、どの味を選んだって

誰も見ていなくて
うれしくって
泣いている。

（部分）

太陽

ピースとラブくらいの違いで
あたしたちは人生をやっている
目の前の光で、ずっと
おんなじで違うという事実は
果てしない重圧になり
少なくない割合の人間を今日も
5月末の天気みたく不安定にさせるけど
ほら、ぽつ、ぽつ の後にやってくる
壮絶な虹の色を数えたことはあるかい？

詩人は死人になるまで詩人かな
いられるかな

詩人は死人になっても詩人かな
のこるのかな
そう思うときふと開くページと
こぼれ出た呟きのなかにある
句読点の星々を隠してしまう真昼
太陽がいつもまぶしい。

そう、もう、太陽って言ったっていい
私たちはもう太陽って言ったっていい　（部分）

広瀬　最後は橘上さんに登場していただきます。橘さんは詩集に『複雑骨折』、『YES（or YES）』（思潮社、二〇一一年）、『うみのはなし』（私家、二〇一六年）。電子詩集『かなしみ』（マイナビ、二〇一四年）など。本を持たない即興朗読公演「NO TEXT」を開催し、そこで生まれた詩をもとに再創作する『TEXT BY NO TEXT』を今秋出版予定だそうです（いぬのせなか座より二〇一三年に刊行された）。それではよろしくお願いします。

橘　橘上です。今日は道に迷って駐車場の裏に行っちゃって、フェンスをよじ登ってこようかと思ったんだけど、結構歳なんでやめました。正式にオファーを受けたのになんでフェンスをよじ登らなければいけないのかという疑問を持ちつつよじ登ることを断念した、そんな卑しい人間が読むと思って聞いてください。で、人間の中で一番卑しい行為は自慢話ですけど、私はこれだけすごい詩人だという「超現代詩人《すーぱーげんだいしじん》橘上《たちばなじょう》」を読みます。


「マイナーであることが誇りの現代詩」

「現代美術や小劇場がメジャーに見えるほどのマイナー業界」

「そのマイナー業界で集客ゼロを誇る橘上」

「そのマイナーっぷりは並みの現代詩人がかすむほど」

「まさに現代詩の申し子」

現代詩の人「ぼくはげんだいしじんなんだからおかねやしゅうきゃくにまどわされないぶんじゅんすいなんだな」
現代詩の人「しほんしゅぎキタナイ！」
現代詩の人「広告ダメ！ゼッタイ！」
謎の人物「現代詩手帖に載ってる詩集の広告は？」
現代詩の人「あれはキレイな宣伝だから」
謎の人物「現代詩手帖は資本主義じゃなかった？」
橘上「朗読会に3人以上集客できる詩人はメジャー」

「資本主義も現代詩もいじるのか。居場所なくすぞ」

「ってか世の価値観は資本主義と現代詩の二つだけ？」

（部分）

これでもうだいぶぼくのことを愛らしいと思ってくださったと思うので、「LOVE　LOVE　LOVE（ラヴソング歌うヤツは反社mix）」を読みます。

「こんな時代にラヴソング?・」
※こんな時代ってのは様々なセクシュアリティが可視化され多様な生き方が認められる時代のことれす。です。ぐふふ。

「愛だのなんだの押し付けんなよ」

「ラヴソング歌うヤツは反社だろ」

「でも反社の方が楽しいよ」

「まさに反社の発想!」

「いちいち言葉に注釈つけてサービスいいね」

サービスがいいってことは、説明過多ってことで、
要するにただ生き延びたいだけって、　こと

「愛こそ全て」
無性愛者への差別につながる
「水はすばらしい」

橘

水アレルギーの人への配慮にかける　（部分）

小学校の運動会のときに紅組の応援団員として歌詞を担当することになったんですけど、それはつまり、紅組の戦意高揚詩を書けってことですよね。で、紅か白かにとらわれず本気を出せばいいみたいな、ある種の平和主義みたいな歌詞を書いた。そうしたら紅組が負けてぼくが応援団賞を取るという、戦意高揚を拒んだ結果一人で美味しい思いをしているみたいになったことがありました。えー遅ればせながら、阿川佐和子さん、『聞く力』刊行おめでとうございます。皆さんもぜひ読んで聞く力を養ってください。ということは、阿川さん以外は聞く力がないのに喋っている、これは罪深いことですよ。ぼくは阿川佐和子じゃない。だけど喋ることをやめない。「supreme has come」。


「詩人って肩書にどれだけ価値あるの？」

「シュプリームのブランドロゴとどっちが上？」


「ニセモノのシュプリームを着るホンモノの詩人」

「ホンモノのシュプリームを着るニセモノの詩人」

「どっちが本物？」

「みんな違ってみんないいい」

（…）

「しかし最近の現実は説得力ないね」

「俺らが若いころの現実は説得力あったよ」

「優しさって何？」

「どんなことにも意味があると思えることかな」

「強さって何？」

「意味がなくても生きていけることかな」


「全てと言えば全てなんだよ。全てなんて知るわけないんだから」

「キレイごとがなくても生きていけるってのが一番のキレイゴトだ」

「っていうことをうまい具合にキレイゴトにして言える？」

（部分、以上三篇はレイアウトに変更がある。また全篇は『TEXT BY NO TEXT』に収載）

広瀬　橘さん、ありがとうございました。一生ついていきます（笑）。それではこれで第一部を終了いたします。

五者五様の声

広瀬　これから第二部のトークを始めたいと思います。初めにゲストの四元康祐さんを紹介しますと、四元さんは一九九四年にドイツに移住し、数多くの国の詩祭に参加。主な詩集に『噤みの午後』（思潮社、二〇〇三年、第十一回萩原朔太郎賞）、『日本語の虜囚』（思潮社、二〇一二年、第四回鮎川信夫賞）、小説に『偽詩人の世にも奇妙な栄光』（講談社、二〇一五年）、『前立腺歌日記』（講談社、二〇一八年）、評論に『谷川俊太郎学——言葉vs沈黙』（思潮社、二〇一一年）『詩人たちよ！』（思潮社、二〇一五年）など。最近作は『フリーソロ日録』（思潮社、二〇二一年）です。また、この連載で以前取り上げたのですが、編者をされた『地球にステイ！　多国籍アンソロジー詩集』は、世界中の詩人からコロナ禍をめぐる詩を集めた画期的な本でした。今日はよろしくお願いします。

四元　よろしくお願いします。

豊崎　最初に感想を言うと、わたしはきちんと詩のリーディングを聞いたのは初めてですが、普通の喋り言葉じゃない日本語を耳から入れるのは、非常に斬新な経験でした。経験豊富な四元さんはいかがでしたか。

四元　ぼくの印象としては、海外の朗読会とそんなに差はなくて、むしろ共通項をいくつか感じました。一つ目は比較的長い作品が多いこと。いま海外でも若い人は長い詩を読みますね。

それから読み方の種類ですね。例えば大崎さんの朗読は見事に愛想がない。パフォーマンスをして相手をエンタテインしようというのは意図的にこそぎ落とされていて、そこに魅力がある。それに対して平川さん、三木さん、橘さんは演技としてパフォーマンスをしている。これは海外だと、前者がWritten Language Poets、後者はSpoken Language Poetsとか呼ばれたりするんです。岡本さんは、パフォーマンスなのか、自然に読んでいるのか、そのあわいでやっているのが面白い。大崎さんと似ているけど対照的で、岡本さんの朗読は吸い込まれていく。

豊崎　大崎さんはきれいな明朝体の活字のような朗読で、跳ね返される。それは詩の内容とも関わっていて、詩のテキストとその読み方の関係を楽しむのも一つの味わい方だと思いました。わたしは、物語が要請する声に耳を澄ませて作品を完成させていくのが優れた小説家だと思っているんですけれど、詩を朗読するときにも、詩が求めている読み方があるんじゃないでしょうか。例えば岡本さんが小さくささやくのは、あの詩が要請している読み方なんだろうなと。それが個々人で違っていて面白いですね。

広瀬　その声と物語の合致という面白さもありますね。例えば大崎さんは一つの物語を淡々と読むことで、ヘミングウェイと東京が重ねられ、意識的に映像シーンが二重露光のように作られている。岡本さんも意識的に声を自然音と重ねている。平川さんはテノールで朗々と歌いながらも、詩の意味はぶっ壊れている。そのギャップの中に妙に声の余韻が残る。三木さんは聞く人に届けるパフォーマンスをなさっていて、エンタメとしてのスター性があって非常に爽快でした。橘さんは頭のいい詩の書き方で、センスがいい不良という美味しいところ取りですね。一人ひとりが、工夫したパフォーマンスや声の出し方を持っていると改めて感じました。

四元　みんなテキストを手に持って読んでいるのが興味深かった。ぼくはパフォーマティブな平川さんとか三木さん、橘さんはソラで読むのかなという気もしていたんだけど。たまにはそういうこともしますか？

三木　はい、場合によってはやることがあります。

広瀬　テキストがやはり中核にあるんでしょうね。

「導入期」以前

広瀬　ところでわれわれはポエトリー・リーディングや朗読会という言葉を普通に使っていますが、それはいつごろに現れた言葉なのか、ここで年表を見ながら歴史的に追っていきましょう（三一二頁参照）。

いわゆるポエトリー・リーディングが日本で導入されたのが、一九六〇年代だと思います。アメリカのビートニクのスタイルが輸入され、ポエトリー・リーディングと称されました。これを導入期と位置付けてみます。

ではそれ以前には朗読というものがどのようにしてあったのか。近代詩の時代までさかのぼってみます。坪井秀人さんの『声の祝祭――日本近代詩と戦争』（名古屋大学出版会、一九九七年）から多くを学んだのですが、一九〇二年（明治三十五年）に、与謝野鉄幹の新詩社主催で「朗読研究会・韻文朗読会」が企画され、蒲原有明らが参加していた。これは口語自由詩の普及と展開を目的としていて、まさに近代詩の始まりと朗読は一体として生まれたわけです。さらに大きなトピックとして、まず一九〇九年（明治四十二年）に日本でもSPレコードが発売された。萩原朔太郎などの朗読が録音として残っています。そして一九二五年（大正十四年）にラジオ放送が始まったのは非常に画期的で、全国的に詩の朗読が知れわたるようになった。現在のインターネットメディアの普及と似たようなインパクトがありますね。ところがこの後、ラジオ放送での朗読詩はプロパガンダの媒体として使われ、次第に詩の自由性は失われ、愛国詩や戦争詩がメインに変わっていった。これが戦前・戦中の話です。

その後一九六〇年代になってポエトリー・リーディングの導入が始まり、谷川俊太郎さん、白石かずこさん、吉増剛造さんたちにより広げられていきました。大きく三つの特徴があって、一つ目はフリースタイル。開放された場所で、オープンマイクにより誰もが参加できる形態。二つ目は、今日の皆さん方のように自由な読み方が始まる。それまではテキストの素読を聞くだけの詩話会的な朗読スタイルだったのが、例えば吉増さんのように、声そのものが言葉やその語彙とはかりあうように届き、音楽やパフォーマンスとしても体感できるようなリーディングスタイルも生まれてきたこと。三つ目は、白石さんがさきがけでいらっしゃいますが、ジャズであるとか、他ジャンルとのコラボレーションの採用です。この時期が、いわゆるポエトリー・リーディングの黎明期であり、定着への展開期だと考えています。

豊﨑 質問していいですか。藤井貞和さんが「GeoPossession 声のトポス特別企画」（COEM主催、二〇二二年）でのインタビューで、戦前には朗読会やラジオで詩人が自作詩を朗読することもあったけれど、戦後にそれが無くなった理由の一つに、愛国詩に対する反省と羞恥、詩を朗々と人前で朗読することに対する罪悪感があったとお話しされています。それはあったんでしょうか。

四元 ぼくも谷川さんからその話は聞きました。以前は実感がわかなかったけれど、坪井さんの『声の祝祭』を読んで『辻詩集』（八紘社杉山書店、一九四三年）に代表される愛国詩はもっぱら朗読されていたと知りました。詩人が軒並み朗読し、子どもたちにも朗読させる、全国的な声の運動としての愛国詩だったと。だから戦争を反省し、奴隷の韻律ではなく理知で詩を書いていこうとした戦後の詩人たちが、声に出すということを一種のタブーとみなしたのはよくわかります。

ポエトリー・リーディングの変遷

＊以下トピックは特にその後のムーブメントに影響を与えた事柄を表記

以前

① 1902年与謝野鉄幹主催「朗読研究会・韻文朗読会」の企画
② レコード（SP）にて朗読の録音
③ ラジオ放送による「朗読詩」の普及（メディアによる全国展開）
④ 愛国詩の拡大（メディア統制による朗読詩の偏向）
（以上、坪井秀人『声の祝祭――日本近代詩と戦争』参照）
⑤ 別途「唱歌、流行歌」での歌謡による詩の継承と拡大（島崎藤村、北原白秋、西條八十等）

導入

1960年ごろ〜

① ポエトリー・リーディングスタイルの導入（谷川俊太郎、白石かずこ、吉増剛造など）
・フリースタイルのイベント（場所、オープンマイク）
・フリースタイルのリーディング（朗読手法、パフォーマンス）
・コラボレーションの導入
② ポエトリー・リーディングの拡大と定着
・ただし呼称としては「朗読会」「詩話会」が多数

展開

1990年ごろ〜

① コラボレーションの流行とパフォーマンスの多様化
② 1995年、天王洲アイルにて大規模イベント「詩の外出」の開催（アトリエ・エルスール主催）
・詩を中核とした全方位型コラボレーション・イベント
③ ラップの流行
・ヒップホップムーブメントの到来により若者の間でポエトリーリー・ディングも活性化
④ 1997年、楠かつのり立ち上げによる「詩のボクシング」のスタート
・1999年〜全国トーナメント形式へ

拡大

2010年ごろ〜

① ポエトリー・リーディング・イベントの全国展開
・地方都市から同時多発的に発生（前橋、仙台、福岡、熊本など）
・「前橋ポエトリーフェスティバル」（芽部主催）では現代詩・ポエム・ラップ・歌唱などの多様な詩人が参加
② トーナメント形式のリーディング・イベントが全国で開催
・「ポエトリー・スラム・ジャパン」

進化

2020年ごろ〜

① コロナ禍においてインターネットを活用したリーディングが爆発的に拡大
・SNSでの配信イベント、各地イベントの中継
・ツイキャス個人活用でのリーディングの急増
・和合亮一、平川綾真智、ikomaによる「＃礫の楽音」
② VTuberによるリーディングの新形態
・アバターを使った仮想空間でのリーディング

⇒イマココ

豊崎 もう一つ。「現代詩手帖」一九八九年二月号に、来日したアレン・ギンズバーグさんを囲んで、吉増剛造さん、ナナオ・サカキさん、金関寿夫さんの座談会が載っているんですが、アメリカでは口語自由詩の隆盛とともにリーディングが非常に活発になっていったのに対し、日本では、口語の現代詩になって、むしろ声に出して詩を読みにくくなったと聞いて、ギンズバーグさんがその理由を問うてるんです。それに対して金関さんは、英語と日本語では口語のあり方が違うのだと。日本語では七五調のときは調子よく唱えられたけれど、口語自由詩では音声的に難しくなった。ある意味で「口語を使っていながら、スピーチから離れてきた」と言っています。四元さんも『詩人たちよ！』でそれに似たことを書いておられますが、日本語の口語には、例えばいまこんなふうに喋っている口語もあれば、公の場で話す口語もあるということでしょうか。そのあたりを少し教えていただけますか。

四元 日本語には書き言葉と話し言葉がありますが、かつては文語と口語もありましたね。いわゆる候文に対して、私たちが口語自由詩と言っている意味での口語です。その文語・口語と、書き言葉・話し言葉という区分は実はちょっとずれている。この本に書いたのは、ぼくの子どもたちはドイツで育っているから、日本語は家庭の言葉（やまと言葉中心）でしか知らない。だから「窓を開ける・閉める」はわかる。でも公の場で話される漢文脈中心の日本語になると、例えば「窓を開閉する」はわからない。「開閉する」は口語だけど、でも話し言葉として血肉化してはいないですよね。そういうねじれがある。

先ほども触れましたが、海外でぼくや大崎さん、岡本さんはWritten Language Poets と規定される。一方橘さんのようにパフォーマティブな方は、Spoken Language Poets と言われる可能性がある。でもわれわれが書いているのは口語自由詩ですよね。つまり西洋と日本では、テキストと言葉の肉体性、あるいは逆に観念性との分離の仕方が違うんです。日本は明治に言文一致運動を経ているから、そこで二重にねじれがあるんですね。

豊﨑 日本語には同音異義語もありますよね。それも大きいんじゃないでしょうか。

四元 口語であっても、観念的な漢語で書かれると同音異義語ばかりになる。そこをひらいて、谷川さんやまど・みちおさんのようにひらがなのやまと言葉で書くと、私的言説空間でも公的言説空間でもだいたい同じ言語を使う英語の状況に近づいていく。でも日本には二重に漢字が入ってきている。奈良、平安時代に中国から入ってきた漢字と、明治維新のときに西欧の観念の翻訳語を入れたでしょう。そこが、日本語で詩を声に出して読むことを、複雑にも、またスリリングにもしていると思うんですね。

広瀬 特に現代詩の中では、よく朗読に対する否定的な意見がありますよね。その根拠としては、漢字は象形文字だから耳ではわからないとか、エクリチュール(書き言葉)とパロール(話し言葉)の違いであるとか。そういう理由もわかるけれど、ぼくはそこが日本におけるポエトリー・リーディングの進化でもあると思う。つまり意味よりも先に、そういうものを格納した形で進化、展開しているんじゃないでしょうか。

歴史の話に戻ると、先ほどの七五調やリズムの問題にからんで明治以前はどうだったのかを調べてみました。藤井貞和さんが和歌読みを取り上げていらっしゃいますが、リズムの水脈でもう一つ隠れているのが詩吟と思います。詩吟は江戸後期に漢詩の素読の際に独特の節回しをつける形で始まったんですけど、このリズムは、近代詩では土井晩翠などの詩も吟ぜられ、いまも続いている。また詩の朗読は愛国詩で完全に途絶えたのではなく、その流れを継いだものに歌唱、唱歌や歌謡曲があって、そこで北原白秋や西條八十、島崎藤村が歌われ続けた。耳から入る詩は脈々と続いているんです。

四元　城戸朱理さんが『討議戦後詩——詩のルネッサンスへ』(思潮社、一九九七年)で指摘していたのですが、日本人が近代になって西欧から口語自由詩を学んで曲がりなりにも書いた背景には、漢詩の伝統が強いのではないかと。やまと言葉ではない観念語を使って詩を書く行為は、奈良・平安の時代からやっていたわけですからね。それを声のレベルでは詩吟がつないでいたとうかがって、ぼくは分裂論を言いましたけど、日本の詩歌の中では常に融和する力もあったんだなと思いました。

展開、拡大、進化

広瀬　一九九〇年代になると、面白いトピックが出現しはじめます。この時代での大きなポイントとしては様々な芸術ジャンルとのコラボレーションの世間的な流行。詩の世界でもコラボレーション・イベントは盛んでしたが、その中でも「現代詩フェスティバル'95　詩の外出」(アトリエ・エルスール主催、一九九五年十月~十二月、天王洲アイル)は、美術家、ダンサー、ミュージシャン、作家、映画監督など幅広いジャンルの芸術家と詩人がコラボレーションした巨大イベントでした。チラシを持ってきたんですが、辻仁成さんや大友良英さんなど錚々たるメンバーが参加しています。実はぼくも映像作家の墨岡雅聡さんとコラボしていて、当時は朗読が嫌いだっ

豊崎　たので、カミソリで歯を磨く映像でごまかしました（笑）。あ、わたし、このイベントに行ってますよ。鷹田愛さんの回に。ということは、そのとき、広瀬さんもいたんですね。

広瀬　はい（笑）。この時期に、いまに続くおよそのリーディングスタイルは定着したと思います。
もう一つのポイントは、ヒップホップムーブメントによるラップの流行。「スポークン・ワード」（詩、歌詞、物語などの言葉を話すことで表現する芸術パフォーマンス）もそうですが、このことによりこれまでお行儀のいいハイカルチャーとしてのイメージもあった詩の言葉が開かれて、若者が自然体で詩を受け入れるようになった。これはとても重要なことで、いろいろなイベントに行きますが、いまでは半分近くの人のリーディングが、ラップをベースにしていると感じます。三木さん、どうですか？

三木　そうですね、音楽とぐっと距離が近くなったのがそのぐらいの時期なのかなという感じです。

広瀬　実は、四元さんのお子さんもラッパーだそうです。YouTubeでアーティスト名Edgar Wasserで検索すると曲を聞くことができます。ドイツ語のラップは初めて聞きましたが、ヨーロッパ風なテクノの流れも入っていて、ニューヨークのヒップホップとぜんぜん違う。カッコいいので、皆さんもぜひ聞いてみてください。
そして三つ目も大きい流れなのですが、楠かつのりさんが一九九七年に開始した「詩のボクシング」（ボクシングリングに見立てた舞台の上で、二人の朗読者が自作詩などを朗読して競う）。このトーナメント形式は拡大浸透を続け、後々のポエトリー・スラムに発展していきました。

豊崎　広瀬さん、一九九〇年に結成されたドリアン助川の「叫ぶ詩人の会」（ロック・サウンドをバックに、ポエトリー・リーディングを絶叫するスタイルで活動）は詩壇ではどう扱われたんですか。結構大きいトピックだと思うんですけど。

広瀬　何回かライブに行って、ぼくは面白く聞いていました。どちらかというとミュージシャンという印象で、パンクの系譜として、音楽ジャンルで受けていたと思います。

二〇一〇年代になると、これまでは東京を中心に大きな詩のイベントが行われていましたが、地方都市で同時多発的にポエトリー・フェスティバルがインディペンデント的に始まりました。例えば二〇一二年から「福岡ポエイチ」（「福岡ポエイチ実行委員会」主催。二〇一七年まで夏野雨、以降は石松佳代表）、二〇一四年から「前橋ポエトリーフェスティバル」（新井隆人代表「芽部」主催）と「仙台ポエトリーフェス」（一方井亜稀代表「仙台ポエトリーフェス実行委員会」主催）。面白いのは、すべてのジャンルがウェルカムであること。そうやって間口を地方から広げていったんです。

豊﨑　開催地にもよると思いますが、どのぐらい人が集まるんですか。

広瀬　前橋の場合は百名近く。出場者だけでも全国から、川口晴美さんや北爪満喜さん田中庸介さんをはじめ四十名ほどの詩人たちやラッパーやパフォーマーたちが参加しています。前橋は萩原朔太郎の生誕地、いわば詩の聖地なので、多くの人が集い、街をあげて開催しています。

もう一つの画期的な出来事は、先ほども言ったように、トーナメント形式のリーディングが非常に活発になってくる。ポエトリー・スラムは、もともと一九八〇年代にアメリカで始まったポエトリー・リーディングの競技会ですが、日本でもポエトリー・スラム・ジャパン（二〇一五年—二〇一九年）や三木さんがやっているKOTOBA Slam JAPAN（二〇二〇年—）、村田活彦さんが活躍しているスポークン・ワードなど、新たな拡大が起こっています。

そして現在、二〇二〇年代を「進化」と銘打ちました。コロナ禍によって会場でイベントを開くことができなくなり、リーディングシーンはしぼんでいくかと思いきや、今度はインターネットを活用したリーディングが爆発的に拡大しています。大規模なイベントのオンライン配信が頻繁にあり、ツイッターを覗いていると、毎日何人もの人が、一人でツイキャスを使ったリーディングをやっている。この流れで最近始まった画期的なものとして、平川さんと和合亮一さん、胎動LABELのikomaさんが主催している「#礫の楽音」というツイッター上の配信があります。三人で和気あいあいと話しながら、この間は大崎清夏さんをゲストに呼んだりしていましたが、平川さん、いま視聴者は何人ぐらいですか。

平川　リアルタイムで視聴してくださるのは百人ぐらいでしょうか。アーカイブも含めると、（二〇二二年）一月二十六日に配信した回では、十日間で一万人の方が聞いてくださいました。

広瀬　進化系の最後に挙げたのは、VTuberによるリーディングです。これはアニメキャラのアバターを使ってバーチャル空間で詩を読むスタイルで、ほかのジャンル、アニメや音楽ファンにもアプローチできるような展開をしています。

平川　私も「大筋肉祭・DAY2【序】言葉「ことばの筋力」」（二〇二一年）というイベントで、VR空間でアバターを着て、リーディングしたことがあります。

豊﨑　編集部経由で知ったんですが、藤井貞和さんも参加している先ほどの「GeoPossession 声のトポス」が面白かったなあ。「言語と呼応し合う「場」の記憶を四次元的に追体験してゆくサウンドアートプロジェクト」という内容で、デジタル上で指定した緯度と経度のデータに音声ファイルをセットして、わたしたちがアプリをダウンロードして実際に聴きに行くと、その地理情報にぴったりあう場所でのみ音声が再生されるんだそうです。藤井さんは実際にこの場所で朗読を録音したみたいですが、そうすると、そこでインスパイアされた詩を詩人が読んで、実際にその場に行って聞くというような、ご当地詩が生まれる可能性も。未来のポエトリー・リーディングの一つかなと思いました。

広瀬　いまラフな説明ではありますが、ポエトリー・リーディングの変遷を追ってみました。多様な変化やチャレンジも含め、詩を朗読するという行為は脈々と進化をし続けていると確信します。よく詩の朗読とポエトリー・リーディングの違いはという問いを耳にするのですが、いまのリーディングにおいては、テキストのみをフィーチャーするのではなく、読み方や視覚的な効果など総合的なパフォーマンスをライブとして届けることが、重要なファクターになっていると感じます。名称も朗読会では収まり切らなくなったのでしょう。かつての詩の朗読が、エクリチュールとの不整合に加えて、聞かせるクオリティの低さや、サブカルチャーに向かう危惧などから、拒絶反応を強く持たれていたのに対して、いまでは聞いて観て読んで三度楽しめる状況に変わってきていると思います。

国際詩祭

豊﨑　四元さんは世界各国で開催されている詩祭に参加しておられますね。経歴を拝見して、ドイツ、フランス、イタリア、スペイン、アイルランド、スロヴェニア、マケドニア、セルビア、ルーマニアなど、非常に多くの国で詩祭が開かれていることに驚きました。日本でも国際的な詩祭はあるんですか。

広瀬 定期的に開催されるものは無いですね。

編集部 二〇〇〇年代には、「日欧現代詩フェスティバルin東京」(二〇〇五年)や「現代詩フェスティバル2007~環太平洋へ~」、「東京ポエトリー・フェスティバル2008」など、海外から十数人以上の詩人を招く国際詩祭がありました。中国の詩人を八人招聘して三日間開催された「日中現代詩シンポジウム」(二〇〇七年)も詩祭に近いと言えるかもしれません。

四元 ただ、その後定着しないですね。ほかに大岡信さんが一九九九年に始めた「しずおか連詩の会」でも、以前は静岡に海外の詩人を招いていたけれど、いまは海外の詩人は呼ばなくなりましたね。

豊﨑 それはやっぱり資金の問題が大きいんでしょうか。海外の詩祭ではどのように運営されているんですか。

四元 お金だけじゃなくて、ノリが悪いからだと思う。日本人は基本的にパーティーが好きじゃないから、イベント後に来日した詩人を誘って一緒に遊ぼうというふうにはならないと、白石かずこさんがこぼしていましたね。

海外では大きな詩祭は国からお金が出ます。一億円近くの予算を使って、専属スタッフを雇い、世界中から詩人を呼ぶ。一方自分たちだけでやろうという質素な詩祭もいっぱいあって、ぼくも主催者のアパートの台所で寝ろと言われたことがある(笑)。それはそれですごく楽しかったですけれど。

豊﨑 日本の文化庁はそういう詩祭とか、現代詩にお金を出そうとはしていないわけですね。残念です。

四元　詩祭に国のお金が出るのは、一つに、その国の言語を守るという目的があるからでしょうね。日本もこのまま少子高齢化が進んでいったら、言語を存続させようという気持ちが出てくるかもしれない。そしたら詩祭や詩の相互翻訳がツールとして定着してくるかもしれません。

広瀬　海外では詩や詩人のステータスは高いんですか。

四元　高いというか、社会的に保護されていますね。ある程度詩集を出していると芸術家年金が出たり、詩を書く生活が保証される制度のある国は多い。それからレジデンスという、三ヶ月とか半年とか生活の面倒を見てくれる制度もあります。昔はリルケとかが貴族から貴族へと庇護を受けながら詩を書いていたのが、いまはレジデンスに変わって、一年の半分ぐらいをそれで食いつないでいる詩人もいます。

豊﨑　日本って、虚業というものに対する尊敬の度合いが全般的に低いですね。

四元　でも、鍛えられていいと思いますよ。それに国家権力に飼いならされなくていいじゃないですか。お金に苦労していても、これだけ詩集が出ていて、本屋さんに詩があるって素晴らしいことです。自由や民主主義の土台がしっかりしていない国で、下手に政府からお金をもらったら大変なことになる。ぼくは残念ながらいまの日本では、それは危険だと思います。お金は出すけれども書くものは忖度しなくていいという土台が根付いている国じゃないと、怖くてできない。直接的な弾圧がないいまですら、日本では自主規制しあっているきらいがあるのだから。

海外の朗読の現在

広瀬　ここから、四元さんに海外のポエトリー・リーディングの現状をお聞きしたいと思います。

四元　まず簡単に朗読のスタイルのショーケースを。大半の人はぼそぼそと読むんです。どんな読み方があるか、映像を見てみましょう。最初はラウル・ズリッタ（Raúl Zurita）というチリの国民的詩人。これから流すのは二〇一九年のロッテルダム国際詩祭のオープニングセレモニーの映像で、だからバックにオーケストラが控えています。（詩人は舞台上の譜面台にテキストをのせ、うつむき加減に朗読する）。聴衆とはそんなにコンタクトを取らず、目線も合わせずに淡々と読んでいますね。

　次はアメリカのパトリシア・ロックウッド（Patricia Lockwood）。（時折顔をあげ、聴衆と目線を合わせながら朗読する）。平川さんみたいにいい声の詩人でしょう。彼女は聴衆に語りかけるし、聞かせる。でもいわゆるパフォーマンスにはなっていないですね。

　では、次にこちらを見てみましょう。（大崎清夏氏が登壇し朗読を始める）。

豊崎　大崎さんじゃないですか。

四元　そう。先ほどの朗読と一切ぶれていないでしょう。パフォーマンス型に対し、仮にぼそぼそ型と言いますが、三者三様なところに面白みがありますね。普通に読んでいるだけなんだけどそれぞれぜんぜん違っていて、そこにその人となりがはっきりと出ている。この人はこんなふうに生きていて、こんなふうに詩を書いているんだというのが全身で伝わってきます。

　次にパフォーマンス型を見ていきます。コンゴ民主共和国のフィストン・ムワンザ・ムジラ（Fiston Mwanza Mujila）です。（身振りや強弱、リズムをつけて読み、しだいに笑い声を上げながら朗読する）。

実は、先ほどのパトリシアとこのフィストンと大崎さんは友だちになって、大崎さんは二人の詩を日本語に訳しているんですよね。彼はパフォーマーですごく面白い。だけど芸風が確立されているから、別の日にやっても全く同じなわけ。ぼそぼそ型はそういう恣意的なところがないから、その日によって違うかもしれないですね。

豊崎　確かにこの調子で何篇も朗読を聞いていたら、お腹いっぱいになっちゃうかもしれませんね。

四元　ただ、白石かずこさんなんかも芸風が決まっていて、彼女の場合は、テキストの載った紙を読むたびに一枚ずつ散らしていって、それから巻物を開いたりする。それはそれで感動的なところもあるんですね。

次はサウンド・ポエムを見てみましょう。Terranova Festival 2006の映像で、ベルギーのオランダ語詩人フィリップ・メアスマン（Philip Meersman）です。（オランダ語による朗読。時折絶叫しながら発語している）。彼はゲントの詩人で、ゲントはベルギーの中でもオランダとの国境に近い、オランダ語圏の街です。彼は小学生のときにアーティキュレーション（発声法）の塾に通っていたそうで、そういう塾がサッカークラブと同じようにあって、子どもたちはそこで発声や朗読を習い、ある子はその後演劇に、ある子はこういう詩の朗読パフォーマンスに進んでいく。そういう伝統があるんですね。

いま聞いたのはオランダ語の言葉遊びみたいなもので、同じ言葉を解体したり繰り返したりしているんだけど、彼はそれを視覚的にもやっていて、これは彼のヴィジュアル・ポエムです。ベルギーにおけるオランダ語圏のオランダ語詩人の名前と、その人の詩の一節をレイアウトして、いわば自分たちの部族の伝統を視覚的にも表現しています。

三木　今年（二〇二二年）の九月にベルギーで、四十カ国が参加する大規模なポエトリー・スラムの世界大会World Poetry Slam Championshipが発足するんですが、フィリップさんはその中心的人物なんです。私たちも日本の大会で去年の十二月に優勝した代表を送り出すことになっています。

豊﨑　すごい人なんですね。

四元　彼は市から委託されて、新型コロナウイルス感染症で孤立死した遺族がいない人のお葬式で、その人の知人から話を聞いて追悼詩を作って読むという仕事を過去二年やっていたと言っていました。あるフランスの詩祭でも彼と一緒になったのですが、そのとき詩人たちは学校とかショッピングモールとか、いろいろなところで詩を朗読して、その一つが比較的軽度な患者さんのいる精神病院だったんですね。そこでフィリップはあの調子で髪の毛を振り乱して絶叫しながらパフォーマンスして、見ている患者さんがびっくりしていましたね（笑）。

広瀬　サウンド・ポエムに非常に感銘を受けました。現代音楽にもこのような意味は伴わない発声によって、言葉遊びのように作曲するものがあります。とても似ています。ジョン・ケージの楽譜には、フィリップさんのヴィジュアル・ポエムそっくりのものもあります。声を一つの楽器、楽譜として奏でていくということと、シンクロしていますね。

豊﨑　ヨーゼフ・ボイスもいますよね。

四元　フィリップは「ヤー！（Ja!）」という音楽グループも作っていて、これはPortus Ganda Festival 2016でのパフォーマンスです。（声を加工し意味をなさない音として響かせている）。彼はいわゆるWritten Languageの詩も書いているけど、一方でこんなふうに全くテキストを見ずにパフォーマンスし、その中間でサウンド・ポエムをやる。こういうふうに両方を股にかけている詩人はたくさんいます。

最後に、ニルス＝アスラク・ヴァルケアパー（Nils-Aslak Valkeapää）。フィンランドのサーミ族の詩人で、もう亡くなったんですけど、日本に来たこともあります。サーミにはヨイクという歌、民謡があるんですけど、その最も有名な歌い手でした。彼のヨイクを聞いてみましょう。（楽器の伴奏とともに、伝統的な韻律で歌うように朗唱する）。アイヌの民謡みたいでしょう。彼も一方でWritten Languageの詩を書いていて、そういう人は少数言語の詩人に多いようです。例えばフランス南部やスペインのカタルーニャ州の一部などで話されているオクシタン語は、中世ヨーロッパの吟遊詩人が使っていた言語なんだそうですが、トゥールーズのある詩人は、オクシタン語で歌を歌い、フランス語で『ユリシーズ』をテーマとした知的な現代詩を書いています。人間には知的な部分と、体や心の根っこみたいな部分があって、特に少数言語話者の場合、普段喋っているのはフランス語や英語のような大きな言語で、家に帰ったらオクシタン語を話すというふうに言語的に分裂しています。サーミのニルスさんも同じだと思うんですが、その分裂を跨ぐために、声と文字の両方で詩を作るのかもしれませんね。

ニルスさんのヨイクを見ていて、セルビアの詩祭で一緒になったロシアの詩人を思い出しました。背が高くてすらっとした、若き士官みたいな印象で、自分でもそれを意識して純白のスーツを着て、目を閉じて朗々と長い詩を、たぶん叙事詩だと思うんだけど、朗読するんですよ。当時セルビアは反米感情が強くて親ロシアでしたから、聴衆は非常に陶酔していた。それを見て、戦争中の日本で愛国詩の全国朗読運動が始まったときは、こういう雰囲気だったんだろうなと思いました。

広瀬　こんなふうに国際詩祭がとても活発な理由の一つには、イデオロギーや政治的な目的もあるのかなと思いました。それはいまの日本には無い要素ですね。

四元　それは大いにあって、例えばぼくがカナダのケベックの近くの詩祭に招かれたとき、フランス語は話せないから、舞台では英語でやりとりをしようと思っていたら、絶対にだめだと。そこはフランコフォン（フランス語話者）の地域で、公用語を英語からフランス語にするのに爆弾騒ぎまで起こった。これはフランス語を称揚する詩祭だから、日本語はいいが、英語を喋ったら石を投げられるぞ、なんて言われたことがありましたね。

広瀬　イデオロギーや社会の根っこの部分で、言語を守るために詩を読むという行為があることに驚いています。

豊崎　書くだけじゃなく、生身の人たちを前に、リーディングというパフォーマンスで詩の魂を伝えていく。

四元　そこが微妙なところで、ぼくはセルビアでロシアの詩人の朗読に聴衆が熱狂するのを見たとき、本当に怖かった。一方でイギリスとかオランダのような西ヨーロッパの詩祭では、みんな現代美術を楽しむようにチケットを買ってコンサートホールにやってきて、そこには言語ナショナリズムの熱狂や陶酔はない。どちらかというとぼくは気質的には後者が好きですが、でも熱狂を失ってしまうと、それはそれで詩が切り花のようになって力を失っていくんじゃないかとも思う。そこのバランスは難しい。いま戦争をやっていますが、それを見るにつけてそう感じます。

これまでは詩祭の表舞台を見てきましたが、詩祭が終わったあと、近くのバーで小さなオープンマイクの朗読会があって、詩祭に招かれている詩人はもちろん、地元の一般の人も出てくる。そこは本当に民主的で、一本のマイクの前では、本を出している・いないは意味がなくなる。ときにはビールを運んでいたウェイターの兄ちゃんが、実はおれも書いているんだって読みだしたりして、じーんときました。お金をかけて詩祭をやって言語を守るというのとは全く別の、裸の人間が声を出して読んでいるだけという素朴な姿があって。

豊﨑　誰もが詩を口ずさむような、親しみがあるんですね。『詩人たちよ！』の中で紹介されている、四元さんのお子さんたちが通っていた学校では毎年学年の初めに担任の先生から詩がもらえるという話がとても好きです。息子さんが小学四年生のときにもらった詩が素晴らしくて、そういう詩のプレゼントっていいなと思いました。「こころのなかに　この世で一番うつくしい形をえがく／ひとつの点のまわりに　ぐるりと丸／丸のまわりに　かぞえきれない光の矢／点は内にむかって　ぐっとつまっている／光の矢は外にむかって　ずっとのびてゆく／点と　光の矢の　あいだに／しずかな　しずかな　丸をかく」。日本でもこんなふうに詩が身近なものになっていくといいですね。

四元　一年間、毎朝それを朗読するんです。日本も受験勉強だけじゃなくて、別に俳句でも短歌でもいいけれど、論理言語じゃないメタフォリカルな言葉を口に出して言うことを、日常の中に取り入れたほうがいいと思います。漢詩の流れを措くと、詩的言語として俳句や短歌があったところへ、明治維新による近代化で、「社会」とか「自由」とか「恋愛」とか、西洋の概念を手っ取り早く翻訳して、ぼくたちのいまの文化の基礎を築いた。そこで断絶が生じた。もしもあのとき「社会」とか「自由」とか言わずに、それまで使っていたやまと言葉でひらいて受容し、そういう言葉でもって憲法や法律を書いていたら、いまでも家庭でちょっと詩を書いてあげるみたいに、身近に詩があったんじゃないかな。その断絶というのは、要するに漢字とひらがなの断絶であり、頭と心の断絶であり、声と文字の断絶なんだと思う。でもそれは東アジアに生まれて、列強の影で必死に生き延びてきた国民の宿命なのかもしれない。

全体性を取り戻す場

豊﨑　今回はポエトリー・リーディングをテーマに取り上げたんですけど、広瀬さんから事前に、なぜ良い詩は声に出して読みたくなるのか、というお話がありましたね。確かに昔は国語の授業でも暗誦がありました。わたしは詩に限らず、好きな作品を頭の中で音読するんですけど、声に出して読みたくなるのはなぜなのか。いわゆる口唇期じゃないけど、唇が気持ちいいからなんじゃないでしょうか。

広瀬　ぼくは詩が声になる一番いい状態と思うのは鼻歌。暗誦のようにふっと詩が口元からこぼれるときだと思っています。なぜそうなるか、持論をお話しさせていただくと、そもそも詩という言葉を声にすることは歌として体をなす遥か以前からあるものではないでしょうか。極論を言えば詩を読むことから歌という音楽的な形態が発生した。音楽の三大要素はメロディーとハーモニーとリズムですが、詩の構成要素を分解すると、この土台の部分は似ているんです。美しい旋律つまり読み口を奏でようとするメロディー、韻律で調子を刻むリズム、パンチラインや視覚的な効果で詩のフォルムを調整するハーモニー。音楽と詩の根源は同じなのかもしれない。だからふっと口から洩れる詩はとても自然なんです。

豊崎　ギリシャ悲劇にはコロスがありますけど、そのころから、詩句は朗誦されていたんじゃないでしょうか。

広瀬　あるいはもっと昔、シャーマンの時代に魔術師が呪詛的な言葉を唱えるのは、詩の原初的な部分の一つだと思います。

豊崎　でも現在、一般的にはそうじゃないですよね。詩は呪いやまじないが始まりだったのかも。わたしと広瀬さんが連載を始めたのも、ポエム（詩）という言葉がものすごく価値を下げて、馬鹿にされている傾向があったからでした。いまその状況が変わったかと言うと、やっぱりそうじゃない。

広瀬　そうなんですよね。妙にイメージ付けられて、ポエムや現代詩とか呼び分けられたり。どうだっていいのに。大切なのはちまちま区分けしたり否定することではなく、詩との接点を広げることです。リーディングの是非を評価するよりも、詩を知る機会を作ることですね。

四元　日本で朗読するときに、海外と一番違うのは、お客さんがテキストを見るの。朗読なんだから、テキストは後で読むとして、その詩人を見てもらいたいですね。日本で普通に暮らしているとアイコンタクトがなくて、それはノリが悪いこととも関連しているんだけど、やっぱり詩祭を楽しむ、朗読を楽しむためには、自分をひらく勇気を持たないと。

豊崎　実はわたしも目をつぶって聞きがちなんです。そうしないと集中できないと思いこんでしまっていて。

四元　意味がわからなくても良いんです。その人の体温が残ったら、意味なんていくらでも後で活字で読めるから。

豊﨑　せっかくなので、お二人も詩を朗読なさいませんか。まず広瀬さんから。

広瀬　それでは「場所」(『草虫観』、思潮社、二〇一〇年)という詩を読みます。

永遠に動かないかもしれない
場所がある
あることを受け入れるための緊張が
そこに張り詰めているから
人の記憶に
場所はありつづける

(…)

場所がある
いちばん恐ろしい顔の模様をしたイチジクの木が茂っている
いちばん恐ろしい顔の模様をした太陽が高くのぼっている
いちばん恐ろしい顔の模様をした蠅を追い払っている
いちばん恐ろしい顔の模様をした農具を置いたままにしている
いちばん恐ろしい顔の模様をした水をくんでいる
いちばん恐ろしい顔の模様をした風の向きが変わっている
いちばん恐ろしい顔の模様をしたトビが回っている

いちばん恐ろしい顔の模様をしたたくましい歌声が澄んでいる
いちばん恐ろしい顔の模様をした長くまっすぐな小道がのびている　（部分）

四元　海外で日本語で朗読すると、通訳や翻訳がないと現地の人はわからないですよね。日本語の響きが美しいとか言ってくれたりしますが、もうちょっと楽しませたくて、日本語の詩的テキストの読み方のショーケースとして浪曲、ラップ、新劇、短歌朗詠など様々なスタイルを一つの朗読に詰め込んでみたことがあります。ただ、これはインチキ浪曲ですから、聴衆に日本人がいないことを確かめてやっていて（笑）、今日初めて日本人の前でやるので、自分が日本語をわからない外国の人だという気持ちで聞いてくださいね。（浪曲的節回しをつけながら朗読）。

団欒

父親は知らない
息子が森のはずれで
北米原住民の儀式のように
厳かにマルボロを吹かしているのを
息子は知らない
妹が洗面台の鏡の前で

蜘蛛に変えられた王女みたいに
もう一時間半も立ち尽くしていることを
（…）
曾祖父の恋文とメンデルと塩鮭の名において
彼らは家族を構成する
骨と羽根の散らばる居間に集い
睦みと諍いで束の間の不死を結界する

復活した猫のサンチョが
爪を研ぎながらそれを見ている

（部分、『現代ニッポン詩（うた）日記』より）

豊崎　お二人ともありがとうございました。ここで視聴者の方から質問が来ているそうなので、お願いします。

視聴者　大崎清夏さんの詩の前半を聞いて、いまのロシアのトップを思わざるを得ませんでしたが、今日の詩をどのようなお考えで選んだのかをお聞きしたいです。

大崎　この詩を書いたきっかけになっているのは、オリンピックの開催期間中に小田急線で起きた無差別殺人事件です。そのことについて、言葉で自分を守るための何かを作りたいと思って作った詩なんですが、その気分がずっといまも続いていて、それで今日読もうと思って選びました。

豊崎　ありがとうございます。では、第一部に出演していただいた皆さんにも、お一人ずつ感想をうかがいましょうか。続けて大崎さんからお願いします。

大崎　自分の参加した海外の詩祭を思い出しながら聞いていました。詩祭に参加して何が一番いいかというと、合間の時間や、終わったあとの時間に、ほかの参加者たちと具体的な詩の話ができるんですね。昨日読んでいたこの詩のこの部分はすごく良かったとか、私はこの詩をこういうふうに読んだけど、あなたはこの詩でこんなことを表現しているんだねとか、一篇一篇のテキストの話ができる。日本ではそもそも、多様な詩の声を聴く機会自体がこれまで私はとても少なかったし、あっても打ち上げでは生活の近況報告会になってしまうことが多くて、残念に思っていました。今日は一つひとつの朗読に独自の技術があって、この後ぜひとも読み方の工夫などについて語りあえたらと思いました。

岡本　大崎さんと四元さんの朗読は聴いたことがあって、ほかの方は今日初めて聴きました。皆さん多彩ですごいですね。それに今日の四元さんの浪曲風朗読も、全く新しい四元さんで驚きました。

詩は言葉からなるとすると、声と文字という二種類の表現方法があって、その中でぼくは書くほうの詩、文字としての詩に普段は触れています。文字って記録して残すためにあるのですが、声は録音もできるけど、やはり瞬間に消えていくものです。朗読の声って、例えば自分が詩をパソコンでカチャカチャ叩くと現れる文字ではなく、そのとき鳴るキーのカチャカチャのほうと地続きで、どこまでも環境の中での音なんですね。ぼくらはその音も文字も両方ある環境世界に生きているから、ぼくは詩もその両方で楽しみたいという気持ちがあります。朗読をすると、詩が文字として固定化される前の時代からおそらくあったであろう詩というものに触れることができるんじゃないかと感じています。

橘　ぼくは、詩はジャンルだと思いたくなくて、ほかの美術とか演劇とかお笑いやヒップホップもそうですけど、ジャンルとして確立されるとスキルは上がるけど、細分化されていく。例えばぼくが今日読んだ詩はお笑いの要素があったけど、M－1グランプリに出たら一回戦落ちだろうし。結局朗読のいいところって、笑いもあるけど笑いをとらなくてもいいし、リズミカルだけどリズムにのらなくていいし、パフォーマティブだけどパフォーマティブにならなくてもいい。それゆえに、お笑いともヒップホップとも演劇とも違う、ジャンルに回収されないものができるんじゃないか。詩をジャンル化しようという流れもあるのかもしれないけど、どちらかというと詩はセンスで、だからこそ岡本さんみたいな無意識過剰みたいな感じの良さが出るのかなと思います。そういった側面で続けていって、それでしかできないものが少しでもできたらと思ってやりました。

平川　私は熊本にずっと住んでいたのですが、熊本では石牟礼道子さんが口承を文字化、文学化するということをされていて、その中で聴覚と視覚を往還させる大切さを学びました。現代詩は視覚情報で捉えられがちですが、朗読すると聴覚情報での世界観が驚愕とともに立ち上がり、すべての感覚を開いていくと思っています。広瀬さんのお話を聞いていて、図形楽譜の展開の面白さを思い出していたのですが、現代音楽のほうが、もしかしたらポエトリーに近づいているのかもしれないと感じました。先日「#礫の楽音」の配信で、ウクライナの方とお話ししたのですが、その方がシェルターからの手記をリーディングされたんです。その声は、何よりも詩情に富んでいたんですね。そういう意味でもリーディングには多角的な熱量があると感じています。

三木　普段私はパフォーマンスをするために作品を書くというジャンルにいます。つまり書いた詩をテキストで発表することを目的としていない側ですが、逆に現代詩側からリーディングを見たときの視点の違いが面白かったたし、自分のやっていることをより立体的に理解できる手掛かりを得られたような気がしました。それから世界の詩祭の話も面白くて、私もちょうど今日の昼間、ニューヨークにあるニューヨリカン・ポエッツカフェと、日本が初めてコラボレーションしたオンラインイベントを開いたばかりです。明日はウクライナの詩人と宮尾節子さんなど日本の詩人たちがコラボするイベントをやるんですが、オンラインでは結構海外の方と一緒に何かをやる流れはできているので、詩祭を開催したいという流れと、それを一つずつつなげていけたらいいなと思いました。

豊﨑　ありがとうございました。四元さんはいかがでしたか。

四元　ぼくたちは普段詩を活字で読んで、もっぱら頭でっかちなやり方で受容しているけれど、たまには声と耳、からだ全体を使って味わいたいですね。朗読会というのは、そんなふうに分裂していた要素が束の間一つになって、全体性を取り戻す場だと思っています。

広瀬　いまポエトリー・リーディングが若い人たちの力で盛り上がっているというのが最高ですね。どんどん面白いことをやっていただきたいと思います。リーディングの未来の可能性としては、配信のメディアの活用はさらに加速すると思います。それと逆に本の立場からのユニークなアプローチの事例ですが、同人誌の「聲℃」（黒崎晴臣編集）がやっているようなＱＲコードのついたテキストで、そこからリーディングを聴いたり動画を観たりすることができるような方法

豊崎　も、進化系として期待します。

「現代詩手帖」もYouTubeで詩のチャンネルを作って、若い人をどんどん登用して、定期的にこういうイベントを開催していければいいですね。今日は百人の方が五者五様のリーディングを聞いてくださいましたが、この百人が千人になったら、日本でも詩祭ができるかもしれない。何かのきっかけで現代詩に出会えば、きっと好きな詩の一つや二つ見つかるんだから、その意味でもポエトリー・リーディングの場がこうやって活性化して、耳と目両方から詩と出会えるようになっている状況は素晴らしいと思います。本日はどうもありがとうございました。

詩を朗読するということ――イベントを終えて

大崎清夏

四元さんに「ぼそぼそ型」と括られてしまったショックで、寝込んでます。というのは冗談ですが、詩を聴くことの難しさに、改めて打ちのめされています。声には、声の主の思想や信条や主張が宿ります。でも、よい詩はたいていの場合、どんなに派手なパフォーマンスにおいても、主張を隠そうとするものだと私は思います。詩を聴くということは、その矛盾のなかの響きを聴くことです。物事のわかりづらさを、暴力的にわかりやすくすることなく、そのわかりづらさのまま差し出し、受け取るのが、詩を読み、聴くということなのだと思います。

岡本啓

ヤンゴンの車両で聞いたスイカ売りの声がまだ耳に残っている。荷物だらけの環状線を唄うように次の車両へ消えていった。完成した何かではなく、その人の日常で自分なりの音を発する。ときおり遭遇するそれが好きだ。あ、まって、もう一度。バンドが演奏をやり直すそのとき。あるいは放課後の大学構内での吹奏楽の練習。それぞれが好き勝手に吹いた音が夕景に混じっていく。

ぼくは自分の詩を読むことが得意ではない。どんな朗読に対しても良い聞き手になれているわけではない。ただ数回、自由参加の朗読会にゲストで呼んでもらったことがある。ある女の人、自分の番がくると、立ち上がりマイクに向かい小さな紙をひろげる。読み終え席に戻りじっと聴いている。聴く姿から教わった。リーディングは、リスニングのすぐ隣にある。それぞれの声を胸におさめる。決して交換できない声が自然に出ている時、確かに誰もが備え持つ輝きがある。自分の出番でそんな自然な訪れを出すには、どうしたらいいだろうか。

盛り上げる「必要」のないことで、「偶然」盛り上がったら最高じゃんね

橘上

詩の朗読のいい所は、短歌や俳句みたいに形式に囚われなくていいことと、ラップやお笑い、演劇と違って面白くなくてもカッコ悪くてもいいところです。

形式からの自由と観客の反応からの自由、この二つの自由が織りなす極上の自由、それが詩の朗読です。

で、この表現の欠点は何かというと、ダサくてカッコ悪くてつまんないものが量産されがち、ということです。

とはいえ、盛り上がりのためにせっかくの自由を手放そうとも思いません。

僕が朗読をする時のスタンスは「「自分の」考えや言葉を深めたり、「自分の」カッコ良さや面白さを突き詰めた結果」「偶然」「笑いが起きたら嬉ぴ」というもので盛り上げるために朗読したことはありません。

その一方で、観客の反応を全く無視してるわけではないです。

僕の朗読は書かれたものをそのまま読みながら、即興で思いついた言葉を混ぜる、というスタイルが多いです。全て即興の時もありますが。

で、この即興の言葉は、観客の反応の影響を受けやすいですが、文字の言葉は変わることはありません。朗読する体はどんなに熱くなろうとも、手に持った紙の文字は冷めている。紙に書かれ、文字として読まれる言葉は、口語体でも冷めている。

話し言葉と書き言葉を行き来することは、そんな言葉の冷静と情熱の間を行き来することかもしれません。観客の盛り上がりをコントロールは出来なくても、盛り上がりのために言葉を使う「義務」なんてないのです。

このいざと言う時に、盛り上がりを放棄できる態度は、戦意高揚詩的なものを拒否する態度に「偶然」なっていると思います。

好き勝手やってウケたら最高だな、と思います。ウケなかったら？「僕芸人じゃないんでそれでいいんです」といや、いいんです。それもまた詩の最高なところです。

アップデートする現代詩

平川綾真智

太古、小さな共同体内で口承文学として創出されていたものが詩だ。しかし「文字」という媒体の発明以来、詩は聴覚を背景に保ちつつも、視覚中心のものへと変化していった。

今回のイベントは、文字の拘束から現代詩が作者自身により解き放たれ、時空間と共に再考されていく、実に刺激に満ちたものであった。未だ続くコロナ禍の中、ディスプレイの向こう側にいる観客へ詩の体現を届けるには、変化に適応した新たな感覚を研ぎ澄ましていかなければならない。出演順となり、歩を進めた舞台スペースの空気は、熱《ぬく》みで既に潤んでいた。息を吸いこみ発話すると、現出しだす詩が明滅していく。点在している観客に届く確かさを空気の震えから得た時、能動的な変容を持つ作品と場の力動に気が付いた。

グローバル化で異文化間の交渉を経ていく時にあり、芸術は今、五感の攪拌を求められている。確信する。実践とトークからの学びで磨き上げられた詩は、明日も必ずカッコいい。

三木悠莉

私はリーディングばかりする詩人です。ポエトリー・リーディング用のテキスト、演奏の為の楽譜のようなものとして詩を書いており、テキストで作品を発表することはあまりありません。普段作品をテキストで発表されることが多い詩人の皆さんとここまでみっちりリーディングの時間を共にするというのは、十年活動していてもあまり機会がなかったこと。リーディングはその瞬間瞬間を流れていくもの、文字は留まりじっくりと鑑賞されるもの、しかしこの日はみなリーディングをする。共演の皆さんの濃度の高い言葉ひとつひとつが声、音となって流れ充満し画面の向こうに届く幸せな時間。日本のリーディングの歴史が語られる機会はそう多くない中、先生方のトークコーナーもとても贅沢。勉強になりました。普段テキストで作品を楽しんでいらっしゃる現代詩ファンの方が、ポエトリー・リーディングのイベントにも足を運んでくださるきっかけになったらいいなと思います。

10 詩は、結局、抒情だ！

抒情詩という「本丸」

豊﨑　二〇一九年にこの連載を始めて三年、いよいよ今回で最終回です。実はずっとお聞きしてみたいことがあって。そもそも広瀬さんはなぜ詩を書いているんですか？

広瀬　いきなり直球が来ました（笑）。その質問には目的と動機の二つの意味が含まれていると思いますが、目的のほうは死ぬまで言わないと決めているので（笑）、動機のほうをお話ししますね。

最初ぼくが詩を書こうと思ったのは、月並みですが、自分の感情や考えの吐露として一番直接的な方法だったからです。ところが次第にうまく書きたいという欲望が生まれたのと同時に、言葉の表現手法そのものが面白くなってきたのが第二段階。ときには意味すらも超えて、思いもよらない言葉が出てくる楽しさに、言葉遊びとひと言で片付けられない魅力を感じました。さて、最近は第三段階に入ってきて、それは「未知との遭遇」です。見たことも聞いたこともないような言葉の連なりとの出会いや創造、そしてそこに新しい名づけをすることの喜び。こんなふうに、感情の発露から始まって、いまは未知のモノに名づけるところまでいたりました。

豊﨑　わたしの場合、最初に好きになったのは吉田一穂や富永太郎でした。二人とも抒情的な詩も多々書いていますが、富永太郎の「半欠けの日本《にっぽん》の月の下を、／一寸法師の夫婦が急ぐ。」という鮮烈なフレーズから始まる「影絵」（一九二二年）には本当に痺れて。だからわたしは抒情詩をすっ飛ばして、広瀬さんの言う第二段階にいきなり入ってしまった感があります。

　でも若いときになぜ詩を読むかというと、絶対に抒情を求める心情があるからだと思うんです。若いころって、恋とか友情とか反抗期とか、自分の感情の発露に起伏があるし、他人の感情の発露にも関心がある。そんな感情の動きに敏感な時期ですよね。

　で、そもそも「抒情詩」とは何かをウィキペディアで調べてみると、「詩歌の分類の一種。詩人個人の主観的な感情や思想を表現し、自らの内面的な世界を読者に伝える詩をいう」とある。多くの人は教科書で詩に出会うと思うんですが、すると宮沢賢治や三好達治や中原中也的な抒情に慣らされがち。でも抒情詩をそういう世界だけに限定するのはもったいない。詩における抒情のありようはもっとずっと広いはずです。

　それで最近、結局、詩は抒情じゃないのって思うようになって。そのあたりを広瀬さんにうかがおうと、最終回に抒情というテーマを提案したんですよ。

広瀬　抒情って、詩までいたらない感情の発露のレベルで済まされて、ないがしろにされがちですよね。今回抒情をテーマに据えたことで、いよいよこの対談も詩の本丸に入ってきた感じがします。

豊﨑　本丸に入って終わる（笑）。

広瀬　（笑）。そう、詩において抒情はあまりにも本質的であるからか、特に現代詩の世界では、抒情をテーマにした本格的な特集や言及はあまりなされてこなかったように思います。それは、そもそも詩は抒情ありきだからなのか、あるいは抒情のプライオリティが下がっているということなのか、そのあたりを攻めていきたいですね。

先ほど、意味を超えた面白さと言いましたが、そのように生まれてきた言葉にも抒情性を感じざるを得ない瞬間があって、これは多くの詩を読んで体感することなんです。それはなぜか。一つの指標を示す詩集があります。西脇順三郎の『旅人かへらず』（東京出版、一九四七年）は日本の抒情を集約したような詩集だと言われますが、その「はしがき」で、西脇は「幻影の人」という概念を語っています。この「幻影の人」は「永劫の旅人」であり、原始の時代から受け継がれている神秘的情念であり、これに出会うことが詩人の宿命だと捉えられている。人間の「寂しさ」を抒情の根源として、「幻影の人」に接近していく。この詩集を読んでぼくは、言葉で感情を吐露することとは別の次元で、感情を詩にすることが、詩人の宿命ではないかと考えるようになりました。

豊﨑　一般の人は「抒情詩」というと、どこか寂しい、しっとりした心情や光景が描かれた詩を浮かべがちですが、いまお話をうかがって、そういうイメージから来ているのかなと納得がいきました。

広瀬　さらに現代の抒情って、単純に喜怒哀楽の感情だけで成立するものだろうか、という興味もあります。今日紹介する詩を通して、さまざまな抒情性を秘めた言葉が存在していることを見ていきたいですね。

ところでぼくは、抒情とは書き手である詩人と読み手との関係を成り立たせる扉のようなものだとも思っています。たとえ意味の通じない言葉を書いていても、そこには人を痺れさせる表現が必ずあって、それを読者は感受する。あからさまに「悲しい」とか「怒っている」という言葉を使わずとも、読者に感受させる技術を詩人は使っていて、読者が読み込んでいくと抒情を掻き立てられる。そういう関係性が詩を成り立たせているのではないでしょうか。

豊﨑 例えばそれぞれの時代を賑わせた名高い詩たちを見ても、田村隆一さんの「言葉なんかおぼえるんじゃなかった」とか、荒川洋治さんの「口語の時代はさむい」とか、一見抒情と関係ないようですが、読み手はどこか抒情的に感動してしまいますよね。渋沢孝輔さんの「ついに水晶狂いだ」とか、ああいう訳のわからない言葉も受け手にとっては抒情性の強い言葉なんですよ。

抒情は遍在するんですよ。詩に限らず、小説やわたしたちの話し言葉もそうだけど、言葉にまとわりやすいものが抒情なのかもしれない。抒情が共感を誘うのは、ある種の感情が付与されているからです。詩を読むと、自分の中の似たような感情が引き出されるから、どんなに難解な詩でも、そこから湧き上がってくる何かしらの抒情に反応して、この詩は好きだと感じるんだと思います。だから抒情詩じゃない詩はない。

近代詩——元祖ポエム

広瀬 それがまさに本質的な結論だと思います。では抒情はどういう変遷をたどってきたかというと、

豊崎　特に一九七〇年代以降の詩的状況では、抒情という言葉が非常にないがしろにされてきました。それが〝ポエム〟という言葉につながってしまったわけですね。

広瀬　はい。そもそも口語自由詩、近代詩の流れというのは、もともと西洋の詩のフォームや思想を輸入して日本語の詩の表現として採用したもので、日本の近代詩は『新体詩抄』（丸屋善七、一八八二年）が世に出てから始まったというのが定説です。この『新体詩抄』には西洋のロマン主義の詩の翻訳が数多く載っているので、そうした抒情が取り入れられていったのでしょう。しかし日本にはもともと和歌や、俳句の侘び寂びといった概念を表現する抒情の手法もあって、いったい近代詩のスタート時点では、それらとどう融合していったのだろうか。『新体詩抄』だけを眺めていると、少しぎこちないなとも感じていました。

ところが今回いろいろと調べていると、『詩の本 I――詩の原理』（西脇順三郎、金子光晴監修、筑摩書房、一九六七年）の中の「日本近代詩の流れ」という大岡信さんの論考に興味深い指摘があったのを見つけました。『新体詩抄』以前に西洋の詩の響きを伝えたものが実は存在していて、それは讃美歌ではないかという言説なのです。『新体詩抄』が出たのは一八八二年、讃美歌が初めて日本語で出版されたのは一八七四年。そこから影響を受けたのが実は島崎藤村で、彼は後にキリスト教に帰依したんですが、讃美歌を換骨奪胎して神への信仰を女性への愛に変えたと言うんです。

さっそく、藤村のその「逃げ水」（『若菜集』）を読んでみましょう。

ゆふぐれしづかに

ゆめみんとて
よのわづらひより
しばしのがる

きみよりほかには
しるものなき
花かげにゆきて
こひを泣きぬ

すぎこしゆめぢを
おもひみるに
こひこそつみなれ
つみこそこひ

いのりもつとめも
このつみゆゑ
たのしきそのへと
われはゆかじ

なつかしき君と
　てをたづさへ
くらき冥府《よみ》までも
　かけりゆかん　（全篇）

まさに純愛、「君」を神聖化して命を捧げるがごとくに崇めていて、これは完全に愛のポエムの元祖と言っていいでしょう。このストレートな情熱は、和歌や俳句の抒情とは異なるところから来ているなとも感じますね。

比較するために、この詩の元になった讃美歌三一九番「ゆふぐれしづかに　いのりせんとて」を二番まで読んでみます。

ゆふぐれしづかに　いのりせんとて
よのわづらひより　しばしのがる

かみよりほかには　きくものなき
木かげにひれふし　つみをくいぬ　（部分）

豊崎　「かみ」を「きみ」に変えた、完全なパクリじゃないですか。

広瀬　藤村が讃美歌に非常に感動して、ぜひ恋愛詩に変えたいと切望したといういきさつらしいですね。

　これを読んで、『新体詩抄』から島崎藤村や北原白秋に続いていく流れより、この讃美歌の純愛のメロディーが脈々と続いていく流れを追求してみたいと思いました。そう、この詩はやっぱりメロディー、歌なんですよね。これまでこの一連の対談でテーマにしてきたポエトリー・リーディングや歌詞、すべての元祖がここにあったのかもしれない。とても面白い発見でした。

豊﨑　そんなふうに日本の抒情詩は近代詩とともに始まったわけですが、一九〇五年に上田敏訳『海潮音』（本郷書院）が刊行され、フランスの象徴主義や、ヴェルレーヌのような、メタファーなどのレトリックを駆使した詩が入ってきて、非常に成熟していきます。その中核にもやっぱり抒情詩がありました。この時代の抒情詩として一番ぼくが評価しているのは、室生犀星の『抒情小曲集』（感情詩社、一九一八年）。まさにタイトルそのまんまに抒情を真正面からうたって、そのスタイルを極めた詩集です。

広瀬　有名ですよね。「ふるさとは遠きにありて思ふもの」って。「ふるさと」というと、いまでもみんな「遠きにありて思ふもの」となんとなくそのフレーズを浮かべてしまう。それぐらいインパクトのあるテンプレートを作った。これから紹介する「京都にて」もテンプレートとしての完成度が非常に高い詩です。

にほやかに恋ひぬれど
さめゆくものはつめたかり

わが心は哀憐《あいれん》にみちわたり
もののそよぎに泪《なみだ》おちむとす

雪の青きを手にとれば
雪は哀《かな》しくなじみまつはる

かばかりふかき哀憐のもよほしに
いまぞ涙ことごとく流れもいでよ　（全篇）

豊﨑　「にほやかに恋ひぬれど」とか、「泪《なみだ》おちむとす」とか、本当に典型的な言葉をちりばめている。犀星はどちらかというと職人肌で、高い職人的技術を使って、最終的にテンプレート化している。見事なベタです。先ほど、豊﨑さんが抒情は共感を誘うとおっしゃいましたが、まさに共感の素材を全部取り揃えた人ですね。

広瀬　「哀憐《あいれん》」「泪《なみだ》／涙」「雪」が二回ずつ出てきたりと、なかなかしつこい（笑）。もしこの詩集の帯にわたしがコピーを書くなら、「これでもか抒情」にしたいですね。

昭和の演歌の作詞家たちは、犀星や藤村、白秋に憧れて詞を書きはじめた方々が多かったわけだけど、すごく通じてますよね。コテコテだけど、歌としても聴かせる表現。しかしこの犀星あたりから、西洋で興ったモダニズム運動の到来と同時に、日本ではプロレタリア詩や自然主義などのさまざまな詩派が発生して、抒情のプライオリティは下がっていきました。

モダニズムが抒情性を否定したのは、世界大戦や不況といった厳しい状況下において、個人的な感情やロマンをうたうことに批判的になっていった背景があります。そういう思潮は日本にも広がり、詩と詩論のトレンドの主流をモダニズムが占めるようになった。そして戦後、鮎川信夫さんが言われたような「考える詩」が、強い力を持って現代詩としての現在にいたっているというのが、ざっくりと大きな流れです。

ただし、その中にあって、戦前から戦中にかけて抒情詩で頑張っていたのが四季派です。モダニズム側から批判されながら、抒情詩を看板に掲げた「四季」では、堀辰雄、立原道造、中原中也、富永太郎、丸山薫といった錚々たるメンバーが活躍していた。彼らは優れた抒情詩を数多く書き、いわゆる「ポエム」の先達として確立し、その血脈はいまでも太く残っていますが、一方では落とし穴として愛国詩に寄っていったという傾向もありました。

ここで最後に紹介したい近代詩が富永太郎の「恥の歌」（一九二五年）です。

Honte!《オント》 honte!《オント》
眼玉の 蜻蛉《とんぼ》
わが身を 攫《さら》へ
わが身を 啖《くら》へ
Honte!《オント》 honte!《オント》

燃えたつ　焜爐《こんろ》
わが身を　焦がせ
わが身を　鎔かせ
Honte!《オント》　honte!《オント》
干割《ひわ》れた　咽喉《のんど》
わが身を　涸らせ
わが身を　曝らせ
Honte!《オント》　honte!《オント》
おまへは
泥だ
（全篇）

hontеはフランス語で恥という言葉で、最初読んだときは、社会の中での自分の行いを恥じる内省的な詩かと思いきや、結婚の申し込みを断られた直後に書いた詩らしいです。失恋ソング。犀星や藤村的なダイレクトな愛の叫びはないので、最初恋愛詩だとはわからなかった。

豊﨑　富永太郎には、仙台二高時代に人妻と失恋の話もあって、それを追慕するような詩も書いていますね。

広瀬　二十四歳で夭折していますから、若いが故に、失恋の悲しみよりも倫理観のほうが強く出ていますね。

豊崎 あと怒りもありますね。富永太郎の「手」(一九二四年)という詩も好きなんですが、「おまへの手はもの悲しい/酒びたしのテーブルの上に。/おまへの手は息づいてゐる、/たつた一つ、私の前に。/おまへの手を風がわたる、/枝の青蟲を吹くやうに。//私は疲れた、靴は破れた。」(全篇)。テーブルの上の「おまへの手」という非常に近い光景から、「私は疲れた、靴は破れた」で一気に遠ざかる。どれだけの思いを抱えて歩いてきたのだろうと思わされます。

富永太郎って、詩を好きになる人は必ず思春期に通るぐらい、若い心情にぐっと入り込む詩を書いているじゃないですか。でもいまは半ば忘れられていてもったいないと思っていたので、広瀬さんが挙げてくれて嬉しいです。

広瀬 四季派は夭折の詩人が多いんですけど、富永太郎の言葉が一番生々しくて、立原道造や中原中也とは違った重さがある。肺結核になって闘病中、潔癖症だった彼は酸素吸入器のゴム管を汚いと言って、自ら外して亡くなったそうですね。

豊崎 半ば自死だったのかもしれませんね。わたしは尾形亀之助も好きなんですが、彼も餓死自殺願望を口にしつつ衰弱死したじゃないですか。もともとは素封家生まれのお坊ちゃんだけど、実家が没落して困窮した。短い詩の中に、どこか貧乏の情緒みたいな、亀之助にしか描けない抒情がすごく出ていて、富永太郎とは作風はぜんぜん違うけど、二人ともとても好きです。

広瀬 抒情を前面に出す詩人って、尾形亀之助にしても富永太郎にしても、詩の言葉に生き方が重なりますね。抒情を詩の中心にすると「何を書くか」に重きが置かれ、自らを題材にしていくことで詩の共感度が非常に高まる。若いときに影響を受けやすいのは、そういう吸引力があるからなんでしょう。

「歌う詩」の復活の示唆

広瀬　ここからは現代詩の話になりますけど、戦後、鮎川さんが現代詩は「考える詩」だと語った。ポストモダンにおいても、また、それ以前の実存主義においてもサルトルが「いかに書くか」と言っていましたね。ただ、「いかに書くか」を前面に出すと、詩の方向性は前衛的、実験的な思考的試みになっていく。ぼく自身もそうですが、そうやって抒情の部分が前面に出なくなり、背景としての詩人の存在感が薄れ、作品と次第に乖離していった。

鮎川さんの『日本の抒情詩――藤村、白秋から谷川俊太郎まで』（思潮社、一九六八年）は戦前の詩から、谷川俊太郎さん、大岡信さん、吉野弘さんといった感受性の祝祭の世代までを論じた本ですが、かつて「歌う詩」から「考える詩」になったが、再び「考える詩」から「歌う詩」の時代に来ていると、抒情の復活を匂わせています。

鮎川さんの直感はとても鋭いですが、この「歌う詩」の復活の示唆に対して、現代詩は展開しきれていなかったところもあると思う。七〇年代、八〇年代とポストモダニズムの時代になっても、手法の先行によって抒情性を掘り下げなくなった。これはぼくの体感ですが、この時代、ちょうどぼくが詩を書きはじめたころ、ニューアカデミズムの隆盛の中、抒情詩について語るということは、なかなか恥ずかしいことだったと覚えています。

豊﨑　小説の世界でも、トマス・ピンチョンやジョン・バース、ドナルド・バーセルミといった作家の作品が称揚された七〇年代は「いかに書くか」のポストモダン小説の時代でしたね。もちろんその前段階にヌーヴォー・ロマンがあるわけですが。

詩だけじゃなく、小説、おそらく映画などもそうだと思うんですけど、手法に重きが置かれ、抒情が馬鹿にされるようになり、詩を意味するポエムという言葉までもが揶揄されるようになっていく。

広瀬 鮎川さんの言う「考える詩」の功罪はもちろんあって、表現が進化することには大賛成ですが、裏返せば、抒情詩は「考えない詩」と暗に言われているようでもある。決して鮎川さんの本意ではないですが。豊﨑さんがこの連載に「カッコよくなきゃ、ポエムじゃない！」というタイトルをつけてくれましたが、「カッコいい」という詩の評価軸が備わっていない批評の文脈とポエムという言葉自体が何か低く見られる風潮という、いまの現代詩の状況への二重のカウンターですね。

豊﨑 六〇年以降の詩で、わたしが挙げたいのは寺山修司です。寺山は抒情を恐れない人だったと思います。ただし、実験的な演劇もやっていた人だから、「いかに書くか」はすごく考えている。この「ロング・グッドバイ」（一九六六年）はすごくカッコいい詩です。

血があつい鉄道ならば
走りぬけてゆく汽車はいつかは心臓を通るだろう
同じ時代の誰かが
地を穿つさびしいひびきを後にして

私はクリフォード・ブラウンの旅行案内の最後のページをめくる男だ
合言葉は　A列車で行こう　だ
そうだ　A列車で行こう
それがだめなら走って行こう

（…）

おっ母さんが狂った
汽笛狂いだ
水道の蛇口をひねるといきなり発車合図のポーがとどろいた！　どこもかしこもポーの時限装置をしかけられたのだ！　せっかちさと響き！　「革命の理論」と駅伝マラソン、おっ母さんゆずりの時刻表にせきたてられ私はきく！　噴出する歴史の汽笛を！
年少労働者たちのダンス教室から　テレビジョンのなかで哄笑したミック・ジャガーの喉笛まで　ボクシング・ジムのサンドバッグから
自殺志願者のガスレンジまで
（部分）

この詩のどこに抒情があるかというと、「ポー」という汽笛の音。この音が何度も出てきて、次第にもの悲しくなっていく。寺山は「母香る歌」のような短歌を詠んでいますが、汽笛の音に故郷と母を思う気持ちが託されている気がします。この汽車は「新しい駅」を探し続けたあと、最後に「貰った一万語は／ぜんぶ「さよなら」に使い果したい」と宣言して、「さあ広瀬　A列車で行こう／それがだめなら走って行こう／一にぎりの灰の地平／かがやける世界の滅亡にむかって！」で締めくくる。「A列車で行こう」はジャズの名曲ですけど、それを詩のバックで流しながら、「かがやける世界の滅亡にむかって」走っていく。こういう抒情だってあるよね、と思います。

豊﨑　いかにも寺山修司らしい詩ですね。熱く若者を覚醒させることによって時代を引っ張ってきた人ですけど、寺山さんのキーワードである焦燥感、反世間、親殺しや捨てた故郷、あるいは望郷なども全部詰まっている。ノスタルジックな風景の中、破滅へと突っ込んでいく展開が天才的にうまい。

広瀬　未来の光景も見せています。地球上を走る汽車を描きながら、「ガウスの天体力学」も見落としていた「クロメリン彗星の軌跡」を推理する少年が出てきたりして、地上を見ていた視線が、パンと宇宙へ上がっていく。非常にレンジが広い抒情です。

豊﨑　怒りでもあるし、熱情でもある。時代的にも、吉増剛造さんの『黄金詩篇』のような疾走感に似ていますよね。

広瀬　抒情詩というともったりしたものをイメージしがちだけど、こんなふうにスピード感のある抒情詩も六〇年代以降の現代詩にはちゃんと生まれてきています。

豊﨑　「考えない詩」はだめだというのはわかるし、方法が大事だというのもわかる。その「いかに書くか」によって、新しい抒情の表出が現れているのが、一九六〇年代以降の詩の収穫ではないでしょうか。

広瀬　そうですね。でも、それを露骨に見せているのは寺山さんあたりまでかもしれない。

次に挙げてくださったのは、岩田宏さんの「感情的な唄」(『頭脳の戦争』、思潮社、一九六二年)ですね。

学生がきらいだ
糊やポリエチレンや酒やバックル
かれらの為替や現金封筒がきらいだ
備えつけのペンや
大理石に埋ったインクは好きだ
ポスターが好きだ好きだ
(…)
元特高の
古本屋が好きだ着流しの批評家はきらいだ
かれらの鼻
あるいはホクロ
あるいは赤い疣あるいは白い瘤
または絆創膏や人面疽がきらいだ
今にも泣き出しそうな教授先生が好きだ
今にも笑い出しそうな将軍閣下がきらいだ
適当な鼓笛隊

正真正銘の提灯行列がきらいだきらいだ

午前十一時にぼくの詩集をぱらぱらめくり
買わずに本屋を出て
与太を書きとばす新聞社の主筆がきらいだ
やきめしは好きだ泣き虫も好きだ建増しはきらいだ
猿や豚は好きだ
指も。

（部分）

豊﨑　好き嫌いも抒情だと思うんですが、この時代にこんなにはっきり書いていて面白い。単純な好悪を書くのは「考えない詩」と思われがちかもしれませんが、岩田さんが「感情的な唄」というタイトルでこの詩を書いた反抗心、心意気がカッコいいんです。

広瀬　これは「感情的な唄」と言いながら、非常に冷静で意図的に書かれた詩だと思いました。体制的で偉そうなやつらが嫌いで、弱者が好きだと書いていますが、抒情のポイントは「好き」のほうですね。弱いもの、ダサい側への讃歌だと感じて共感しました。

豊﨑　意外性もあって、例えば「元特高の／古本屋が好き」なのはなぜだろうって思いますよね。きっと親しい付き合いもあって、本の揃え方から見ても、特高的な心情とは遠くにいる人なんだろうなとか。なぜこれが好きで、なぜこれが嫌いなのか想像させる工夫がこらされている、いい詩です。

現在の抒情──「別れ」

広瀬　いよいよ現在の抒情詩ですが、いまは近代詩における熱情的な恋愛詩のようなものは少なくなっています。では現在の抒情詩のテーマは何かというと、大きく分けて二つあるように思います。まず別れ。離別、死別、恋愛の別れなどいろいろありますが、別れへの悲観だけではなく、その後立ち直っていく過程も含まれる。次に、喜怒哀楽ではない独自の抒情。ぼくはこの二つに分かれていると感じています。
「別れ」のカテゴリーから、最初に岸田将幸さんの「夢の跡」（『風の領分』）を読みます。

緑色の、薄暗い瀬をやわらかな布が過ぎていったこと
誰かがまとって生きていたのだろうか──
何かを惜しんで通り過ぎているのは誰
もうなかったことだよね、でも
振り返って確かめている
空や海や樹木がずっと白くなって、美しい花も映らないことに驚いて
眼を擦る
（…）
きみの足跡ではなく、手の跡をもっと残したかったよ
冷たく、事もなげに燃えてしまった

通り過ぎながら、失われたものではなく見えなくなったものが惜しいよ
忘れられることに微笑んでいる死、昨日も泣いたきみ
羽の抜けた馬が横になって、小さく折れている
誰だろう
眠っているのだったらいいのに

秘密を交換した会話が階段をとんとんと降りてった
それは風のことだろうか
きみに贈られた色はずっと遠くに抜けて南の砂に混じっただろう
何度も掬ってやってくれ

（部分）

豊﨑　愛する人との死別が浮かび上がってきますが、まだ追想の時間にはおさまらない、生々しい悲しみが基調にある。ただ先ほどの富永太郎の言葉が感情むき出しだったのに対し、風景を通して静かに語りかけているのが特徴です。悲しみや苦しみを濾過した空白感はあっても、諦念ではない。「忘れられることに微笑んでいる死」、そういう静かな時の流れを誠実に受け止めていて、ぼくは近年の詩の傑作だと思っています。

死者に呼びかけるような語尾が、この詩の勘所だと思いました。この語尾に込められた感情が、わたしたちの中の抒情を引き出してくる。死を暗示する表現の後に「昨日も泣いたきみ」が

出てくるのは、この人の中ではまだ整理ができていないからでしょうか。でもそれによって悲しみの抒情が掻き立てられる。最後の「きみに贈られた色はずっと遠くに抜けて南の砂に混じっただろう／何度も掬ってやってくれ」も「悲しい」という言葉を使わずに、何年経っても忘れられない悲しみを描いている。本当にすごい詩ですね。

広瀬　『風の領分』という詩集のタイトル通り、風が言葉を相手に届けていってくれるような雰囲気が伝わってきます。犀星から進化を重ね、抒情がもっとデリケートになっていますね。

豊﨑　だから鮎川さんが詩人たちに突きつけた「考える詩」も大事だったんですよ。その成果がこれだとしたら、やっぱり意味のある批評だったんだと思いますね。

広瀬　次の石田瑞穂さんの『まどろみの島』（思潮社、二〇一二年）という連作もまた、岸田さんのように優しい語り方で、背景にあるのは死別です。詩集のあとがきに、従妹が急逝した後にヘブリディーズ諸島を旅したときのノートから、この詩集を綴ったとあります。「大切な人を亡くした痛みは、和らがないかもしれない。それでも、遺された者は故人の想いと記憶を胸に、自らに与えられた命を精一杯まっとうしなければならない」。鎮魂であり、自分のこれからの生を慎ましやかに深く歌っている詩集です。

覚えていますか　二人で集めた秋の宝物
――突然変異の双子ドングリ
萩の花で編んだ雨乞いの呪文
枯れ葉のように軽い山鼠の頭蓋骨

それらは　不在が　別の者にとって
貴重な再生の機会であることを静かに語ります

ブナハーブンの森

廃村に残された教会はどれも
立ち去った村人が
時計の針を外していった
荒れ果てた庭に
秋風が黄薔薇の匂いを巻き上げて
彷徨《さまよい》の乾いた香りが私の胸を充たします

旧ポートシャーロット集落

遠い過去のような秋空のなかから
羽が一枚　一枚　ゆっくり降ってきます
落羽森《らくうしょう》の葉が夕日の蜜に輝いて
森は天使たちの羽で一杯になる
人が最後に見るのは　時間だ

何世紀もの塵が一瞬の光に浮かんでいる

ポート・エレン　千年の森

（部分）

豊崎　思い出の感傷的な描写というより、ある種の輪廻観を感じます。「枯れ葉のように軽い山鼠の頭蓋骨／それらは　不在が　別の者にとって／貴重な再生の機会であることを静かに語ります」というのは、一つの死に対し、また巡り合う象徴なのかなと思いました。

わたしは亡くなった人と自分の想いを託せる「まどろみの島」というユートピアを作ったのかなと思いました。この島ではいつでもその人と一緒にいられる。「呪文」や「頭蓋骨」がある、どこか死の匂いが漂うこの島には、まるで二人しかいないようで、読んでいると寂しい気持ちが湧き上がってくる。この島に二人の思い出の刻印をちりばめることで、より不在の悲しみ、寂しさが伝わってくるのだと思います。

広瀬　確かに、詩によって架空の島を作り上げたのかもしれない。この島には、宿命的な出会いや輪廻を感じる箇所があって、「立ち去った村人が／時計の針を外していった」なども、時間の円環の象徴のようです。ここに引いた詩はすべて秋ですが、秋は死を迎える前の季節で、冬に死者は骨になり、また春になる。そういう円環なのかもしれない。

豊崎　その解釈でいくと時間のレンジも広くなりますね。永遠に何かが失われたことも含めて、すべてが永続的にある島。

広瀬　「何世紀もの塵が一瞬の光に浮かんでいる」のも、永久の時間をイメージさせるし、「人が最後に見るのは　時間だ」という表現も非常にカッコいい。

豊﨑　でもどこか散文にも近いですよね。この連作詩集を読み通して、「まどろみの島」の全体像が見えたとき、長篇小説を読み切ったぐらいの読後感が生じるんじゃないでしょうか。

広瀬　これが二人のユートピアだとしても、自分はまだ生き続けなければいけない。死者を鎮めるとともに、生を続けていくための新しい一歩も象徴されている詩集だと思うんです。だから岸田さんの詩に生々しさが残っていたのに比べて、石田さんは少し距離感がある。

豊﨑　この連作詩篇を書いていくことで、視点人物も再生に向かっていき、そのときようやく「まどろみの島」から目覚め、帰ってくることもできるんでしょうね。

広瀬　「別れ」のカテゴリーの最後、峯澤典子さんの「夏の雨と」（『微熱期』、思潮社、二〇二二年）は恋愛の別れを描いた詩です。犀星が隙のない抒情の基盤を作りましたが、峯澤さんもものすごくうまい。これは恋の終わりと、そこからの旅立ちと希望とで構成されていて、流れるような優しいメロディーで風景と心情が綺麗に合わさっていきます。

明け方の雨は
散ってしまった花びらの
あとを追うように
夢のなかの
夏の地図を濡らしていった

それは
もう訪れることはない
遠い南の町
雨あがりの
ひと気のない朝の坂道で香っていた
ライラック
薔薇
ジャスミン
すがたの見えない蝶たちのかげ
（…）
その散りぎわの
香りの強さを思いながら
わたしは
雨の朝でも
暗いままの窓をひらきつづけよう

いまも夢のなかでは会える
あなたと歩いた

遠い花の町の
やわらかな月日の
雨おとが
わたしの濡れたまぶたのうえで
まあたらしい
夏のはじまりとなるように

（部分）

豊崎 「もう訪れることはない／遠い南の町」に「あなた」と昔訪れたんでしょうね。雨上がりの坂道に咲く花々が情感に色を添え、やがて「雨の朝でも／暗いままの窓をひらきつづけよう」という旅立ちの決意に続いていく。絵に書いたような、完成した物語の運びです。常套的であると言ったらそれまでですが、峯澤さんの表現の綻びのなさは、心地よく読者に受け止められる抒情詩の好例だと思いました。

どこか歌詞みたいで、詩に慣れ親しんでいない人には読みやすいでしょうね。でも旅立ちの決意をうたった直後に、「いまも夢のなかでは会える」と言うのはなぜなのか。まだ未練があるのか（笑）。わたしはこの詩の理屈付けに悩んだんですが、考えてみれば、感情って理屈通りに進むものではなく、行きつ戻りつしながら育っていく。だから失われた恋が過去の思い出になる過程で、訪れることはないと言いつつ、夢の中で会いたいと思ったりするのは、率直な感情の動き方かもしれませんね。

広瀬 実はこの矛盾って、書いた本人も気づいていないと思います。詩人は筋の通った文脈を設計するというより、リズムや語感でメロディーを作る書き方をするから。

豊﨑　詩の読み方として、コンテクストがあまり重要じゃないんですね。

広瀬　全体的にすごく文脈に沿った詩なので目立つんでしょうね。でもこれがあることによって、もう一回夢の気分を読者は味わえる。峯澤さんは第二詩集でH氏賞を受賞している方ですが、これは抒情詩の久しぶりの傑作だと思います。

独自の抒情を拓く

広瀬　「別れ」のカテゴリーの詩を読んできましたが、次は独自の抒情。紹介するのは、クセが強い人たちばかりです（笑）。

豊﨑　杉本真維子さんの「袖口の動物」（『袖口の動物』、思潮社、二〇〇七年）は謎の多い詩ですね。

手暗がりの
よわよわしい視野の中にしか棲まない
動物を、連れてかえり

水をのませる
食事を与え
数日後とうとう、名前をつけた

母になるのに覚悟などいらぬと
耳打ちする
きもちのわるい愛情だけで育ったが
動物を手放すと家が消えた
(泣いてもおそいと耳が割れる

春になれば
瓦礫の土をわける
ほつれた袖口に運ばれて
「勝手に、
勝手に、あいされたから
もう土しか舐めるものがないんだ。」
ときに文字を真似
あなたが誤読するように
それだけのために生きている
動物になる

(全篇)

全体的に誰のことなのかわからないんです。手暗がりに入るぐらい小さな動物を連れ帰ったのは、「母になるのに覚悟などいらぬ」と耳打ちするのは、「きもちのわるい愛情だけで育っ

広瀬　た」のは、一体誰なのか。

広瀬　ぼくの解釈はちょっと極端ですが、この「袖口の動物」は少女が主人公で、家庭内暴力、虐待の詩だと思いました。人間扱いされない私を「きもちのわるい愛情だけで」育て上げる母の実態が一、二連で、三連では娘から母への復讐が迫っている。「勝手に、あいされたから／もう土しか舐めるものがない」「あなたが誤読するように／それだけのために生きている／動物になる」。「袖口の動物」とは母の袖にしがみついている女の子のイメージで、恐ろしい母親に育てられた恐ろしい詩だなと思った。

豊﨑　つまり、毒母から育てられたのがこの弱々しい動物なんですね。じゃあ、誰が「母になるのに覚悟などいらぬ」と耳打ちしているんでしょう。

広瀬　虐待しながら母が娘に耳打ちしているのかなと。間違ってるかもしれないですが、だとしたらすごく怖い抒情詩ですよね。修復できない恨みの情がある。

豊﨑　いや、間違っていたとしても面白い解釈だと思います。吉田一穂の「母」の「あゝ麗はしい距離《デスタンス》、／つねに遠のいてゆく風景……／／悲しみの彼方、母への、／捜り打つ夜半の最弱音《ピアニッシモ》。」という世にも美しい母への思慕から、毒親としての母まできたかと思うとすごく面白い。これは新機軸の抒情詩ですよ。過干渉とか毒親とか、昔はなかった概念じゃないですか。そういう意味でテーマも新しいし、ここで発露されている感情も、三、四十年前の詩にはなかったものですね。

広瀬　井戸川射子さんの「荒れる木星表面」（『遠景』、思潮社、二〇二二年）もまた難しいんです。杉本さんのように、「子育て」の文脈でも読めると思うんですけど……。

体と言葉が通じないので泣いている
わたしは見守る役だ
豊かさがよく分からないものとしてあることの
不安は連続、密集していて
続きを引き取って励ます
言葉ほど、似ているとすぐ
分かる着地はないので気を遣う
でも今こんなに、それが
意味ないところにいる
慎ましく、誠意を持って暮らす親
横切っていく、決定の連続
なめらかな背中、息子の静かな巨体は
わたしを全身映す
「それは、ひとつも同じものないぶつかり合い、色の違いは様々な影
響によるものです、大きなオーロラが現れた後、脈動オーロラは点滅
をくり返す」
わたしもそう、とすぐに思いたがる
体の内側には芝生が生え揃っており

しかし体の面積も限られているから
そこから飛び出しはみ出た
芝生は外側にまで来ている
（…）
その瑞々しさを撫でさすり
滲み出るように
水が上がってくるのかと思って押せば
人工芝なので変化はない
必要なものを周りから
奪い取りながら育っていかない
（部分）

豊﨑　やっぱり「体と言葉が通じないので泣いている」のは赤ん坊で、「わたし」は母でしょうね。「なめらかな背中、息子の静かな巨体は／わたしを全身映す」のは、小さな化け物みたいにぐずる子どもを前にしたときの「わたし」の心象だと思いました。

広瀬　内面でいうと、後半に「体の内側には芝生が生え揃っており／しかし体の面積も限られているから／そこから飛び出しはみ出た／芝生は外側にまで来ている」。ここも、木星表面のように激しく感情が移ろう息子の強烈さが出ているのかな。

豊﨑　自分の身体から出てきた生き物に対する複雑な愛憎を感じますね。でもこの芝生は「水が上がってくるのかと思って押せば／人工芝なので変化はない」し、「必要なものを周りから／奪い取りながら育っていかない」。最後の二行は二つ解釈ができて、「わたし」側から見た記述かもしれないし、息子側の、奪い取りはしても育っていかないんだという決意表明かもしれない。子育ての懊悩というか、難解な詩です。

広瀬 愛憎といっても愛が先立っていて、息子は「豊かさがよく分からないものとしてある」存在だと思うんです。「荒れる木星表面」というタイトルが秀逸で、最初は子どものことかと思いましたが、荒れる「わたし」も映されているのかもしれない。

豊﨑 体の内側の芝生はおそらく本物で、でも外に出てきたときには人工芝だったんでしょう。これは何の比喩だろう。体の内側にあるものは息子への愛だと思うんですが、コミュニケーションをうまく取れない存在を前に、自分の中から感情が出てきたときには、愛情とは違う何かになってしまったということかもしれない。

あるいは「体と言葉が通じないので泣いている」のは赤ん坊ではなく、「息子の静かな巨体」の言葉通り、大きく育った息子と「わたし」が何か言い争いをして、何一つかみ合わない状況の可能性もある。一心同体のような存在だった子どもが、成長して自分とは全く違う生き物になっていく。それが外側に出た人工芝で、「わたし」が押してみても変化はない、全くもう理解できない存在になってしまったと。

広瀬 赤ちゃんとのディスコミュニケーションではなく、我が子が意思の疎通ができない存在になったという解釈ですね。

豊﨑 そう読むと、最後がすっきりするんですよ。必要なものを周りからどんどん奪い取って大きくなったくせに、実は育っていない息子。でもそれだとつまらない詩になっちゃうかもしれない。

全く自信がないですね。井戸川さんは小説も書いていて、『ここはとても速い川』（講談社、二〇二一年）は児童養護施設で暮らす子どもが主人公だったので、子どもに対する強い関心があるんでしょうか。広瀬さんは、なぜ抒情詩としてこれを挙げたんですか。

広瀬 井戸川さんのこの詩集は全篇こういう不思議な物語の詩なんですが、でもどこかに絶対に抒情があるはずだと感じました。もし赤ちゃんなら、ぼくは家族愛の葛藤の抒情だと思ったんですよ。でも、この詩は、息子が赤ちゃんにしろそうでないにしろ、彼に対する複雑な感情的動機から書いてますよね。独特な抒情だと思います。

もっと強烈なのが、豊﨑さんが挙げた小笠原鳥類さんの「生き物が多い、楽しい街を歩く一日——私が好きな100の物事」（現代詩文庫『小笠原鳥類詩集』、思潮社、二〇一六年所収）。

朝、目覚めると、白い壁に小さな蜘蛛が這っているのだろう。白い壁には模様がないのだが、表面が凸凹している状態とザラザラしている状態の間にあるいくらかの彫刻の予感のある状態で、私は、ここは小さな美術館（画廊）としても使えるのではないだろうかと予感して、果物を描いた絵を飾ると画廊になるだろう、しかし私は果物を好む生き物ではない。この——室内——水族館では、ないですよ。なぜなら、水槽がないからであり、水槽の中には熱帯魚がキラキラ泳いでいないなあ。私は生き物が、例えば、私は蜘蛛（1）が好きだが、この蜘蛛はどの種類であるだろうかと図鑑で調べて、確認しているわけではない。なぜなら私は図鑑（2）が好きであるが、図鑑はとても暗いからである。生き物を撮影した写真は暗い。生き物は私から、あるいは人間から、とても、とても、遠い場所にいて、いよいよ遠ざかるだろう。パンダも、逃げますよ。数十年前のカラー印刷の写真は非常に暗くて、そこに水の上を泳ぐ鳥が撮影されていると、とても暗くて涼しい空気が広がるだろう。（部分）

豊﨑 詩の最後に付記として、「悪趣味映画のジョン・ウォーターズが著書『クラックポット』（伊藤典夫訳、徳間書店、一九九一）で書いたような、好きなものを百個織り交ぜた文章を書きなさい、と、雑誌の編集者から言われて、書いたものである」と説明があって、それで好きなものにナンバリングしているんですよね。

「生き物が多い、楽しい街を歩く一日」、この「楽しい」も抒情ですよね。軽やかでスキップするような明るい抒情の代表として、鳥類さんの詩を挙げました。読んでいると気持ちがぐぐっと浮き立つんです。

広瀬 現代詩文庫『小笠原鳥類詩集』のコピーに「反抒情の極北」とあるんですけど、それは違うのではないか、むしろ逆で、とても新しい抒情の誕生なんです。彼は喜怒哀楽で括れない抒情を作っていて、ひと言で言うなら、「グチャグチャ」という新しい感情。この詩でも、いろんな生き物に出会って、それが詩人の言葉で解釈されて、「グチャグチャ」と訳のわからない生き物に変貌していく。これはぼくが冒頭で言った「未知との遭遇」にも非常に近いものがあって、鳥類さんはその発見したものを次々に名づけている。おそらく鳥類ゴーグルを通した世界はこんなふうに見えていて、比喩ではなく見たままを素直に描写しているんだと思います。それを「グチャグチャ」という感情で喜んでいるんですよ。本当に稀有な抒情ですね。

豊﨑 とても抒情的な部分を取り上げてみると、この詩にはアオサギが飛ぶシーンがあるんですが「アオサギが体を上に持ち上げて（体の全てを空中に持ち上げているということは、浮いているということなのだ）バッサバッサと蛙の一種のように（いや、蛙の一種ではないかもしれないが）ゆっくりと飛んでいる」と非常にダイナミックに描かれる。そこから「もっと大きくて体を空中に持ち上げる浮いているということがUFOであるのだろう」と「グチャグチャ」になっていくんですけど、詩の最後では「世界のいろいろな大きさのアオサギが体を持ち上げて、首を曲げている人のように空中をバッサバッサと移動しようとしているよ、夜。」と美しく締める。非常に繊細に描いていて、そういうストーリーも自由に想像していけば、鳥類さんをさらに面白く読めると思います。

広瀬 広瀬さんの「鳥類ゴーグル」という見立ては言い得て妙で、この人は常に世界の見方について描いている気がします。でも「グチャグチャ」もそうだけど、「キラキラ」とか「グルグル」とか、クリシェの使い方が何だか可愛いんですよね。天才少年が詩を書くとこんな感じかもしれません。

最後は豊﨑さんの挙げた、岡本啓さんの「ほどなく来る」（『ざわめきのなかわらいころげよ』）ですね。

もう一度
呼ぶ
息よりももっと小さな声で
だれかが呼びつづけた地名を
地名のそよぐ野のはてを
そこではまだ
わたしの影がまだ歩いているから

高天《タカマ》、
朝妻《アサヅマ》、
船路《フナジ》、
鳥井戸《トリイド》、
栗坂《クリサカ》、
巨勢《コセ》、

薬水《クスリミズ》、
タカマ
アサヅマ
フナジ
トリイド
クリサカ
コ　セ
クスリミズ　（全篇）

豊崎　前章（公開イベント「リーディングという誘惑」を収録）での朗読のときも声音を変えていましたが、この詩でも高天、朝妻、船路……と地名を挙げたページの次のページに、小さな文字で同じ地名をカタカナで書いている。囁くように読んでほしいと伝えているわけですね。

この詩がどうしてわたしにとって抒情詩かというと、詩人が書くと地名すら抒情になるんだという感銘からです。抒情って、喜怒哀楽の言葉にだけ宿るわけではなく、その語り方によって何にでも入り込む。「だれかが呼びつづけた地名を／地名のそよぐ野のはてを／そこではまだ／わたしの影がまだ歩いているから」。これを寂しいという抒情につなげる人もいれば、すっくと屹立した抒情だと思う人もいるだろうし、詩人は説明していないから、読んでいる人の抒情が投影できる。最後に囁くように地名を読み手が音読したとき、地名に本物の抒情が宿る。その構造が素晴らしい。

広瀬 一連目はとても静謐な空間を歩いていて、西脇順三郎の「幻影の人」のイメージと重なるようです。奈良という非常に古い土地を歩行しながら囁くんですけど、古代から記憶された場所が、最後に音だけの響きになる。それは時間の残響というか、ぼくは彼の抒情は場所への感傷ではなく、時間そのものへの追慕だと思いました。古代からの場所、そこで呼ばれ続けた、その地名の有する時間の堆積を、息よりも小さな声で読み手に憑依させるような。素晴らしい抒情の表し方だと思います。

豊﨑 呼ぶという行為自体にすでに抒情がありますよね。何かを呼んでいるときに感情が動いてない人はいない。「もう一度／呼ぶ」から始まっているところも含めて、とてもいい抒情詩だと思いました。

広瀬 地名や歴史への畏怖がこもっているようにも思います。こんなに短い詩で、言葉の残像や余韻がはっきり確認できる詩は珍しいですね。

広瀬　様々な抒情詩を読んできましたが、抒情を切り口にしてみると、現代詩は読みやすくなりますね。

詩の最たる武器

豊崎　そうそう。しかもありとあらゆる詩に抒情を見つけてしまえるわけだから、今日二人が挙げた詩は、本当にそのごく一部にすぎないんですよね。

　詩は抒情という結論は、先鋭的な詩論を展開している人からは後退だと受け取られてしまうかもしれないけど、わたしは詩が生まれたときからいまにいたるまで抒情を携えなかったことなんて一度もないと思っていて、だから「ありのままの姿を見てみました」ぐらいの気持ちです。

広瀬　ＡＩが詩歌を書く時代も近々来ると言われていますが、そのＡＩがどういうデータベースから詩を書くのかを考えると、きっと出来上がるのは抒情詩ですよ。

豊崎　思い切りベタなものとか、あとは藤村が讃美歌をパクったように、ほぼパクリに近いものを出してくるでしょうね（笑）。

広瀬　いまメタバースが注目されていますが、仮想空間が発展してくると、情報交換から価値交換の時代になると言われています。どうやって自分の価値を相手に承認させるか、承認欲求を満たす方法の開発が激しくなっていく中、詩の言葉は抒情性を持ち続けることで、価値を強化できる存在の一つになり得る可能性もあると思っています。より新しくより強烈な抒情を生み出していくことは、詩の大きな活路になると思うんです。

豊﨑 抒情詩を書いているつもりがなくても、新しい書き方を模索していても、そこに抒情が潜んでしまう。詩を書くという行為がすでに抒情なんですよ。抒情は詩にかけられた呪い。抗っても仕方がない。

広瀬 ときどき「カッコよくなきゃ、ポエムじゃない！」ということは、カッコわるい詩は詩じゃないのかと聞かれるんですが、そうではなくて、詩というものはもともとカッコいいんだよということを、伝えたいわけなんです。だからそういう意味でも抒情は詩の最たる武器になるので、抒情が入ったカッコいい詩をこれからも広めていきたいですね。

豊﨑 そもそも抒情がカッコわるいという捉え方が、もう間違っている。そうじゃなくて、問題はどう表現されるか。昔の人が描いたまっすぐな抒情は、確かにいまのわたしの目から見るとそんなにカッコよくは思えないけど、六〇年代以降に書かれた詩における抒情はそれぞれにカッコいいですよ。なぜなら「いかに書くか」がちゃんと成立しているからですね。方法論と抒情は相反するものでは全くないということが今回の対談でよく理解できました。

二〇一八年に、広瀬さんとこの対談をまとめてくれている編集部の遠藤さんと飲み屋で、「ポエムをバカにすんじゃねーよ。ポエムはカッコいいんだよ」とくだを巻いたのがきっかけで生まれた対談企画。詩について門外漢のわたしが「現代詩手帖」に登場していいものなのかと最初はおそるおそるだったんですけど、出会った詩人の皆さんはどなたも大変親切で、好意的なご意見を寄せていただけたのが望外の喜びです。この対談が成立したのはひとえに広瀬さんの詩を概観できる幅広く深い教養のおかげ。広瀬さんの確かな知識があったからこそ、融通無碍に詩の世界で遊ぶことができました。ありがとうございます。楽しかったー！

広瀬　ぼく自身は自分のためにしか詩を書いていない詩人なのですが、この対談シリーズでは、あえて職業であるマーケターというスタンスから「詩は読まれなくなった」という風説を、市場推移と作品の二つの軸から捉え直してきました。情報テクノロジー、サブカル、機会詩、難解詩……現代詩の世界の孕んだ問題を、多角的に追っていった結果、詩（現代詩という不確定な領域ではなく）は、広く読まれていて、さらに読まれたがっていて、改めて詩の面白さと可能性を確信できました。豊崎さんの読解の的確さと鋭さには学ぶところが多く、ありがとうございました。

結局、詩《ポエム》は、カッコいい。

11 BONUS TRACK 100年後の詩に向けて

詩の読者はどこだ

編集部　「詩はカッコいいのに、なぜ読まれないのか」という居酒屋談義から、お二人の対談が始まりましたね。私の場合は広瀬さんの『喉笛城』（思潮社、一九九五年）に痺れたのが現代詩との出会いでしたが、詩を書かない、ただの読者だったんですね。ところがあるとき書店で詩集を立ち読みしていたら、「あなたも詩を書くんですか」と話しかけられて。同じころ「現代詩手帖」の特集「読者――いま詩はどこに届くか」（二〇〇三年五月号）で、詩の読者はどのような存在か、詩が届くとはどういうことか論じられていて、それで詩の読み手や、詩をめぐる状況にも関心を持つようになりました。

豊﨑　詩を書く人はいるけど、詩を読む人は少ないですよね。職業柄、わたしのまわりは読書家ばかりなのに、詩を読む人は少ないんですよ。その乖離に驚いていて。それで、広瀬さんにお話をうかがっていけば、その原因もわかるのかなと思って三年間対談をしてきました。結局、何が一番の原因なんでしょうか。

広瀬　「詩はカッコいいのに、なぜ読まれないのか」という問い自体、実は詩の世界の内側の視点なのかもしれません。豊﨑さんと対談を重ねたことで、読まれない要因は詩の外側にもあるのではないか、と気づけたのが最大の収穫でした。

この仮説には切り口が二つあって、一つはマーケットの趨勢に乗れなかったということでした。つまり出版業界含むエンタメやカルチャー全体のマーケットは大きく動いてきた。しかし時流から外れてしまった詩壇の中にいた詩人の世間的なステータスは下がり、詩のビジネスモデルはほかのジャンルに吸収されていきましたね。

もう一つは情報の脆弱化です。どこで何をやっているのか、詩の展開に関する情報があまりにも発信されていない。少し専門的な話をするんですけど、マーケティング・ミックスの4Pという原則があって、これはプロダクト（この場合は作品や詩集）、プロモーション（宣伝、情報発信）、プレイス（流通）、プライス（価格）のいずれをも効果的に展開させる手法が戦略的に不可欠であるということなのですが、現代詩のマーケティングにおいては、外部、いわゆる詩人以外の読者に向けたプロモーションがほとんどない。これでは読まれっこないですよね。次第に読者ニーズも小説や短歌へと移行してしまった。

「詩はカッコいい」と内側から叫ぶ以前に、読者と詩との接点が極端に減ってきてしまったんです。

豊﨑　最近、若い詩人で小説を書く方が増えていますね。井戸川射子さんが「この世の喜びよ」（二〇二二年）で芥川賞をとったし、本書で紹介した山﨑修平さんも『テーゲベックのきれいな香り』（河出書房新社、二〇二二年）が評判になりました。もちろん最果タヒさんだって、さかのぼれば伊藤比呂美さんだって小説を書いているわけで、それは自然なことなんだと思います。でも例えば井戸川さんが芥川賞を受賞したときと、『する、されるユートピア』(私家、二〇一八年)で中原中也賞を受賞したときでは、世間やSNSでの反応の大きさはずいぶん違っていた。小説のほうは読まれるのに、詩はなかなか読まれないとなると、若い才能が小説に流れていってしまわないか、心配ではあるんです。広瀬さんも小説を書いているけれど、詩人が小説を書きたくなるのはどうしてなんですか?

広瀬 やっぱり、詩と小説ではモチーフが明らかに違うと思うんです。物語として構成したいモチーフは、結果的には小説という形式になっていきますね。

豊﨑 でも、物語性がある長篇詩を書く人もいますよね。井戸川さんで言うと、小説より詩のほうが断然難解ですが、言葉に対するこだわりという一点は変わらない。先ほどの受賞作にしても、地の文の合間に「あなた」と指し示される主人公が思ったこと、思い出したこと、現実に言ったことが句読点だけで区切られて描かれていて、普通の小説家ではあまりやらないような語りに挑戦して成功していると思いました。

だから広瀬さんがおっしゃるように、異なる言語表現に挑みたいという意欲が一番大きいんだと思います。でもほんの少しだけ、もっと他者に読まれたいという気持ちもあったりはしないんでしょうか。

広瀬 それはゼロではないです。ビジネスライクに言うと、詩と小説とでは歴然とニーズの違いがありますから。そういった思惑もありながらも、構想がアウトプットされる段階で詩になったり、小説になったりするのかもしれません。

編集部　井戸川さんはインタビューで、詩で描いたことが現実と混同されることがあり、よりフィクションとして捉えてもらいやすい小説に挑戦したと語っていました。読み手の受け止め方の違いというのもありますね。

豊﨑　編集者としては、こういう状況に対してどう感じているんですか。

編集部　井戸川さんの場合は、最初に「現代詩手帖」や「ユリイカ」の投稿欄で注目されて、私家版で出した詩集で中原中也賞を受賞された。詩人や詩のコアな読み手にキャッチされて、作品そのものが純粋に評価されていった方だと思います。ただ芥川賞受賞後は詩集に対する問い合わせも増えて反響もさらに広がったわけで、外的な要因で受け止め方や反響は大きく異なってくるのも確かです。詩の通路、何かハブになるものを、私たちとしても頑張っていかないといけないと感じています。

豊﨑　この対談集が一助になればいいなあと思っているのですが。

相田みつをと「励ま詩」

広瀬　それでは現在、ビジネスモデルもステータスも十全に備わっていて、実際にとても読まれている詩ってあるのでしょうか。あるとしたらそれはいったいどんな詩なのでしょうか。はっきりと名前を浮かべることができる人物が一人います。それは相田みつを。ぼくは今日、相田みつをから話をしてみたいんですよ。

いまの詩を大きく分類してみると、まずはざっくりと「現代詩に類するもの」と「ポエムに類するもの」という二極化されるイメージ図が浮かぶと思うんです（三八七頁参照）。もちろんそこから枝分かれしたりするのでしょうけど。「現代詩」にも実験的な詩もあれば、人生をうたう詩も幻想的な詩もあるし、「ポエム」の側にしたってメルヘン詩も社会的な詩も言語遊戯的な詩もある。つまり二つの属性を抽出して並べていくと、とても多くの共通したモチーフがあるのです。図のイメージで、「現代詩」と「ポエム」の二つの円が重なるところですね。「人生」「生活」「恋愛」のようなワードの領域。逆の言い方をすれば、どっちつかずのモチーフ。その場所に覆いかぶさるように存在するもう一つの円が、「みつをの円」なのではないか。この円にこそ「詩は読まれているか」「マーケットは存在しているか」という答えの一つがあるような気がします。いままであまり詩壇では言及されてこなかった謎の領域。

豊崎　「にんげんだもの。」は、たぶんいま日本一有名な詩の一行でしょう。本当は相田みつを美術館（二〇二四年一月二十八日閉館）に行ってから、このテーマで話したいと思っていたんですよね。閉館する前に行っとけばよかったあ。

広瀬　面白いのは、ウィキペディアに相田みつをへの詩人たちの見解が載っているんですが、結構否定的なんですよね。ここまで成功しているのに、なぜ詩壇に受け入れられていないのか。なぜ詩とは別物のような扱いにされるのか。これをまず追求したいですね。

豊崎　一つには、作品が短いじゃないですか。だから詩というより、格言や標語という見方もできるわけです。

広瀬　相田みつをを詩と捉えると、詩というジャンルは瞬く間に広がりますね。読まれる場にしても、カレンダーや色紙がトイレや玄関にも飾ってある。だから、ひょっとしたら「ポエム」や「現代詩」とは別に、「みつを」というジャンルがあるんじゃないか。それが今回の仮説なんです。みつを以前にも「仲よき事は美しき哉」の武者小路実篤がいますよね。実は古くから連綿と続いているジャンルなんですよ。

豊﨑　ああ、それはきっとある。サブカル全盛時代に、「ビックリハウス」という雑誌があって、読者の投稿も載っていて面白かったんですよ。忘れられないのが、色紙にキウイとマンゴーとパパイヤの絵とともに「君たち、キウイ、パパイヤ、マンゴーかな」。中原めいこの「君たちキウイ・パパイア・マンゴーだね。」って曲と実篤をかけているわけ。もう大傑作と思って（笑）。

もっと長いもので言うと、高村光太郎の「道程」（『道程』、抒情詩社、一九一四年）もそう。「僕の前に道はない／僕の後ろに道は出来る」。やっぱりアフォリズムというか、標語というか、わたしたちに何か教訓を与えてくれるようなもの。

広瀬　人の道や生き方というコンセプトと、相田さんは書家だから字で魅せる、オブジェ化できるというキャラクタービジネスの特性を持っていることが共通している。ビジネス的に言うと、この「教え枠」を手にする者が勝つ（笑）。

編集部　アフォリズムは、古代ギリシャのヒポクラテスを祖とする歴史ある形式ですよね。いまも偉人の名言や格言から自己啓発する方は多い。

豊﨑　漢文漢詩の世界にも、短い言葉で教えを授ける系統がありますよね。その本が人生の役に立つかどうかを重視する読者は一定数いて、需要が大きいわけです。

広瀬　ポップスにもありますよね。

豊﨑　「負けない事・投げ出さない事・逃げ出さない事・信じ抜く事　駄目になりそうな時　それが

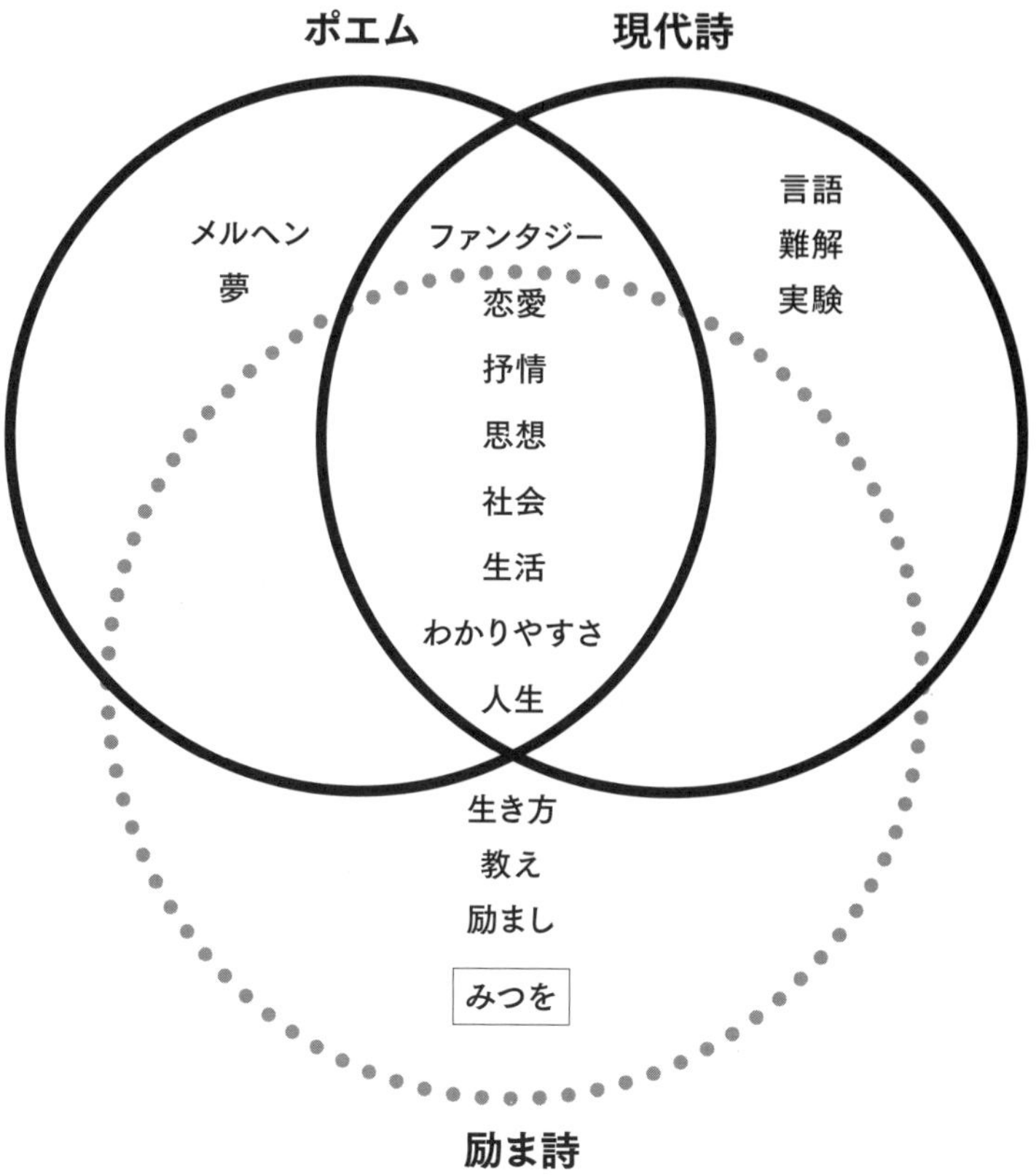

ポエム
現代詩
メルヘン
夢
ファンタジー
恋愛
抒情
思想
社会
生活
わかりやすさ
人生
言語
難解
実験
生き方
教え
励まし
みつを
励ま詩

一番大事」（大事MANブラザーズバンド「それが大事」）みたいな。人生応援歌というジャンルですね。

広瀬 いま応援歌っておっしゃったけど、まさに「応援詩」があるんじゃないですか。この系譜で言うと、都築響一さんの『夜露死苦現代詩』（現・ちくま文庫）に描かれるストリートの詩もそう。

豊﨑 うーん。応援詩っていうより、「励ま詩」じゃないですか。

広瀬 それだ（笑）。応援するだけじゃなくて、ダメな自分も受け入れてくれるような、どこか救いがある詩。金子みすゞとかまど・みちおもそうですね。詩には「励ま詩」という大きな領域が確立していて、その中の詩は最も読まれている。

豊﨑 「励ま詩」はものすごく多いけど、その中でみつをが際立っている。でも、わたしは相田みつをは「みつを」というジャンルだと思う。よく居酒屋のトイレに、店主の書いた相田みつを風の格言が飾ってあるでしょう。あれも「みつを」ですよ。

編集部 二〇一九年にネスレが、相田みつをの詩をＡＩに学習させたキャラクター「ＡＩだみつを」を作っていました。心の悩みを診断して、前向きになれる詩を作成するという。データで学習して生成できるということは、何か励まされる型があるんでしょうね。

豊﨑 さっきの居酒屋みたいに、「みつを」は遍在するんですよ。「みつを」に出会わない空間のほうが珍しいぐらい。こんなふうに主流派から無視されているものの中に、その時代を表す何かがあったりするんですよね。

編集部 現代の、あるいは次世代の相田みつをというと誰なんでしょう。

広瀬 実篤や相田みつをに続く人は、若手には見当たらないですね。例えばラップにも多分にそういうところがあるけれど、オブジェにはならないですからね。

豊﨑 少し前だけど、326とか、三代目魚武濱田成夫とか、路上で一筆記して売る人たちもこのジャンルかな。でも326はマガジンハウスとかが結構フィーチャーしたけど、結局詩の世界から居なくなってしまった。意外と「励ま詩」って大変なのかもしれない。売れるから、目指す人が多くて競争が激しい。みつをがやり尽くして焼け野原になっている上に、がんばって種をまいてみても結局バカにされるだけ。やろうとする人は人一倍勇気があると思いますよ。

広瀬 ひょっとすると、この中心にいるのは谷川俊太郎さんかもしれない。ただ、谷川さんの詩は「現代詩」「ポエム」「励ま詩」のすべての要素を持っていると思います、あるいは使い分けて書かれている気も。いやそれとも純粋に詩になるべきものを詩にするという姿勢の持続を、まわりが勝手にマルチな詩人と思っているのか。それほど自然体である詩人なのでしょう。

「現代詩」と「ポエム」、三つの分岐点

広瀬 これまでの対談では、なぜ「現代詩」と「ポエム」といった別の名前で呼ばれるほどに分かれてしまったかについて、ずっと気にかけてきたわけですが、また新たにいくつか面白いことがわかりました。複合的な要因ですが、三つのポイントがあったんです。

一つ目は、前にも言いましたけど、戦後詩はイデオロギーや世界観を備えているものが主流派でしたよね。吉本隆明が「詩は観念的色彩を帯びて成立しなければならない」と言ったように、戦後詩の流れでは、かつて四季派が持っていたような歌や抒情の要素がわりと弾かれて

きた。しかし一九四〇～五〇年代の時点では、まだ「現代詩」と「ポエム」という言葉の意味性はイコールのままであったようです。

豊崎　その証拠に、一九七六年十月にすばる書房から「月刊ポエム」という商業誌が創刊されています。これは詩人の正津勉さんが代表編集で、編集補佐が平出隆さんという、ゴリゴリの現代詩の雑誌。でも広い視野で詩を捉えていて、中原中也からビートルズやつげ義春まで特集して、書き手にも吉本隆明から村上龍までいました。

サブカルの要素を入れているところをみると、一般の読者にも読んでほしい気持ちがあって、だから「現代詩」よりは軽い呼称の「ポエム」を選んだんでしょうね。確かに「現代詩」と「ポエム」はほぼイコールだけど、往時の「ポエム」はサブカル的で、柔らかくて、おしゃれなイメージ。この時点ではまだカッコよさを保っていたわけですね。

広瀬　二つ目のポイントは、その少し前ですが、一九七三年にやなせたかしさん責任編集で「詩とメルヘン」が創刊されたこと。これが戦後詩で弾かれた歌や抒情の要素の受け皿になった。さらにその二年前、一九七一年に「MY詩集」という、詩と作詞を中心にした隔月刊の雑誌が創刊されて流行りました。メルヘンチックなものからフォークソングまでいろいろな歌詞を載せていて、シンガーソングライターブームの先取りをしていました。このあたりが受け皿になったことが、二つ目の要因となった。

「詩とメルヘン」は後に「詩とファンタジー」になりますが、この流れが一九七〇年代の終わりから八〇年代に続いていって、大きい市場になっていきます。

豊崎　そういえば、相田みつをブームはいつなんですか。

編集部 一九八四年に『にんげんだもの』（文化出版局）が出版されたのがきっかけですね。こちらはミリオンセラーになりました。

豊﨑 なるほど。やっぱり受け皿がしっかりと育った後に、みつをがそこにどんと乗っかってきたと。

編集部 ほかにも、銀色夏生さんも作詞家デビューしたのが一九八二年、第一詩集『黄昏国』刊行が一九八五年。やっぱり七〇年代に下地があったんでしょうね。

広瀬 こんなふうに「現代詩」派と、「詩とファンタジー」派、つまり、難解とメルヘンの受け皿がそれぞれできていったんですね。でも一九八〇年代になると、サブカルが詩のポジション、ステータスを吸収していってしまいます。これが三つ目のポイント。その後は、先ほどの難解とメルヘンという印象だけが二つの名称の中に残ったのかもしれない。

例えば『夜露死苦現代詩』でも、「難解化する現代詩」ではなく、「リアリティのある言葉」が評価され、「詩は死んでなんかいない。死んでるのは現代詩業界だけだ」と批判されています。一方の「ポエム」も、小田嶋隆さんの『ポエムに万歳！』（現・新潮文庫）では「詩になり損ねた何か」と否定的に書いてある。「「ポエム」では、何か意味を曖昧にしておいて、「この辺のこんな感じ」という提示の仕方で、つくる側がちゃんとつくり込まずに「ぽいよね」みたいなところで、安易につくられて」いると。こんなふうに、印象の上での批判が進んでいったような気がしています。

豊﨑 小田嶋さんがポエムは詩じゃないと言ったのは結構大きいと思っていて。確かにそうなんですよ。現代詩が好きな人は、ポエムは詩じゃないと思っている。そもそも詩の英訳がポエムなのに、おかしな話じゃない？　現代詩のみならず、詩そのものとポエムがノットイコールの存在になってしまったから、ポエムを蔑称として使い出すようになったんですよね。ポエムはバカにしてるけど、詩のことはバカにしてませんよ、というスタンスで。

新しい抒情の形容

編集部 『ポエムに万歳!』でも言及されていますが、「マンションポエム」も面白いですね。「静寂の深奥へ、迎賓と安息の高みへ」とか、物件の魅力を独特のエモーショナルな表現で語る。「ポエム」にはメルヘンチックな表現だけでなく、何かエモーショナルなイメージも含まれるようになってきたと思います。

豊﨑 「マンションポエム」もエモさを狙っているわけだけど、「エモい」という表現も面白いですよね。わたしの世代からすると、「エモい」って大西巨人が言う「俗情と結託した」表現を指すのかって思っちゃうんだけど、若い世代にとっては褒め言葉なんでしょう?

広瀬 「もののあわれ」に近い、もっと情緒豊かなイメージなんですよね。一九八〇年代にエモーショナルハードコアっていうジャンルがあって、それをイーモウとかエモって呼んでいたんですが、そこから来たという説がある。確かにパンクバンドなのに妙に情緒的なんですよ。Jimmy Eat Worldとかね。それを聞いたとき、「エモい」ってカッコいいにつながるような要素があるなと思った。あと、「ヤバい」も褒め言葉として使われていますよね。危険さとすごさが合体している感じがして、ぼくは好きです(笑)。

こんなふうに、若者の間で新しい感情の形容が出てくるということは、つまり抒情に対する進化の可能性が非常に大きいということです。感動するパワー、感動する欲望があるという希望、それが詩に結びつけば一番いいと思う。

豊﨑　ただ、「エモい」を引っ張り出すためには、わかりやすさも必要で、藤井風の歌詞はエモいって褒められるけど、小笠原鳥類の詩はエモいって言わないいんじゃないかな。

広瀬　「ヤバい」は言うかもしれないですよ。ぼくは、「カッコいい」は「エモい」＋「ヤバい」かなと思いました。

そういえば、「カッコいい」や「痺れる」も実は比較的最近の言葉なんです。平野啓一郎さんが『「カッコいい」とは何か』（講談社現代新書、二〇一九年）で書かれていましたが、一説に、おそらく昭和に入ってから音楽隊が使い出した言葉ではないかと。戦前、アメリカの音楽を聞いて「カッコいい」という言葉が生まれた。戦後になると、進駐軍放送や進駐軍キャンプの影響もあって一九五〇年代にジャズブームが到来し、一般にも使われはじめた。さらに六〇年代になるとテレビやロックブームなどの追い風も受けて人口に膾炙し、定着したようです。「エモい」同様、音楽から生まれた言葉という点も面白いですね。

編集部　新しい言葉が使われるということは、既存の表現では捉えられなかった何か、人間の感情の概念やその表出の変化が起きているのかもしれません。

最果さんの『百人一首という感情』（リトル・モア、二〇一八年）の帯に「100の「エモい」を大解剖」というコピーが書かれているんですが、そのことについて最果さん自身がツイッター（現・X）でコメントしていた言葉が面白いんです。「声を発したくなることが人にはあり、そのときに「エモい」という言葉は浮き輪のように機能するのだと思う。だから私の見ているものが、誰かにとっては「エモい」であり、ほとんどすべてが「エモい」であり、その毛細血管にまで細かな言葉を流しこもうとしているのが私なのかもしれない。(…)けれど私は使わない、「エモい」は私と逆ベクトルの言葉だから。」

豊﨑 いま「エモい」で言うと、むしろ短歌かもしれないですね。短歌は折に触れてはブームがやってきますよね。俳句は短すぎて解釈が難しいけれど、短歌は五七五七七で情景や心境をわかりやすく伝えてくれるから。それに世代ごとに若い人の気持ちを代弁するスターが出るのも大きい。俵万智、穂村弘、枡野浩一、いま若手だと木下龍也とかね。

あと、短くてエモい表現でいうと、SNSの存在は大きい。燃え殻や麻布競馬場みたいな人たちが出てきたのはツイッターがあったからですよ。ちょっとおしゃれなこと、励ますようなことを洒落た表現で書いたりするとバズる。ああいうのを見ていると、やっぱり「励ま詩」を求めている人は多いんだってことがはっきりわかりますね。もっと啓発的な、攻撃的なものが一バズりしかしないとしたら、何か言っているようで何も言っていないような口当たりのいい言葉は百バズりぐらいしちゃう。

詩の未来

編集部 SNSでいうと、広瀬さんのご専門であるマーケティングの分野では、感情分析が盛んになっていますね。例えばAIを使ってテキスト、音声、表情などからポジティブな感情なのかネガティブな感情なのかを分析し、それを商業的価値と結びつけることも可能になっている。そういう状況で、今後抒情や、抒情の発露の仕方はどうなっていくんでしょうか。

広瀬 それこそ、ＡＩ的詩作はそうなるんじゃないかと思います。でも、ＡＩは既存のデータを使う以上、既存の抒情しか描けない。しかし「エモい」が象徴するように、新しい言葉を生み出す力は詩人の武器の一つなので、そこには回収されないと思っているんです。

それより、詩自体がほかのジャンルに吸い上げられて無くなったりしないかを懸念しています。これまでのように、紙とか、あるいはデータで言葉を追っていく行為が残るのか、それもわからない。

将来的に詩がどうなるか。ＳＦ的ですが、メタバースのような仮想空間なら、従来の書き方に加えて、立体的な書き方の詩も出てくるんじゃないでしょうか。

そういえばポエトリー・リーディングにおいてまた一つ画期的な出来事がありました。「ポエットＶＲ」というイベントで、なんとメタバース空間の中での詩の朗読をしたんです（二〇二三年四月二十一日、出演＝おきゅたんbot、平川綾真智、広瀬大志、ikoma）。詩人たちも観客もアバターで、メタバース空間を飛び跳ねながらリーディングするという、異次元の体験でした。この新しいエンターテインメントは、将来ＳＮＳと連動することによって拡大していくと確信しました。

豊﨑 脳波と連動させて、その反応を元に自動的に仮想空間で詩が切り替わるとかね。それって、一見詩の在り方が多様になって面白そうだけど、読んでいる人の気分だけに寄り添ってしまうと逆に広がりがなくなりますよね。例えば、ネット書店で目的の本を買うだけだと読書の幅は広がりにくいけど、書店で実際に多方向からの情報を受け取ると新しい出会いがあるでしょう。

そういう思いがけない出会いを、現代詩というジャンルがいかに作っていくことができるか、ですよね。

いま、四元康祐さんとかが地道にリーディングの場を作っていますけど、そういう小さな場がいくつも生まれて、詩を書くことや読むことが日常生活の中で特別なことではないという方向に行けばいいいと思う。ただ、それによって実験的な難解詩よりも、みんなに理解してもらえる生活詩や「励ま詩」だけが熱くなっていく可能性もある。それは十年やってみて、振り返って初めてわかることですね。

広瀬 アルゴリズムを駆使したＡＩは「励ま詩」を増やすかもしれませんね。

編集部 ＡＩを開発している側が知りたいのは、どういう表出が人間を感動させるか、つまり人間の美意識がどこにあるのか。それは、人間がＡＩに教えていかないと判断できないんですね。一方、ＡＩを使って作品を作っている方にお話を聞くと、ＡＩを使うことで、人間の認識の外に出たいと。詩とＡＩの関係性はどうなっていくでしょうか。

豊﨑 アルゴリズム的なサンプリングというのも、いまのところはＡＩがやるより人間がやるほうが面白い。日比野コレコの『ビューティフルからビューティフルへ』（河出書房新社、二〇二二年）は、まさに彼女が浴びてきた膨大な言語や知識教養をぶちまけたような作品です。一応物語はあるけど、作品中に小説、歌詞、俳句とかいろいろな引用が出てきて面白い。それは日比野さんという人間が面白くて、その日比野さんという装置を通しているからこそなんですね。創作物において、既存の言葉を利用して新しい作品を作ることを、ＡＩと人間が同時にやったとしたら、いまのところは断然人間が面白いんじゃないでしょうか。だから遊びとしてはいいけど、そこに何か新しい可能性があると思うのはどうなのかな。

第百七十回芥川賞を「東京都同情塔」で受賞した九段理江が、受賞記者会見で「ChatGPTのような文章生成AIを、全体の五％ぐらいそのまま使った（大意）」と発言したせいで、「そんなの文学じゃない」だの「文学の新時代到来だ」だの、作品を読んでもいない連中が勝手にXで賛否両論戦わせていましたが、さすが読んでいないだけあって、どちらの陣営も見当ちがいがはなはだしかったんですね。

登場人物が〈AI-built〉という文章構築AIに質問を投げかける場面があって、その回答にChatGPTを使ったというだけのこと。全体を読めばわかりますけど、作者は人工知能を礼賛しているのではなく、むしろAIの言うことを信じ、頼りすぎる姿勢について疑問符を投げかけているんです。つまり、ChatGPTの助けを借りた作品ではなく利用した作品。九段さんという創作者あってのAIにすぎないわけです。

広瀬 現代詩の進化としては、ある程度そちらに行くとは思うんです。ぼくも未来の詩について、AI型になるか、ほかのカルチャーに融合されるか、書き方が変わるとかいろいろと考えたんですけど、一番面白いのは、変わらないということ。

そう、詩だけが変わらない（笑）。

相変わらず二十年後に、ぼくと豊﨑さんで難解とメルヘンとか言い合っている。それも面白くないですか？

豊﨑 盛者必衰じゃないけど、何かのジャンルが盛り上がると実験作が出てきて、やがてそれが淘汰されて、結局は売れるもの、マーケティング的に求められるものに落ち着いていく。だけど現代詩だけは最初からそこを逃れている。それは、そもそも売れないから。だから、これからもそういうところからは自由なんじゃないですか？

広瀬　それはあるかもです。本当に失礼な言い方ですけど、「現代詩手帖」や思潮社がいまの変動の激しい流通市場で成り立つのは奇跡的だと思います。おっしゃるように、実験作の受け皿として残っている意義は大きいですよ。——と、なんだか小さな話にまとまりそうですが、そこはプロモーションへの投資でもっと大きくなっていただきたいです。

豊﨑　百年後の現代詩の結論、「変わらない」（笑）。

形やテーマが変わっていくところはあっても、やっぱり人間が言語で何かを伝えていく生き物である以上は、詩はなくならないと思います。

広瀬　今日の対談を通して気づいたのは、詩の世界には、これまで豊﨑さんがいなかった。詩の外側から客観的に見ることができる書評家、そしてカッコいいインフルエンサーが、いままでは現代詩の歴史にはいなかったんですよ。詩人の批評家はいたけれど、詩の世界の中での状況論になりがちだった。この本を通して、現代詩の流れを詩の外から見直すことができたように思います。

若い詩人たちを中心に、詩の現場からボトムアップで捉え直してみると、いまはジャンルの分け隔てもなく盛り上がっているという状況です。既存の教科書的な詩史のバイアスをとっぱらって、いまの詩が非常に活発だということを発信できたら嬉しいです。

豊﨑　わたしはこの本が詩のプレゼンになると思っています。本当にそのぐらいの強い気持ちで話ができたと思う。詩のガイドにもなるようカッコいい詩をたくさん紹介したので、これまで詩の外部にいた読み手にも届くものになったんじゃないかな。

わたしとしては、小説家にも現代詩を書いてほしいんです。詩の才能が小説のほうに行くばかりじゃなくて、逆に、人気作家に現代詩にチャレンジしてほしい。書ける人、もしくは書きたい人は結構いると思いますよ。『推し、燃ゆ』（河出書房新社、二〇二〇年）で第百六十四回芥川賞を受賞した宇佐見りん、最近『みどりいせき』（集英社、二〇二四年）で第三十七回三島由紀夫章を受賞した大田ステファニー歓人とかはきっと詩も書けるはず。古川日出男が詩集『天音』（インスクリプト、二〇二二年）を出したけど、ああいう言語表現的に尖った小説を書いている人は、現代詩とも親和性が高いと思います。

編集部　既存の概念や自分の想像の殻を破った出会いに、新しい詩があるということですね。

広瀬　いまは何らかの対象に向けた情報発信が多いですからね。だからこそ、エモくてヤバい現代詩が必要なんですよ。その点、詩が好きな読者というのは本当にコアで強いと思う。そういうひとが一番貴重なのかもしれません。

豊﨑　この本で増やしましょう！

取って食って欲しい

広瀬大志

沢山の詩を読んでみたいけれど何を読んでいいのかわからないと迷っている皆さん、沸々と湧き上がる情熱をもって詩を書いていきたいと思っている皆さん、詩のいろいろな傾向や移り変わりをもっと知りたい皆さん、詩をずっと書いているのだけれど何かモヤモヤした気持ちが晴れないままでいる皆さん、そんな皆さん方に向けて、豊﨑由美さんとの対談はスタートし、そしてこの対談集が出来上がりました。

詩、とくに現代詩という言葉を聞くだけでなんだか小難しい響きで馴染めないと感じてしまう方も多いのかもしれません。世間では「どうせ難解でわけのわからない詩なのだろうし面白くなさそう」「しかも閉塞感が漂っていてとっつきにくい感じ」という表面的な印象もあるのでしょうか。その結果、詩集が多くの書店や図書館でほとんど見当たらなくなってしまっているという、厳しい状況をつくっているのかもしれません。「現代詩ってこんなに面白いのに、読まないなんてもったいないではないか。このバイアスのかかりまくった現代詩の人当たりの悪さを、少しでもよくすることはできないものか」と、詩人サイドのぼくとしては、ストレートに詩の魅力を伝えたくて仕方ありませんでした。この対談がはじまるまでは。

「詩はカッコいいものだ」というのが、本書のキーワードであり、ゆるぎない前提です。伝えたいド真ん中の直球です。

きっと誰もが経験したであろう心をゆさぶるような言葉との出会い。それらが放っていた眩しい輝きが詩の中には溢れんばかりに詰まっています。それが現代詩として現在もにさらに磨かれ続けているのです。

対談のテーマとしては、「皆さんと詩との接点を広げていく」ことを心がけました。ポップスやサブカルなど、現代詩のカテゴリーを超えた詩たちも呼び入れて、気になっていることや知りたいことを話し合いました。そのためにこれまで詩の世界では、あまり論じられたことのない内容にも触れることができたと思います。

豊﨑さんの的確な読解とシャープな切り込み方はとても勉強になりました。前向きな対話がなによりも楽しい時間でした。また取り上げた詩に対するお互いの解釈が全然違っていたことも多く、それがまた面白く、あらためて詩の奥深さを思い知ることにもなりました。そしてすべての対談でお世話になった思潮社編集部の遠藤さんにも、心から感謝いたします。

本書を読まれた皆さんが、ますます詩を好きになられますことを。そしてそっと詩を書きはじめられますことを。

カッコいいは正義！

豊﨑由美

「死んでいるのか？」
「それ以上よ」
（以下、「肉体の悪魔」の引用続く）

どうですか。カッコ良くないですか。何が書かれているのか、はっきりわからなくても、言葉の連なりがまとう腐臭に似た甘やかな恐怖の予感みたいなもの、感じられませんか。

これは『広瀬大志詩集』に収められている「肉体の悪魔」という詩です。帯に「詩のモダンホラー」と謳われていて、たしかに、収められている作品の多くは恐怖小説や映画を彷彿させるもので、なかにはミステリやSFを想起させる詩も混じっています。そんなジャンルミックスのマントをたなびかせた怪人めいているとはいえ、しかし、詩は詩。言葉のひとつひとつは、意味が通るよう意図して書かれた散文のルールから解き放たれ、詩人が構築した世界の中で独自の不可思議な耀きを放っています。

現代詩を紹介するのは難しい。まず、改行が多い。一行あけが多い。ゆえに引用にスペースを取りすぎる。原因と結果の筋道で説明できる粗筋がない。だから、書評欄ではめったに紹介されることがありません。でも、詩の言葉は必要なんです。今、難解な言葉、不可解な言葉が圧倒的に足りない。自分の中に取りこもうとする気持ちも足りない。単純で一面的で儀礼的な言葉で、わたしたちはお手軽な答えを求めすぎてはいないか。広瀬大志の詩には、そんな〝わたし〟の目を捉えて放さない言葉が横溢しているんです。

二〇一六年、「GINZA」という女性誌に寄稿した文章です。本書冒頭でも明かされているように、これがそもそもの始まりなのでした。「必読 カッコいい詩集100選」と「ヘンアイ詩集1ダース」には挙げていませんが、わたしにとって広瀬大志の詩は格別なのであり、だから、そんな仰ぎ見る詩人と対談できたことは無上の歓びでありました。

本書成立でもう一人、忘れてはいけない人がいます。「現代詩手帖」編集者の遠藤みどりさん。彼女がいなければこの企画は生まれなかったのだし、話題があちこち飛びがちな我々の対話を毎回読める原稿に仕上げてくれた功績は多大なのであります。この本は三人で作った。わたしと広瀬さんはそう思っています。

「現代詩手帖」連載時より単行本化が遅くなってしまったせいで、対談中に出てくる話題が少々古くなってしまったのは残念ですが、「現代詩に興味がないわけではないけれど、どう読めばいいか、何を読めばいいかわからない」という方々に役に立つ本になったという自負はあります。断然、あります。全篇通じて言いたいことはひとつ、「ポエムはカッコいい」。カッコいいは正義！　でしょ？

SIDE B

必読 カッコいい詩集100選　広瀬大志 編

明治から令和という長い年月の中で、とてつもなく多くの詩集が詩人たちの精魂を込められて生み出されてきたのだろう。そこから百冊をピックアップすることなど、恐れ多い所業であると思うが、なんとか極私的に百冊を選んでみた。元来詩集はカッコいいものなので、とうていこの数では足りないのだけれど。

詩集を選ぶにあたっては時代性を考慮し可能な限り散りばめてみたのだが、最も留意したファクターは「どこがカッコいいのか」というところである。総括的に言えば「新しさ」ということかもしれないが、その新しい詩の言葉が、いかに読者へ、抒情の共鳴のみならず、未知なる表現との出会いにより感動をもたらしているか、つまり痺れさせてくれるのかが決め手となった。

これら百冊は手に取るだけでゾクゾクし、読み終えると「カッコいい」と宙を見つめてしまう詩集たちである。

北原白秋　『邪宗門』（易風社、一九〇九年）
山村暮鳥　『聖三稜玻璃』（にんぎょ詩社、一九一五年）
萩原朔太郎　『月に吠える』（感情詩社・白日社出版部、一九一七年）
室生犀星　『抒情小曲集』（感情詩社、一九一八年）
宮沢賢治　『春と修羅』（関根書店、一九二四年）
萩原恭次郎　『死刑宣告』（長隆舎書店、一九二五年）
富永太郎　『富永太郎詩集』（私家、一九二七年）
草野心平　『第百階級』（銅鑼社、一九二八年）
三好達治　『測量船』（第一書房、一九三〇年）
中原中也　『山羊の歌』（文圃堂、一九三四年）
中野重治　『中野重治詩集』（ナウカ社、一九三五年）
大手拓次　『藍色の蟇』（アルス、一九三六年）
金子光晴　『鮫』（人民社、一九三七年）
高村光太郎　『智恵子抄』（龍星閣、一九四一年）
西脇順三郎　『旅人かへらず』（東京出版、一九四七年）
北園克衛　『黒い火』（昭森社、一九五一年）
黒田三郎　『ひとりの女に』（昭森社、一九五四年）
鮎川信夫　『鮎川信夫詩集 1945-1955』（荒地出版社、一九五五年）
田村隆一　『四千の日と夜　1945-1955』（東京創元社、一九五六年）

大岡信　『記憶と現在』（書肆ユリイカ、一九五六年）
富岡多恵子　『返礼』（山河出版社、一九五七年）
吉岡実　『僧侶』（書肆ユリイカ、一九五八年）
黒田喜夫　『不安と遊撃』（飯塚書店、一九五九年）
石垣りん　『私の前にある鍋とお釜と燃える火と』（書肆ユリイカ、一九五九年）
吉本隆明　『吉本隆明詩集』（思潮社、一九六三年）
瀧口修造　『瀧口修造の詩的実験　1927〜1937』（思潮社、一九六七年）
鈴木志郎康　『罐製同棲又は陥穽への逃走』（季節社、一九六七年）
谷川俊太郎　『旅』（香月泰男画、求龍堂、一九六八年）
入沢康夫　『わが出雲・わが鎮魂』（思潮社、一九六八年）
清水昶　『少年　清水昶詩集　1965〜1969』（永井出版企画、一九六九年）
吉増剛造　『黄金詩篇』（思潮社、一九七〇年）
白石かずこ　『聖なる淫者の季節』（思潮社、一九七〇年）
佐々木幹郎　『死者の鞭　佐々木幹郎詩集 1967-70』（構造社、一九七〇年）
飯島耕一　『他人の空』（山梨シルクセンター出版部、一九七一年）
渋沢孝輔　『漆あるいは水晶狂い』（思潮社、一九七一年）
吉原幸子　『オンディーヌ』（思潮社、一九七二年）
清水哲男　『水甕座の水』（紫陽社、一九七五年）
荒川洋治　『水駅』（書紀書林、一九七五年）

天沢退二郎　『死者の砦』（書肆山田、一九七七年）
石原吉郎　『足利』（花神社、一九七七年）
北村太郎　『あかつき闇』（河出書房新社、一九七八年）
嶋岡晨　『単純な愛』（飯塚書店、一九七八年）
辻征夫　『落日』（思潮社、一九七九年）
伊藤比呂美　『姫』（紫陽社、一九七九年）
井坂洋子　『朝礼』（紫陽社、一九七九年）
鷲巣繁男　『行為の歌』（小澤書店、一九八一年）
吉田文憲　『花輪線へ』（砂子屋書房、一九八一年）
平出隆　『胡桃の戦意のために』（思潮社、一九八二年）
朝吹亮二　『封印せよその額に』（青銅社、一九八二年）
ねじめ正一　『これからのねじめ民芸店ヒント』（書肆山田、一九八三年）
稲川方人　『封印』（思潮社、一九八五年）
高橋睦郎　『兎の庭』（書肆山田、一九八七年）
松浦寿輝　『冬の本』（青土社、一九八七年）
安藤元雄　『夜の音』（書肆山田、一九八八年）
瀬尾育生　『ハイリリー・ハイロー』（風琳堂、一九八八年）
粕谷栄市　『悪霊』（思潮社、一九八九年）
新井豊美　『夜のくだもの』（思潮社、一九九二年）

守中高明『未生譚』（思潮社、一九九二年）
平田俊子『（お）もろい夫婦』（思潮社、一九九三年）
岩佐なを『霊岸』（思潮社、一九九四年）
八木幹夫『野菜畑のソクラテス』（ふらんす堂、一九九五年）
江代充『白V字　セルの小径』（書肆山田、一九九五年）
池井昌樹『晴夜』（思潮社、一九九七年）
小池昌代『永遠に来ないバス』（思潮社、一九九七年）
貞久秀紀『空気集め』（思潮社、一九九七年）
茨木のり子『倚りかからず』（筑摩書房、一九九九年）
高貝弘也『再生する光』（思潮社、二〇〇一年）
松尾真由美『密約――オブリガート』（思潮社、二〇〇一年）
藤井貞和『ことばのつえ、ことばのつえ』（思潮社、二〇〇二年）
文倉隆子『身空X』（思潮社、二〇〇二年）
田野倉康一『流記』（思潮社、二〇〇二年）
四元康祐『噤みの午後』（思潮社、二〇〇三年）
小笠原鳥類『素晴らしい海岸生物の観察』（思潮社、二〇〇四年）
渡辺玄英『火曜日になったら戦争に行く』（思潮社、二〇〇四年）
蜂飼耳『食うものは食われる夜』（思潮社、二〇〇五年）
松本圭二『アストロノート』（「重力」編集会議、二〇〇六年）

三角みづ紀　『カナシヤル』　（思潮社、二〇〇六年）
杉本真維子　『袖口の動物』　（思潮社、二〇〇七年）
中尾太一　『御世の戦示の木の下で』　（思潮社、二〇〇九年）
文月悠光　『適切な世界の適切ならざる私』　（思潮社、二〇〇九年）
城戸朱理　『幻の母』　（思潮社、二〇一〇年）
福間健二　『青い家』　（思潮社、二〇一一年）
野村喜和夫　『難解な自転車』　（書肆山田、二〇一二年）
石田瑞穂　『まどろみの島』　（思潮社、二〇一二年）
榎本櫻湖　『増殖する眼球にまたがって』　（思潮社、二〇一二年）
カニエ・ナハ　『オーケストラ・リハーサル』　（私家、二〇一三年）
岸田将幸　『亀裂のオントロギー』　（思潮社、二〇一四年）
最果タヒ　『死んでしまう系のぼくらに』　（リトル・モア、二〇一四年）
暁方ミセイ　『ブルーサンダー』　（思潮社、二〇一四年）
川田絢音　『雁の世』　（思潮社、二〇一五年）
川口晴美　『Tiger is here.』　（思潮社、二〇一五年）
大木潤子　『石の花』　（思潮社、二〇一六年）
岡本啓　『絶景ノート』　（思潮社、二〇一七年）
中本道代　『接吻』　（思潮社、二〇一八年）
和合亮一　『ＱＱＱ』　（思潮社、二〇一八年）

福田拓哉　『惑星のハウスダスト』（水声社、二〇一八年）
水下暢也　『忘失について』（思潮社、二〇一八年）
髙塚謙太郎　『量』（七月堂、二〇一九年）
マーサ・ナカムラ『雨をよぶ灯台』（思潮社、二〇二〇年）
田中庸介　『ぴんくの砂袋』（思潮社、二〇二一年）

広瀬大志のヘンアイ詩集1ダース

『西脇順三郎詩集』（那珂太郎編、岩波書店、一九九一年）

西脇順三郎のカッコよさは唯一無二であり、その詩の魅力は時代を超えていつまでも新しく、読むたびに発見と感動をもたらしてくれる。「遠いもの同士の連結」「アイロニーや諧謔の手法」で、魔法にかかったように西脇宇宙に引き込まれてしまう。必読の詩人。

現代詩文庫『新国誠一詩集』（思潮社、二〇一九年）

「視覚詩」としてコンクリート・ポエトリーの最高峰である新国誠一の選詩集。詩を読むことと同時に詩を視るという新たな感覚は、眩暈のようなパースペクティブを脳内に創り上げる。この衝撃。しかもその詩のフォルムは抒情的な感動さえもたらしてくれる。

井上陽水『ラインダンス』（新潮社、一九八二年）

井上陽水の言葉を音楽から取り出してみても、そこには音楽のように流れる詩が、とても美しく夢や憧れのように在る。アイロニカルで実験的な言葉も多く、例えば現代詩というカテゴリーで捉えてみても秀逸な詩の数々。脱帽の言語センス。

『山本陽子全集』（全四巻、渡辺元彦編、漉林書房、一九八九―一九九六年）

言葉が意味から遠く躍動し、狂気を帯び、語りを寸断し、関係を拒否し、しかし未知なる音を発し、それが未知なる意味のような沿岸にたどり着き、狂気は真理に近づくような命の言葉を垣間見せる、そのような断トツに断崖的な詩人の詩。

現代詩文庫『城戸朱理詩集』（思潮社、一九九六年）

詩の言葉のシャープさ、リズミカルな物語の運び、そして鮮やかに断言される意思。これほどまでに瑞々しい繊細な感性と大局的な詩想を併せ持つ詩人は稀有であり、しかも詩が恐ろしくカッコいい。詩集『非鉄』『不来方抄』『夷狄　バルバロイ』は、偏愛中の偏愛。

『左川ちか全集』（島田龍編、書肆侃侃房、二〇二二年）

神秘的、そしてエロティシズム。そのような評価の高いモダニズムの詩人であるが、多くの詩の通奏低音として、とても儚げな夢と自らの命をつなぐ浅く暗い川が流れているようで、水浸しの足音が聞こえる。

山中散生『火串戯』（ボン書店、一九三五年）

『火串戯（ひあそび）』という山中散生の詩集を手にしたときには畏怖を覚えた。斬新なモダニズムの詩作はもちろんのこと、詩集の装幀（函入り・フランス装・和紙）の美しさ。文字だけではなく詩集の魅力は書物としての総合的な美でもあろう。

シャルル・ボードレール『悪の華』（安藤元雄訳、集英社、一九八三年）

「人生は一行のボオドレエルにも若かない」と芥川龍之介に言わしめたボードレール。この詩集『悪の華』は、ミステリーホラーさながらに日常における冥府的象徴に迷い込み、「死」や「憂鬱」を綴る。退廃にして耽美。悪すらも美しい。カッコよさの極北。

アルチュール・ランボー『地獄の季節』（小林秀雄訳、岩波書店、一九三八年）

「早熟的天才」「狂気的詩篇」「奔放的生涯」「美青年」などといった「詩人に抱く熱きテンプレート」が凝縮されたような詩人ランボー。その代表詩集であるが、いつ読んでもその超越した詩的想像力や爆発力には気持ちが滾る。詩を書く者が通らなければならない憧れの地獄。

フェルナンド・ペソア　海外詩文庫『ペソア詩集』（澤田直編訳、思潮社、二〇〇八年）

ポルトガルの詩人ペソア。七十以上の人格（異名者）により書き分けられた作品は、「私は何者か」という問いへの答えを探すようにして詩を旅していたのだろうと思う。多様なる一人。そしてこの孤独のメンタルは、極めて現代的・アカウント的であることに驚愕する。

パウル・ツェラン『迫る光』（飯吉光夫訳、思潮社、一九七二年）

かつて「光が迫っていた」という一行に触れたとき、身動きできないほどの衝撃を覚えた。短い詩群で編まれたこの詩集『迫る光』の持つ、強迫的なほどの題材の圧力にもがきながらも、異様に美しく浮き上がる言葉の息吹に、詩は生きている呪物であるように思えた。

アレン・ギンズバーグ『ギンズバーグ詩集 増補改訂版』（諏訪優訳、思潮社、一九九一年）

『吠える』『カディシュ』全篇を収めたこの詩集は、アメリカのビートニクの入門書のような鉄板の本。ヨーロッパや東洋の詩で味わったことのないような疾走感は、まさに破壊的なビートを打ち鳴らし、新しいオリジナルを知る。ロック・ファンも必読。

豊﨑由美のヘンアイ詩集1ダース

ジェイムズ・メリル『イーフレイムの書』（志村正雄訳、書肆山田、二〇〇〇年）

あいうえお作文みたいにアルファベットA～Zで始まる仕掛け×イーフレイムという霊がウィジャ盤を使って発言している語り＝物語のように読める詩。現代詩がこんなに楽しく読めていいのかしらという逸品です。

ウラジーミル・マヤコフスキー『ズボンをはいた雲　四畳み聖像』（小笠原豊樹訳、土曜社、二〇一四年）

〈ぼくの精神には一筋の白髪もないし、／年寄りにありがちな優しさもない！／声の力で世界を完膚なきまでに破壊して、／ぼくは進む、美男子で／二十二歳。〉マヤコフスキーによる、自意識過剰はなはだしい青二才詩の数々に痺れる。若気のいたりの発露の仕方として、これ以上の見ものがあるだろうか。土曜社から出ている「マヤコフスキー叢書」、全部おすすめ！

アンドレ・デュブーシェ『デュブーシェ詩集』（吉田加南子訳、思潮社、一九八八年）

〈わたしの息である不在がまたふりはじめる／紙のうえに　雪のように　夜が現われる／わたしは書く　能うかぎりわたしから遠く〉（「流れ星」全篇）といった詩句が、自分に残されたかすかなロマンティシズムを刺激してくるんです。きゃー、恥ずかしいぃ。

クリスティアン・モルゲンシュテルン『絞首台の歌』（種村季弘訳、書肆山田、二〇〇三年）

幻獣好きの人、ウリポの小説家たちが遊んでるみたいな言語遊戯が好きな人、ダニイル・ハルムスのナンセンスを愛する人、こどもっぽい人、笑いたい人、全員集合！

リチャード・ブローティガン『ビル対スプリングヒル鉱山事故』（水橋晋訳、沖積舎、一九八八年）

〈午前一時三分のおならは／アボガドと魚の頭との間で行われる／結婚のように匂う〉（「一二月三〇日」部分）という詩句に出合っても「ったく、しょうがねえなあ、ブローティガンは」と苦笑いで許せるような方にオススメしたいです。

アンリ・ミショー『荒れ騒ぐ無限』（小海永二訳、青土社、一九八〇年）

サボテンから抽出される幻覚剤メスカリンやLSDを十年間にわたって実験的に摂取し、その報告を詩の形で発表したミショー。……とは思えないほど、この詩集の言葉たちは作者によって美しくコントロールされている。それが、ちょっと物足りない。けど、好き。

フランシス・ポンジュ『物の味方』（阿部弘一訳、思潮社、一九六五年）

「雨」から始まって「礫石」まで三十二の事物について語られていて、随筆のようにも読める詩集。この詩集に接すると、これまでのようには「水」や「火」や「かたつむり」や「体操家」を見ることができなくなる。つまり、異化。異化詩。詩の最大の武器の一つですね。

トリスタン・ツァラ『アンチピリン氏はじめて天空冒険ほか』（宮原庸太郎訳、書肆山田、二〇〇一年）

ツァラのナンセンスを堪能するのに最適な一冊。〈双頭の怪物の血の海に生まれた低気圧ダダのように　規格はずれの海洋の力〉〈わたしはおまえたちに払う　扉のように軋む愛の予約更新料を／そしておまえたちはバカモン〉（「アンチピリン氏ふたたび天空冒険」部分）、意味わかんねー（笑）。鼻や目や耳や首が対話する詩もあるし、ほんと意味わかんねー。でも、可愛い。カッコいい。カッコ可愛いは正義！

フェルナンド・ペソア『ポルトガルの海 増補版』（池上岑夫編訳、彩流社、一九八五年）

見る人であるカエイロ、古典派のレイス、未来派のカンポス。三つの異名（三人の詩人）を持つペソア。その四者の代表詩を収録している詩集だけど、わたしはやっぱり本人ペソアの詩が好きだ。〈ぼくが夢想するもの　ぼくが感じるもの／ついに己のものにできぬも

の　ぼくのなかで消えてゆくもの／こうしたものはすべて　なにものかを／見おろすテラスのごときものだ／そして美しいのはそのなにものかだ〉（「自己分析」部分）という詩句にぐっとくるわけです。

ジュゼッペ・ウンガレッティ『ウンガレッティ全詩集』（河島英昭訳、岩波文庫、二〇一八年）

俳句を愛したウンガレッティの短い詩がとてもいい。〈太陽が町をさらってゆく／もう何も見えない／墓石たちもあれほど逆らったのに〉（「アフリカの思い出」）、〈海へ出て／ぼくは／そよ風の／棺に入った〉（「宇宙」）、〈そよ風の手すりに／今宵はもたせかけてみた／ぼくの憂愁〉（「今宵」）などなど。かつて筑摩書房から五八〇〇円で出ていたこの詩集が、いま文庫で読める喜びを皆さんと共有したい！

オクタビオ・パス『鷲か太陽か？』（野谷文昭訳、岩波文庫、二〇二四年）

メキシコのノーベル文学賞受賞詩人（にして小説家）オクタビオ・パスがパリで外交官をしていた三十代のころに書いた詩集。なぜ、これをパスの詩集の中でピックアップしたかといえば、「青い花束」「波との生活」という詩と小説が合体した傑作が二篇収録されているから。読んだことがない方に熱烈推薦いたします。

ハン・ガン『引き出しに夕方をしまっておいた』

（きむふな、斎藤真理子訳、CUON、二〇二二年）

ここ十年の間でたくさんの素晴らしい小説が次々と翻訳されるようになった韓国文学。ハン・ガンは訳出紹介された中で、わたしが一番愛する小説家にして詩人なんです。易しい言葉で伝える深い感情と美しかったり残酷だったりする世界の諸相。簡潔なのにイメージ喚起力の高い文章表現は、この詩集でも存分に味わうことができます。おすすめの小説は『すべての、白いものたちの』（河出文庫）と『別れを告げない』（白水社）。是非ぜひ！

年表　詩とポエムの150年

時代	詩（近代詩・現代詩・ポエム・ポエトリー）	ポップス・サブカル等	詩のビジネスモデル・ステータス	抒情の表現
明治時代	島崎藤村、北村透谷、蒲原有明、薄田泣菫、与謝野晶子、北原白秋、石川啄木などが登場。**1882年『新体詩抄』が刊行される（日本の近代詩の始まり）。**	1909年、SPレコードの発売。	詩人が唱歌や童謡、校歌など歌詞を手掛けるビジネスモデルが存在。（白秋「待ちぼうけ」「城ヶ島の雨」、藤村「椰子の実」、土井晩翠「荒城の月」など）。**文学的ステータスは高い。**1902年与謝野鉄幹主宰の「朗読研究会・韻文朗読会」企画。口語自由詩の始まりと朗読は一体だった。	西洋の詩と思想を輸入し日本語の詩の表現として採用。『新体詩抄』（1882）にはロマン主義詩の翻訳が多数あり、そうした抒情が取り入れられた。もともと日本にあった短歌や、俳句の「侘び寂び」といった概念や抒情の手法とどう融合したか。本書では讃美歌が日本語で初めて出版された（1874）ことに注目。
大正時代	萩原朔太郎、山村暮鳥、萩原恭次郎など。**モダニズム運動が芸術を牽引。**	1925年、ラジオ放送の開始。	ラジオによって詩の朗読が全国的に知れ渡るが、後にプロパガンダへの利用にもつながっていく（愛国詩、戦争詩）。	モダニズム運動の到来、プロレタリア詩や自然主義など様々な詩派の発生で、抒情のプライオリティが低下。世界大戦や不況といった状況下、個人的感情やロマンをうたうことへの批判。
昭和初期	西脇順三郎、北園克衛、瀧口修造、中原中也、宮沢賢治、金子光晴、三好達治、中野重治、草野心平、高村光太郎など。百花繚乱的に独自のカッコよさを追求。			戦前から戦中にかけて「四季派」が抒情詩を看板に展開。本書では「ポエム」の元祖という仮説。ただし愛

				国詩の問題を含む。
第二次世界大戦後	鮎川信夫、田村隆一、吉本隆明、黒田喜夫など。**1947年「荒地」創刊、1952年プロレタリア文学の流れをくむ「列島」創刊。**これらの詩人たちに代表される戦後詩が50年代の詩を牽引。社会的・思想的象徴としての詩。	「荒地」「列島」と同時期に、高橋掬太郎が「歌謡文芸」(1947-51)創刊、石本美由起が「新歌謡界」(1952-82)を主宰し、星野哲郎が同人になるなど、作詞家が音楽業界という立ち位置から詩を書いていた。	**社会的・文学的にもステータスが高い。**1950年代以降、詩から大衆性とロマン性が失われていく。**売れる詩と現代詩との乖離が起こる。**	戦争への反省から、「考える詩」が強い力を持って牽引。愛国詩への反省から、朗読への罪悪感があった。
1950-60年代 朝鮮戦争(1950-53)、サンフランシスコ平和条約発効(1952)。日本は高度経済成長期へ。	**イメージに重きをおく自由で伸びやかな「感受性の祝祭」世代の登場。**谷川俊太郎、大岡信、飯島耕一、入沢康夫、渋沢孝輔、石垣りん、茨木のり子など。『死の灰詩集』論争、詩人の戦争責任論争などが盛んになる。1956年「ユリイカ」創刊、1959年「現代詩手帖」創刊。	阿久悠、山口洋子、なかにし礼などヒットメーカー作詞家の登場。	**第一のフォッサマグナ。**「詩を広げる・詩を書いて生活する」という詩人のビジネスモデルは、大衆性やロマン性を強調した作詞家に吸収され、終焉を迎える。	
1960-70年代 60年代安保闘争、全共闘運動などアンガージュマンのピーク。72年沖縄本土復帰。	**「60年代ラディカリズム」**鈴木志郎康、天沢退二郎、白石かずこ、富岡多恵子、辻征夫、高橋睦郎、吉増剛造、寺山修司、帷子耀など。「芸術的抵抗と挫折」谷川雁など。70年代には藤井貞和、佐々木幹郎、荒川洋治、稲川方人、平出隆など。吉本隆明「修辞的な現在」。荒川洋治「口語の時代はさむい」。ポスト戦後詩の模索。美術や音楽とのコラボレーションが活発に行われた。1973年「詩とメルヘン」(–2003)、後継誌「詩とファンタジー」(2007–)創刊。	シンガーソングライターが登場し、作詞家を凌駕しはじめる。70年代には中島みゆきが登場。1968年「サブカルチュア」という言葉の誕生。吉田拓郎、松本隆など。フォークからニューミュージックへ。カウンターカルチャーやアンダーグラウンド文化が花開く。1979年ソニーがウォークマン発売。	詩人のステータスは高いが、ビジネスモデルは崩壊。シンガーソングライターが台頭するが、現代詩にインスパイアされた作品も多い。この年代までは戦後詩、学生運動など、世情を牽引する詩が多かったが、徐々にオピニオン性がなくなっていく。**アメリカのビートのスタイルが導入され、「ポエトリー・リーディング」がスタート。**	「抒情」という言葉がないがしろにされていく。鮎川信夫が『日本の抒情詩』(1968)で「歌う詩」＝抒情の復活を示唆。

1980-90年代 バブル景気とその崩壊。89年冷戦終結。オウム真理教事件や酒鬼薔薇事件などが起こる。	松浦寿輝、朝吹亮二などによる詩誌「麒麟」や、伊藤比呂美、井坂洋子に代表される「女性詩」（83年「現代詩ラ・メール」創刊）、ライトヴァースの席巻。野村喜和夫、城戸朱理。ポストモダン、ニューアカデミズムの台頭。詩とサブカルチャーの接続。 **「ポエム」というレッテルが生まれる。**難解な「現代詩」とメルヘンチックな「ポエム」の2つに呼称が集約され、一般にかろうじて詩が認知される。1983年「ポエムによるニュージャーナリズム」を掲げる「鳩よ！」（－2002）創刊。銀色夏生、三代目魚武濱田成夫、326、相田みつをの活躍。	コピーライターの登場。サブカルの成長（かつてのカウンターカルチャーとは異なる）。抒情詩の一部が歌詞として独特の進化を見せていく。井上陽水、松任谷由実など。パンク、オルタナ、ダンスミュージックなどジャンルが細分化し、「歌謡曲」という言葉が使われなくなる。J-popの素地が生まれる。	**詩人のステータスの急落という第二のフォッサマグナ。**書店に詩集が置かれなくなり、読まれる機会が極端に失われていった。明るく消費を楽しむことがオシャレとされ、詩が後ろ向きで恥ずかしいイメージに。教養が軽んじられる風潮が生まれ、80年代まで「サブカルくそ野郎」にも読まれていた現代詩が、90年代から読まれなくなる。恋愛詩の減少。恋愛詩が俵万智など短歌、ポエムとポップスへ継承される。	ポストモダニズム的「いかにかくか」が重視され、詩の方向性は前衛的、実験的な思考的試みになっていく。抒情性は前面に出なくなる。
1990-2000年代 91年に湾岸戦争勃発。アニメやゲームなどサブカルの台頭。	和合亮一などが登場。「鳩よ！」の特集を契機に、湾岸戦争詩論争が起こる。定型論争（戦後詩に定型を導入すべきとの飯島耕一の主張が端緒）、朗読詩（声という表現に対する賛否）、散文詩の増加など。1995年の「現代詩フェスティバル'95　詩の外出」のように、様々な芸術ジャンルのコラボレーションが流行。1997「詩のボクシング」開始。90年ドリアン助川「叫ぶ詩人の会」（－1999）	ヒップホップムーブメントによるラップの流行。「スポークン・ワード」の導入など、若者が自然体で詩を受け入れるように。ニューミュージックからJ-popへ。特に椎名林檎の存在は、J-popに「難解な歌詞もカッコいい」という土壌を育む。2つに分かれた歌詞と現代詩の世界が接近しはじめる。	サブカルがほとんどのカルチャーのビジネスモデルを吸収。	90年ごろ「萌え」という言葉が広がる。
2000年代	「ゼロ年代詩人」の登場。蜂飼耳、三角みづ紀、	ポップスの肥大化。これ	カルチャーは多様化された	

2001年NYで同時多発テロ。	**2010年代** 2011年東日本大震災。2017年よりアメリカから#MeToo運動が広がりを見せる。2019年12月よりコロナ禍。	**2020年代** 2022年ロシアのウクライナ侵攻。2023年WHOが新型コロナ緊急事態宣言を終了。
小笠原鳥類、中尾太一、岸田将幸、石田瑞穂、杉本真維子など。インターネット上で詩を発表する場が増えるが（「文学極道」、「現代詩フォーラム」、「六本木詩人会」など）、安易な垂れ流しであるとして「ネット詩」批判も巻き起こる。「ポエマー」という言葉が2ちゃんねるを中心に使われだす（小田嶋隆『ポエムに万歳！』）。「セカイ系」という言葉の誕生（2002）。都築響一『夜露死苦現代詩』（2006）などストリートにも注目。	最果タヒ、文月悠光、暁方ミセイ、大崎清夏、岡本啓、カニエ・ナハ、野崎有以、マーサ・ナカムラなど。前橋、仙台、福岡など地方でインディペンデント的にポエトリー・フェスティバルが開催される。ポエトリー・スラム、スポークン・ワードの拡大。SNSでハッシュタグ「詩」「ポエム」をつけた投稿が多く見られる。	インターネットを利用したリーディングが爆発的に拡大。短歌ブーム。岩倉文也、井戸川射子、竹中優子、千種創一など詩と小説・短歌など越境的に評価される新鋭も登場。
までカテゴライズされてきたジャンルがさらに複雑に展開。2005年秋元康プロデュースAKB48活動開始（アイドル、アイドル評論ブーム）。ケータイ小説ブーム。SNSが普及しはじめる。	米津玄師、Official髭男dism、あいみょんなど。歌詞のレベルが非常に洗練される。詩のVTuberなども登場。	Ado、YOASOBIなど。YouTubeなどで活動→メジャーデビューというケースも増える。
が、詩は「現代詩」と「ポエム」として生き残った。**しかし詩人のステータスは低迷したまま、読者は詩と出会うすべがなくなっていく。**	マイナーなジャンルとして残った詩に活発な動きが出てくる。ツイッター（現・X）で爆発的に広がる詩が現れる。（宮尾節子、和合亮一など）。才能ある若手詩人が小説やエッセイなど、詩以外の分野でも活躍を広げる。	
	抒情のテーマとして、「別れ」と独自の抒情に大きく分かれる。「いかに書くか」の積み重ねの上に抒情がある「カッコいい詩」。「エモい」という若者言葉が使われはじめ、2016年ごろから普及する（元は1980年代から音楽ジャンル「イーモウ」由来の言葉として音楽シーンでは使われていた）	AI、仮想空間などの発展で情報交換から価値交換の時代へ。詩の言語は抒情性を持つことで価値を強化できるのではないか。2019年頃、検索数で「推し」が「萌え」を超える。

本文索引

人名索引

タイトル索引

い

う

嗚呼「詩」とは何ぞや？

――萩原朔太郎『絶望の逃走』より

著者略歴

広瀬大志（ひろせ・たいし）
一九六〇年、熊本県生まれ。明治大学文学部文学科フランス文学専攻卒。一九八二年に詩誌「洗濯船」に参加。おもな詩集に『水階』（洗濯船石鹸詩社）、『彩層 *GIZA*』（書肆山田）、『喉笛城』、『髑髏譜』、『草虫観』、『魔笛』（以上、思潮社）、『毒猫』（ライトバース出版、第二回西脇順三郎賞）など。選詩集に現代詩文庫『広瀬大志詩集』（思潮社）がある。音楽業界での勤務時代には長年にわたりマーケティング及び事業戦略に従事していた。

豊﨑由美（とよざき・ゆみ）
一九六一年、愛知県生まれ。東洋大学文学部印度哲学科卒。多くの媒体で連載を持つ書評家、ライター。著書に『そんなに読んで、どうするの？ 縦横無尽のブックガイド』（アスペクト）、『ガタスタ屋の矜持』（本の雑誌社）、『まるでダメ男じゃん！「とほほ男子」で読む百年ちょっとの名作23選』（筑摩書房）、『ニッポンの書評』（光文社新書）、『時評書評 忖度なしのブックガイド』（教育評論社）、共著に『文学賞メッタ斬り！』、『百年の誤読』（以上、ちくま文庫）などがある。

カッコよくなきゃ、ポエムじゃない！　萌《も》える現代詩入門《げんだいしにゅうもん》

著者　広瀬大志《ひろせたいし》
　　　豊崎由美《とよざきゆみ》

発行者　小田啓之

発行所　株式会社思潮社
〒一六二－〇八四二　東京都新宿区市谷砂土原町三－十五
電話〇三（五八〇五）七五〇一（営業）
〇三（三二六七）八一四一（編集）

印刷・製本　創栄図書印刷株式会社

発行日　二〇二四年九月三十日　第一刷
二〇二五年二月二十日　第二刷

JASRAC 出 2406435-502
NexTone　PB000055349号